KB123351

김시종, 재일의 중력과 지평의 사상

트리콘 세계문학 총서 3

김시종, 재일의 중력과 지평의 사상

고명철
이한정
하상일
곽형덕
김동현
오세종
김계자
후지이시 다카요

보고사
BOGOSA

이 책은 국립국어원의 외래어 표기법에 따라 표기하되,
시인의 요청으로 '니가타'는 장음을 살려 '니이가타'로 표기했음을 밝힌다.

머리말

김시종의 문학이 던진 쟁점들

재일조선인 문학은 이제 그리 낯설지 않다. 물론, '재일조선인'이란 명칭에 대해서는 여러 의견이 있고, 어떤 정치적 입장에 있는가에 따라 선호하는 명칭이 다른 것은 사실이다. 머리말에서 이에 대한 세부적 논의는 하지 않는다. 이것과 관련한 포괄적 및 세부적 사안에 대해서는 이 책에 실린 글들에서 두루 살펴볼 수 있다. 다만, 머리말에서 강조하고 싶은 것은 김시종(金時鐘, 1929~) 시인을 얘기할 때 그의 삶과 문학을 관통하고 있는 주요한 문제의식은 '경계, 틈새, 변경'의 열쇳말이 거느리고 있는 것과 결코 무관하지 않다는 사실이다.

일찍이 부산에서 출생하여, 유소년 시절과 청년기의 대부분을 제주도에서 보내는 동안 4·3의 화마(火魔)를 피해 일본으로 도일한 이후 현재까지 일본 사회에서 '재일(在日)의 삶'을 살고 있다. 그의 수필집 『'재일'의 틈새에서』(1986)란 제명에서 단적으로 알 수 있듯, 비록 그는 인생의 말년에 불가피한 이유로 한국 국적을 체득하였으나 도일한 이후 현재까지 그의 삶 전반을 휩싸고 있는 문제의식은 한국과 일본, 조선민주주의인민공화국과 일본, 한국과 조선민주주의인민공화국, 약소국과 제국 등 국민국가의 '틈새'에 끼어 있는 실존이다. 물론, 김시종의 '틈새'는 이것만으로 국한되지 않는다. 국민국가들 사이에 끼어 있는 정치적 및 역사적 실존의 문제뿐만 아니라 우리의 삶을 이루고 있는 유무형의 제도와 대상들, 특히 지배 언어와 피지배 언어 사이에 끼어 있는 존재들까지의 문제로 심화 확장된다. 따라서 그의 이러한 문제의식의 바탕을 이루는 것으로 '재일의 삶'을 살고 있다는 것을 아무리 강조해도 지나치지 않다.

십여 년 전부터 한국 사회에 지속적으로 번역 소개된 김시종의 문학은 일본문학의 영토 내에서만 이해되는 게 아니라 한국문학과의 만남을 계기로 최근 집중적 관심을 받고 있다. 돌이켜보면, 그동안 한국문학은 한국어로 표현된 문학을 중심으로 한국문학 스스로의 이해 지평을 제한시켜온 게 엄연한 현실이다. 그렇다고 이와 관련한 숱한 노력을 평가절하하는 것은 결코 아니다. 한글이란 표현 수단을 바탕으로 한 문학이 한층 웅숭깊도록 한국어의 문학적 표현을 갈고 다듬는 노력은 마땅히 지속되어야 할 것이다. 하지만 문자중심주의를 맹목화하는 것은 지양되어야 하지 않을까. 김시종의 문학은 바로 이러한 대표적 사례로서 우리에게 생산적 논의 마당을 제공해준다. 도일한 이후 그는 일본어로써 문학 활동을 펼쳤다. 중요한 것은 그의 문학적 표현으로서 일본어가 일본이란 국민국가의 언어와 미의식을 갈고 다듬은 것과 전혀 다른, 그의 말을 빌리자면, '복수(復讐)로서의 일본어'를 통해 제국 일본에 대한 저항으로서 문학적 실천에 매진하고 있다는 점이다. 말하자면, 반제국주의·반식민주의의 정치적 표현으로서 김시종의 일본어를 주목해야 한다. 그러면서 김시종은 이러한 일본어를 통해 한반도의 해방공간과 제주를 주목하고, 1980년 광주를 기억한다. 비록 한국 사회 바깥에서 한국어가 아닌 일본어로 문학 활동을 펼쳤으나, 김시종의 문학에서 한반도의 분단과 민주주의는 아주 중요한 문제의식으로, 그는 정통 일본어를 벗어나 그것을 해체하고 교란시킨 그만의 일본어로서 문학 활동을 펼친다.

그렇다면, 다시 묻자. 김시종의 문학은 한국문학인가? 아니면 일본문학인가?

이 물음에 대한 고민이야말로 김시종의 문학이 래디컬하게 심문하고 있는 저간의 난제들—가령, 근대 국민국가의 문제들, 제국과 식민, 분단과 통합, 문명과 야만 등을 깊고 넓게 사유해야 할 이유이리라.

김시종의 문학이 거느리고 있는 이러한 문제의식에 대한 탐사를 위해 국내외 모두 여덟 명의 연구자들의 논의를 한자리에 모았다. 한국문학 전공자(고명철, 김동현, 하상일), 일본문학 전공자(곽형덕, 김계자, 오세종, 이한정, 후지이시 다카요)가 김시종의 문학을 중심으로 한자리에 모인 것은 각별한 의미가 있다. 우선, 그동안 관성화된 개별 국민국가의 문학에 갇히지 않고 있다는 것인데, 그만큼 김시종의 문학은 특정 국민국가의 문학 시계(視界)로는 온전히 탐사할 수 없는 문제의식을 갖고 있다. 따라서 여덟 명 연구자가 예각화하고 있는 문제의식은 김시종의 문학에 대한 안내도로서 역할을 할 뿐만 아니라 김시종의 문학을 어떤 지평에서 보다 새롭게 심화시킬 수 있는지에 대한 가늠자의 역할도 맡고 있다. 또한 이 탐사는 '김시종 문학'만에 국한되는 게 아니라 '김시종 문학'을 리트머스지 삼아 '재일조선인 문학'에 대한 탐사를 두루 포괄하고 있다는 점에서, 여덟 명 각자의 이후 탐사는 물론, 이 분야에 관심을 갖고 있는 전문가 및 대중과도 함께 이해할 수 있는 길을 적극화하고 있다.

그런데 이 같은 노력들은 김시종의 문학을 재일조선인 문학으로 가둬놓는 게 아니라 재일조선인 문학의 문제의식으로부터 생성되고 있는 '새로운 세계문학'의 문제의식에 대한 쟁점과 연결된다. 기존 구미중심주의로 수렴되는 세계문학을 전복시키는, 그리하여 '새로운 세계문학'이 지닌 문제의식에 대한 논의의 장을 마련하는 것이기도 하다. 개별 국민국가의 문학에 안주하는 게 아니라 그것의 한계를 넘는 문학, 그것은 현존하는 세계체제에 균열을 내고 급기야 언제 그랬냐는 것도 모르게 낡고 퇴락한 이 세계체제가 소멸할 징후를 품은 '새로운 세계문학'을 도래시키는 일이기도 하다. 우리의 이 같은 문학적 실천을 출판의 형식으로 힘과 용기를 북돋아주고 있는 보고사 출판사에 고개 숙여 감사드린다.

2020년 2월

여덟 명의 연구자들을 대표하여 고명철 씀.

목차

01

식민의 내적 논리를 내파內破하는 경계의 언어

재일 시인 김시종의 시선집 『경계의 시』를 읽으며

고명철

1. 김시종의 '복수(復讐)의 언어'와 '원한(怨恨)의 언어'

재일(在日) 시인 김시종. 그의 이름을 혀끝에서 굴릴 때마다 주름살 깊게 패인 이마와 앙다문 입술, 그 입술 사이로 툭, 툭 내뱉어진 말들의 이명(耳鳴)이 내 귀를 맴돈다. 오랜 세월 재일 생활자의 운명을 살아왔기에 일본어에 익숙하되, 일본어를 능수능란하게 구사하는 것을 자랑스럽게 생각하는 것보다 오히려 그의 일본어가 애써 자연스레 들리지 않았으면 하는 의식이 고스란히 침투되어 있는 일본어를 사용한다. 아마도 여기에는 여러 이유가 있겠지만, 김시종의 다음과 같은 고백에서 가장 큰 이유를 헤아릴 수 있다.

> 나빠지게 몸에 감춘 야박한 일본의 아집을 쫓아내고, 더듬더듬한 일본어에 어디까지나 사무쳐서 숙달한 일본어에 잠기지 않는 내가 되어야 한다는 것. 그것이 내가 껴안고 있는 나의 일본어에 대한 보복입니다. 나는 일본에 보복할 것을 언제나 생각하고 있습니다. 일본에 익숙한 자기에 대한 보복, 내 의식의 밑천을 차지하는 일본어에 대한 보복. 이런 보복이 결국에는 일본어의 내림을 다소나마 펼쳐서, 일본어에 없는 언어의 기능을 갖출 수 있을까 모르겠습니다만, 나의 일본에 대한 오랜 보복은 그때야 비로소 완성될 것입니다.[1)]

김시종은 기회가 있을 때마다 그의 일본어에 대한 자의식을 뚜렷이 드러낸다. 그 핵심은 재일 시인으로서 일본을 위한 맹목적 동

1) 김시종, 「나의 문학, 나의 고향」, 『제주작가』 17호, 2006년 하반기, 88쪽.

일자의 삶을 완강히 거부하고, 오랜 세월 아시아의 식민 종주국인 일본 사회에 내면화된 식민 지배의 내적 논리에 균열을 냄으로써 마침내 그 식민 지배의 권력을 내파(內破)하는 것이다. 김시종의 시적 언어와 일상어는 이와 같은 원대한 과제를 해결하기 위해 일본 사회 내부에서 힘든 싸움을 벌이고 있다. 하여, 그의 고백에서도 드러나듯, 그의 일본어는 아직도 일본 사회의 밑바닥에 침전돼 있는 식민 지배의 권력을 겨냥한 것이자, 자칫 예의 일본 사회의 내적 논리에 그가 내면화되는 것을 냉혹히 경계하는 자기결단의 '복수(復讐)의 언어'이며, '원한(怨恨)의 언어'인 셈이다.[2)]

김시종의 이러한 시적 언어와 시적 실천에 대해 그동안 한국 문단에서는 소수의 연구자와 비평가를 제외하고는 문외한이었다 해도 과언이 아니다. 그도 그럴 것이 김시종과 같은 재일조선인 문학에 대해서는 아직 한국에 널리 소개되고 있지 못하다. 그나마 소개되고 있는 것들은 소설에 치중돼 있는데, 김사량, 김석범, 이회성, 양석일, 이양지, 유미리, 현월 등 몇몇 소설가에 집중되어 있을 뿐, 재일 시인의 시가 번역되어 한국의 일반 독자들에게 소개된 경우는 전무한 실정이다. 사정이 이럴진대, 김시종과 같은

2) 김시종의 이러한 언어적 특질에 대해 일본의 평론가는 다음과 같은 예리한 통찰을 보인다. "잔잔하고 아름다운 '일본어'임과 동시에 어딘지 삐걱대는 문체라는 생각이 든다. 장중하면서도 마치 부러진 못으로 긁는 듯한 이화감이 배어나오는 문체. (중략) 만일 '포에지'라는 개념이 단순히 시적(詩的) 무드라는 개념을 넘어 지금도 시인 개개인의 언어의 기명성(記名性)의 표상으로 통용된다면 이 어딘지 삐걱대는 문체를 통해 이쪽으로 방사(放射)되고 있는 것을 일본어에 의한 일본어에 대한 '보복(報復)의 포에지'라 부를 수도 있을 것이다."(호소미 가즈유키, 오찬욱 역, 「세계문학의 가능성」, 『실천문학』, 2002년 겨울호, 304~305쪽)

재일 시인이 그동안 한국에서 주목받지 못한 것은 새삼스러운 일이 아니다. 하지만 부끄러운 일이 아닐 수 없다. 비록 김시종이 한국문학의 영토 안에서 한국어로써 문학 활동을 하지는 않았지만, 김시종은 일본 문단에 첫발을 디딘 「꿈같은 일」(석간 『신오사카신문(新大阪新聞)』, 1950년 5월 26일)이란 시를 발표한 이후 반세기가 넘는 세월 속에서 한순간도 재일조선인으로서 살고 있다는 사실을 망각하지 않은 채 일본의 식민 지배의 내적 논리에 균열을 내고 그것을 내파(內破)하고자 하는, 시적 혁명의 꿈을 포기한 적이 없다. 재일 시인으로서 일본 문단의 한복판에서 '복수의 언어'와 '원한의 언어'를 통해 이와 같은 시작(詩作) 활동을 쉼 없이 펼치고 있다는 것만으로도 외경심을 자아내게 한다. 더욱이 김시종에게 간과할 수 없는 것은 그가 재일조선인 문학 안팎에서 중추적 역할을 맡고 있는바, 김시종은 재일조선인 사회를 들여다보는 리트머스지 역할을 맡고 있는 셈이다.[3] 재일 시인으로서 혹은 재일조선인으로

3) 김시종은 1929년 부산에서 출생한 이후 제주도에서 유소년시절을 보내다가 1949년 제주 4·3의 화마(火魔)를 벗어나 일본에서 현재까지 재일조선인으로서의 삶을 살고 있다. 재일 시인으로서 혹은 재일조선인으로서 그는 일본 사회에서 핵심적 역할을 맡았는데, 1949년 8월 일본공산당에 입당하여 재일조선인운동의 조직활동을 시작하면서, 일본 정부에 의해 강제 폐쇄 조치된 '나카니시(中西) 조선소학교'를 개교시켰고, 1951년 10월 오사카에서 결성된 '재일조선문화인협회'에서 발간된 종합지 『조선평론』에 참가하였으며, 1953년 2월 시 동인지 『진달래』 창간을 주도하였다. 이후 1957년 7월에 발표한 「장님과 뱀의 입씨름」 및 시 「오사카총련」이 '재일본 조선인총연합회'(약칭 조총련)로부터 정치적 비판을 받은 후 조총련을 탈퇴하였다. 그는 1986년 수필집 『'재일'의 틈새에서』를 출판하여 '마이니치 출판문화상'을, 1992년 집성시집 『원야의 시』로 '오구마 히데오상 특별상'을, 2011년 시집 『잃어버린 계절』로 '다카미준상'을, 2015년 자전적 성격의 에세이 『조선과 일본에 살다』로 '오사라기지로상'을 수상하였으며, 시집으로는 『지평선』(1955), 『일본풍토기』(1957), 『니이가타』(1970), 『이카이노 시집』(1978), 『광주시편』(1983), 『화석의 여름』(1998), 『경계의

서 김시종은 그동안 한국이 자의반타의반 무관심했던 존재였으나, 그의 문학적 삶을 통해 한국은 재일의 삶을 성찰할 수 있는 소중한 기회를 가질 수 있게 되었다.

이런 의미에서 김시종의 시선집 『경계의 시』(유숙자 역, 소화, 2008)가 최근 한국에서 번역·출판된 것은 반가운 일이 아닐 수 없다. 드디어 한국의 독서계는 김시종의 시적 고뇌와 시적 실천을 대면할 수 있게 된 것이다. 나의 과문(寡聞)이 용납된다면, 재일 문학의 대부분이 소설에 한정된 것인데, 시집의 꼴을 갖추고 본격적으로 한국 독서계에 소개된 것은 이번이 처음이 아닌가 한다.

여기서 한 가지 걱정거리가 고개를 슬그머니 내민다. 문학의 속성이 그렇듯, 애초 창작된 언어가 아닌 제2의 언어로 번역되었을 경우 창작 언어의 미세한 질감을 통한 문학적 상상력에 큰 흠결이 날 수 있다. 더욱이 앞서 잠시 살펴본 것처럼 김시종의 일본어가 갖는 특질이 한국어로 번역되는 과정에서 어떻게 해서든지 변형될 수밖에 없다는 점을 염두에 둘 때, 『경계의 시』로써 김시종 시세계의 비의성(秘義性)을 온전히 탐구한다는 것 자체는 어려운 일이다. 나는 이 점을 충분히 고려하면서 김시종의 시선집 『경계의 시』를 곱씹어보기로 한다.

시』(2005) 등을 출간했다. 일역으로 윤동주 시집 『하늘과 바람과 별과 시』(2004), 『재역 조선시집』(2007)을 펴내면서, 일본 문단과 일본 사회에 한국시를 번역하여 소개하는 중요한 일을 하고 있다. 뿐만 아니라 '코리아 국제학원'의 설립 준비위원장을 맡아, 일본 사회 내부에 존재하는 민단과 조총련의 대결 구도를 넘어 재일조선인 운동의 새로운 이정표를 세우는 데 중심적 역할을 다하였다.

2. 김시종의 시적 태도 혹은 '응시'의 윤리미

삶의 어느 한순간도 재일의 사회적 존재성을 망각한 적이 없는, 아니 망각할 수 없는 김시종에게 '응시'의 시적 태도는 매우 긴요하다. 단순히 세계를 본다는 차원이 아니라, 세계의 심연을 투과하여 보이지 않는 것을 '보고', 어둠 속에서 실루엣의 잔상으로만 그 대강의 윤곽을 짐작할 수 있는 것을 어둠 속에서 더욱 기민하게 발달된 촉수를 통해 실루엣의 잔상을 걷어내고, 마침내 그 실체를 더듬어 '본다.' 이것이 바로 김시종이 그토록 중시하는 '응시'의 시적 태도다. 김시종이 '응시'에 각별히 주목하는 것은 그를 에워싸는 세계가 어둡기 때문이다. 그의 사위는 빛이 투과되지 않는 암흑이며 깊이를 측량할 수 없는 심연이다. 하여, 암흑과 심연에 에워싸인 그가 살아있음의 존재를 증명해 보이기 위해 취할 수 있는 삶의 태도(혹은 시적 태도)는 다른 사람보다 첨예하게 발달한 '응시'의 능력을 발휘하는 일이다. 그런데 이 '응시'의 능력은 김시종의 심미적 이성을 보증하는 것이자, 김시종 시의 윤리미를 생성해내는 시적 원리라는 점을 강조해두고 싶다. 가령, 한국의 5·18광주를 일본에서 목도하며 쓴 다음과 같은 시에서 읽을 수 있듯,

때로 말(언어)은
입을 다물어 표정을 짓기도 한다.
표시가 전달을 거부하는 탓이다.
거절의 요구에는 말이 없다.
다만 암묵이 지배하고

대립이 길항한다.
언어는 이미 빼앗길 사상(事象)에서조차 멀어졌고
의미는 완전히 품어진 단어에서 박리된다.
의식이 눈을 응시하기 시작하는 건
바야흐로 이때부터다.

—「입 다문 언어」 부분

볼 만큼 보았습니다. 지날 것을 지나지 않고, 그저 지날 뿐인 나날을 지나왔습니다.

주의(主義)는 늘 민족 앞에 있었기에

사상에 넘겨지는 동족에는, 못내 아파하지 않았던 세월이었습니다.

그것이 흔들립니다. 차가운 가슴에 푸른 불꽃이, 깊은 상처 안에서 일렁입니다.

응시합시다. 지금은 고요히 저 깊은 어둠을 채울 때입니다.

어쩌면 보복당해야 할 무엇에, 순일하지 못한 조국이 있는 지도 모릅니다.

응시합시다. 응시합시다. 품어 안은 어둠의 끓어오르는 불길로.

—「열은 사랑, 저 깊은 어둠의 날이여」 부분

와 같은 데서, 시인에게 '응시'란 보는 것이되, 어둠과 암묵이 지배하는 세계를 투과해야 하기 때문에 이러한 세계에 익숙한 '눈'을 통해서는 도저히 투과할 수 없다. 때문에 절실히 요구되는 것은 퇴화된 시신경(視神經)의 '눈'을 갖고 애써 보는 게 아니라 그럴수록 더욱 명민해지는 '의식(의 눈)'을 통해 어둠과 암묵의 세계를 투과해야 한다. 비록 "어쩌면 보복당해야 할 무엇에" 속수무책으로 "깊은 상처”만이 “고요히 저 깊은 어둠을 채울 때”이지만, 그럴수록 “품어 안은 어둠의 끓어오르는 불길로” 민주화를 향한 저 도저한 광주 시민의 솟구치는 염원을 똑바로 ‘응시’해야 한다. 민주화를 향한 광주의 노도와 같은 움직임을 현해탄 건너 일본 열도에서 목도한 시인이 할 수 있는 일이라곤 “응시합시다.”라는 단호한 결단의 시적 청유형 언어를 반복하는 것이다. 이 강박증과 같은 청유형의 반복을 통해 김시종은 재일의 사회적 존재로서 광주의 참상에 대한 ‘애도’와, 광주의 민주화운동에 대한 ‘연대’, 그리고 광주에서 죽은 자들과 살아남은 자들이 획득한 그 무엇과도 맞바꿀 수 없는 한국의 민주화 성취들에 대한 ‘환대’의 시적 진정성을 발견하고자 안간힘을 쓴다.

여기서 세계가 암담하고 침울할수록 시인의 이 ‘응시’의 시적 태도는 어둠 속에서 가뭇없이 존재가 휘발돼 버리도록 방기하는 게 아니라 어둠과 팽팽한 길항 관계를 유지하며, 더 나아가 어둠의 실체를 매우 뚜렷이 투과해내는 시적 인식 능력을 발산하도록 자극한다.

> 도시가 무너진 날
> 화염에 쫓기던 날
> 마음이 허기져
> 기어코 벗이 미쳐 버린 날
> 책상 한 귀퉁이에서 해고(解雇)를 견딜 때
> 잠자코 놓인 어머니의 얇다란 편지에 눈길 머물 때
> 아내가 말문을 닫고
> 괜스레 고향이 멀어질 때

뱀은 어찌 지내려나
번득이는 눈알은 어딜 응시하고
낌새의 무엇을 붉은 혓바닥은 더듬으려나

들썩이는 깊은 이 밤
수백 수천의 뱀을 풀어
물어뜯긴 대지의 독(毒)은 없는가
산이여

—「산」 부분

어떤 이유인지 알 수는 없지만, 도시가 무너지고 화염에 쫓겨 마치 화탕지옥(火湯地獄) 속의 고통과 상처를 앓고 있는 시적 자아의 내면 풍경 속에서, 문득, 시적 자아는 "번득이는 눈알"을 지닌 고향의 뱀을 떠올린다. 그렇다. 고향과 연루된 그 숱한 존재들 중 하필 뱀을 떠올린 이유는 바로 "들썩이는 깊은 이 밤"을 뚜렷이 '응시'할 수 있는 '눈'을 지녔기 때문이다. 맹독을 지닌 고향의 뱀이야말로 바로 그 맹독을 암흑의 대지로 뿜어대기 위해 어둠에 굴복당하지 않은 채 암묵의 세계를 '응시'한다. 어쩌면 시적 자아의 내면 풍경 속에 똬리를 틀고 있는 고향의 맹독성 뱀은, 재일 시인으로서 혹은 재일조선인으로서 염화지옥(炎火地獄)처럼 간주되는 일본 사회의 어둠에 복속되는 게 아니라, 어둠의 대지에 맹독을 뿜어대는 사회적 존재로 자리매김하고자 하는 시적 욕망의 객관적 상관물인지 모를 일이다.

이처럼 김시종에게 '응시'의 시적 태도는 재일 시인이면서 재일조선인으로서의 삶을 견디게 하는 시적 원리임과 동시에 김시종 시의 윤리미를 생성·보증해내는 중핵이다.

3. 재일조선인의 틈새의 언어, 그 위상

'응시'에 대한 김시종의 입장은 재일의 삶에 대한 치열한 자기인식의 도정 그 자체라 해도 과언이 아니다. 앞서 김시종의 '복수의 언어'와 '원한의 언어'가 지닌 의미를 언급한바, 여기에는 김시종과 일본어가 '상호 응시'하고 있다는 점을 간과해서 안 된다. 김시종과 일본어는 서로 길항 관계에 놓여 있다. 어느 한쪽이 다른 한쪽을 지배하는 관계가 아니라 양쪽의 힘이 팽팽히 맞서고 있으며, 이 맞섬의 관계를 통해 김시종은 종래 일본어가 지닌 식민 종주국으로서의 식민 지배자의 내적 논리에 균열을 내고 궁극적으로는 예의 논리가 해체되기를 욕망한다.

> 나는 분명 역사적으로는 '8·15'를 분수령으로 옛 일본으로부터 끊어졌다. 확실히 '8·15'는 식민지를 강요한 일본과 결별하는 날이긴 했다. 그런데 일본어만은, 그 후 부득이한 일본에서의 생활과 중첩되어선지 예전의 나를 고스란히 그러안고 있다. 일찌감치 눌러앉은 나의 일본어와 고별하기 위해서, '해방'은 여전히 긴 시간을 필요로 하는 끝없는 계기 같은 것이다. 그 일본어로 나는 시를 쓰고 자신의 사념을 정착시키려 발버둥치고 있다. 참으로 그 익숙한 일본어야말로 문제이다. 잡다한 속성의 한복판에 나뒹굴어도 때 묻지 않은 서정을 어떡하든지 자신의 일본어로써 발로시킬 책무가 내게는 있다. 자신의 생장에 얽혀 있는 일본어로부터 나 자신

을 해방하기 위해서다.[4]

우리가 김시종을 오해해서 안 될 것은, 김시종은 일본어에 대한 맹목적 배타의식을 지니지 않는다는 사실이다. 일본어에 대한 맹목적 배타의식을 가졌다고 일본이 강제해온 과거의 식민성과 이후 면면히 흐르고 있는 식민의 내적 논리를 쉽게 극복할 수 있는 것은 결코 아니기 때문이다. 무엇보다 오랜 세월 재일의 삶을 살아온 김시종과 같은 재일조선인을 향하여 일본어를 사용해온 게 반민족적이라고 비난을 가하는 것은 식민의 내적 논리를 극복하는 데 도리어 장애물로 작용할 뿐이다. 그래서 김시종의 언어가 갖는 위상에 각별히 주목할 필요가 있다. 그는 "언어를 펼치기보다 자신을 형성해온 언어를, 의식의 웅덩이 같은 일본어를 시의 필터로 걸러내는 작업에 몰두"[5]하는데, 이를 두고 "일본어에 대한 나의 자학적인 대응 방식"[6]이라고 하여, 김시종과 일본어의 '상호 응시', 즉 맞섬의 관계를 시적 실천으로 옮긴다. 말하자면, 김시종의 이러한 시적 실천은 일본과 한국의 경계 사이에 놓인 재일조선인으로서의 정치사회적 입장이 시적 맥락에서 발화되는 것이다.

> 내가 눌러앉은 곳은
> 머언 이국도 가까운 본국도 아닌
> 목소리는 잦아들고 소망이 그 언저리 흩어져 버린 곳

4) 김시종, 「지은이 서문」, 『경계의 시』, 소화, 2008, 9~10쪽.
5) 김시종, 「내 안의 일본과 일본어」, 『아시아』, 2008년 봄호, 113쪽.
6) 김시종, 「내 안의 일본과 일본어」, 113쪽.

애써 기어올라도 시야는 펼쳐지지 않고
깊이 파고들어도 도저히 지상으로는 내려설 수 없는 곳
그럼에도 그럭저럭 그날이 살아지고
살아지면 그게 생활이려니
해(年)를 한데 엮어 일년이 찾아오는 곳
(중략)
애당초 눌러앉은 곳이 틈새였다
깎아지른 벼랑과 나락을 가르는 금
똑같은 지층이 똑같이 움푹 패어 마주 치켜 서서
단층을 드러내고도 땅금이 깊어진다
그걸 국경이라고도 장벽이라고도 하고
보이지 않는 탓에 평온한 벽이라고도 한다
거기엔 우선 잘 아는 말(언어)이 통하지 않아
촉각 그 심상찮은 낌새만이 눈과 귀가 된다

—「여기보다 멀리」 부분

시적 자아인 "내가 눌러앉은 곳은" "틈새"다. "깎아지른 벼랑과 나락을 가르는 금"에 눌러앉아 있다. 그곳에서는 모어(母語)가 통할 리 없다. 그곳은 국경선이 존재하지 않는 국경 지역이다. 그곳은 모어로써 소통 불가능한 경계다. 모어의 잔재를 애써 지워내야 하는 곳이다. 하지만 어디 그것이 쉬운 일인가. 비록 세월의 위협 속에 모어는 의식 속에서 스러졌지만, 무의식 저 내밀한 곳에 숨죽여 있어, 언제 어디서 의식의 지층 위로 솟구쳐 나올지 모르는 모어의 꿈틀거림은 틈새에 있는 자의 언어를 교란시킨다. 때문에 재일 시인 김시종은 일본어의 정제된 질서를 교란시키며, 김시종만의 독특한 언어 질감을 자아내는 재일의 시를 탄생시키는 것이다. 하여, 그는 자신이 집요하게 추구하는 재일의 시를 통해, 그토록 희구하는, 일본의 식민 내적 논리로부터 자신을 해방하는 기획과 그것을 실천하는 환희를 만끽한다.

송두리째 거부되고 찢겨 나간
백일몽의 끝 그 처음부터
그럴듯한 과거 따위 있을 리 없어
길들여 익숙해진 재일(在日)에 머무는 자족으로부터
이방인인 내가 나를 벗어나
도달하는 나라의 대립 틈새를 거슬러 갔다 오기로 하자

그렇다, 이젠 돌아가리
노을빛 그윽이 저무는 나이
두고 온 기억의 품으로 늙은 아내와 돌아가리

—「돌아가리」 부분

썩은 낙엽에 숨 쉬는 대지처럼
수북한 연하장 더미 깊숙이 잠들어 있는 건 나의 축복이다
떼밀려 숨어든 모어(母語)이자
두고 온 말을 향한 은밀한 나의 회귀이기도 하다

얼어붙은 나무 둥치의 뜨거운 숨결을
거품 부글거리는 언어로는 도저히 말할 수 없다

—「축복」 부분

"개미의/군락을/잘라 낸 듯한/우리가/징용이라는 방주에 실려 현해탄을 넘은 건/일본 그 자체가/혈거 생활을 부득이 꾸려야 했던 초열(焦熱) 지옥"이었으며, "흐릿한 망막에 어른대는 것은 삶과 죽음이 어우러진 하나의 시체"이고(「Ⅱ바다 울림 속에서」), "절대 어긋날 리 없는 지구의 회전만을"(「자서(自序)」) 믿은 채, 다시 현해탄을 건너 고향에 돌아가리라고는 꿈도 꾸지 않았다. 하지만, 이제 "노을빛 그윽이 저무는 나이"에 접어들고 이 모든 신산고초(辛酸苦楚)의 삶을 '재일의 시 쓰기'를 통해 견뎌온 '나'는 당당히 고향에 돌아가리라고 선언한다. 어느 구석 깊숙이 자욱한 먼지를 둘러쓴 채 숨겨둔 모어(母語)는 그동안 용케도 살아 있었다. 이렇게 일본의 식민 내적 논리에 흡수되지 않은 '재일의 시 쓰기'는 망각하고 있던 모어와의 만남을 이끌어내고, 부끄럽지 않게 고향을 떠올리고, 심지어 고향으로 돌아가겠다는 의지를 다지도록 한 것이야말로 재일조선인으로서 자기해방의 시적 성취를 일궈낸 것으로 나는 생각한다. 여기서 짚고 넘어갈 것은, 김시종의 고향 회귀는 어디까지나 '재일의 시 쓰기'를 통해 획득한 시적 성취의 의미를 지닌 것이지, 한국이라는 국민국가의 구성원으로서 회귀하자는 게 결코 아니다. 그는 평생 남과 북으로 나뉜 민족의 현실을 개탄스러워했으며, 남과 북 어느 한쪽에 편향된 정치적 입장을 고수하지 않았다. 그보다는 남과 북의 분단체제가 종식되고 평화체제가 구축됨으로써 '재일의 종언'이 도래하기를 욕망한다. 따라서 '재일의 종언'이 도래하기까지 그는 '재일의 시 쓰기'로써 식민의 내적 논리를 극복하고, 그것을 극복하는 도정에서 얻은 시적 성취를 갖고 고향에 회귀함으로써 재일의 사회적 존재로부터 자기해방을 궁극적으로 이루고자 한다.

4. 식민의 내적 논리를 극복하는 '재일의 시 쓰기'

그렇다면, 김시종은 '재일의 시 쓰기'를 통해 식민의 내적 논리를 어떻게 극복하고 있을까? 이번 시선집 『경계의 시』를 관류하고 있는 그의 시적 인식은 재일의 사회적 존재가 겪는 온갖 문제에 대한 비판적 성찰이며, 재일조선인의 삶에 대한 심미적 이성을 통해 '재일의 시'만이 갖는 미적 성취를 일궈내고 있다. 『진달래』 동인이었던 소설가 양석일이 "남북조선을 등거리에 두고 자기 검증을 시도한 김시종의 재일론은 너무나 급진적(radical)인 것이었다고"[7] 예각적으로 짚어냈듯, 이번 시선집에서 이와 같은 김시종의 시적 인식을 주목해보아야 한다.

여기, 재일조선인의 삶을 '응시'하는 대표적 시 「보이지 않는 동네」의 부분에 귀 기울여 본다.

> 없어도 있는 동네./그대로 고스란히/사라져 버린 동네./전차는 애써 먼발치서 달리고/화장터만은 잽싸게/눌러앉은 동네./누구나 다 알지만/지도엔 없고/지도에 없으니까/일본이 아니고/일본이 아니니까/사라져도 상관없고/아무래도 좋으니/마음 편하다네.

---

7) 유숙자, 「재일 시인 김시종의 시세계」, 『실천문학』, 2002년 겨울호, 138쪽.

(중략)

어때, 와 보지 않을 텐가?/물론 표지판 같은 건 있을 리 없고./더듬어 찾아오는 게 조건./이름 따위/언제였던가./와르르 달려들어 지워 버렸지./그래서 '이카이노'는 마음속./쫓겨나 자리 잡은 원망도 아니고/지워져 고집하는 호칭도 아니라네./바꿔 부르건 덧칠하건/猪飼野는/이카이노./예민한 코라야 찾아오기 수월해.

(중략)

바로 그것./이카이노가 이카이노가 아닌 것의/이카이노의 시작./스쳐 지나는 날들의 어둠을/멀어지는 사랑이 들여다보는/엷은 마음 후회의 시작./어디에 뒤섞여/외면할지라도/행방을 감춘/자신일지라도/시큼하게 고인 채/새어 나오는/아픈 통증은/감추지 못한다./토박이 옛것으로/압도하며/유랑의 나날을 뿌리내려 온/바래지 않는 고향을 지우지 못한다./이카이노는/한숨을 토하는 메탄가스/뒤엉켜 휘감는/암반의 뿌리./으스대는 재일(在日)의 얼굴에/길들여지지 않는 야인(野人)의 들녘./거기엔 늘 무언가 넘쳐 나/넘치지 않으면 시들고 마는/일 벌이기 좋아하는 조선 동네./한번 시작했다 하면/사흘 낮밤./징소리 북소리 요란한 동네./지금도 무당이 날뛰는/원색의 동네./활짝 열려 있고/대범한 만큼/슬픔 따윈 언제나 날려 버리는 동네./밤눈에도 또렷이 드러나/만나지 못한 이에겐 보일 리 없는/머나먼 일본의/조선 동네.

―「보이지 않는 동네」 부분

재일조선인의 정착지이면서 가장 왕래가 빈번했던 오사카의 이카이노는 1973년 2월 1일, 오사카부(府)가 주거 표시를 변경하는 미명 아래 영원히 지도에서 사라지고 말았다. 물론, 현재 오사카 이쿠노구(生野區)에는 '이카이노'란 옛 지명은 사라졌으되, 코리아

타운이 들어서면서 아직도 '이카이노'란 옛 지명으로 소환되는 조선의 일상적 풍습을 곧잘 목도할 수 있다. 김시종은 「보이지 않는 동네」에서 재일의 삶의 터전이 일본의 국민국가의 폭압 속에서 스러지는 스산한 풍경을 툭, 툭, 끊어지면서도 이어지는, 말하자면 단속적(斷續的)인 시의 리듬으로 자연스레 포착하고 있다. 김시종의 이러한 시의 리듬은 '이카이노'를 증발시키는 일본 국민국가의 재일조선인에 대한 민족적 차별을 시의 정치성으로 절묘하게 형상화해낸다. 재일조선인을 연대하는 모든 관계를 절단하여, 일본이란 국민국가의 통합을 구성하는 데만 효용적 가치를 가질 수 있도록 재일조선인을 배치(配置)함으로써 그들을 '일본의 비국민(非國民)'이란 특수한 정치사회적 신분으로 구별 짓고자 하는 게 바로 '이카이노'를 행정적으로 소거한 주요 이유다. 김시종은 '이카이노'를 대상으로 한 일본의 교묘한 행정 지배와 재일조선인에 대한 '일본의 비국민'이란 정치사회적 구별 짓기를 통한 일본의 국민국가로서의 통합 기능을 유지하고자 하는 의도를, 단속적 시의 리듬을 자유자재로 활용하여, 그 실체의 면모를 시적으로 증언·고발·저항하고 있다. 그러면서 아무리 일본이 '이카이노'를 지도상에서 말소시킨다고 하지만, 단속적 시의 리듬이 그렇듯, 끊어질 듯하면서도 결코 완전한 절단을 이루지 못한 채 또 다른 형식으로 이어지게 마련이듯, '이카이노'가 상징하는 재일조선인의 삶과 현실, 그리고 그 문화적 가치는 현재까지도 전승되고 있다. 김시종의 「보이지 않는 동네」는 이처럼 일본어로 쓰였으되, 시의 단속적 리듬이 갖는 정치적 효과를 극대화함으로써 그의 재일에 관한 정치사회적 입장은 시의 급진성을 통해 더욱 예각화된 셈이다.

사실, 이러한 시의 급진성은 그가 의도적으로 활용하는 시의 단속적 리듬과 함께 시의 음악성을 간과하고 있지 않다는 점을 유의해야 할 것이다. 가령, 일본 사회에서 언제 추방당할지 모르는 위험을 안고 있는 재일조선인의 현실을 노래한 다음과 같은 시가 있다.

> 고추장 흠뻑 버무려/비빔밥 곱빼기/두 그릇 해치우고/이쑤시개 빼물고/안내를 부탁했다./미심찍어하는 매니저/못 본 척/쿵쿵쿵 뛰어오르다/맨 먼저 계단 층계참에서/우연히 딱 마주친 건사장 부인./후줄근한 표정으로/당신 누구!?/집어쳐!!/조센 있나!/하고 주저앉아/대접받은 차에/담배 꽂아 넣고,/그래 놓고/귀퉁이 걸레 자루/끌어내렸다./코앞의 파친코 손님/나가떨어지고/잇따라/일곱 대/때려 부쉈을 즈음/경찰차/가 왔어./그래서/이/위험한 사내/출입국 관리령에 따라/강제 송환./내 나라, 갈거여!/오무라(大村) 수용소로/끌려가는 동안/그가 부른 노래는/아리랑 도라지./아무리 불러도/노래는 하나/아리랑 도라지/말고는 나오지 않는다./아리랑 아라리요/도라지 아라리요/사내의 노래는/파되 위/현해탄에 흔들리고 끊어지고/도라지 도라지/아리랑 도라지요
>
> ―「노래 하나」 부분

재일조선인의 처지로서 일본 사회에서 축출당했던 게 어제오늘의 일이던가. 재일조선인을 '일본의 비국민'으로서 행정적으로 관리·감독하기 벅찰 경우 일본은 가차 없이 그들에게 부여된 최소한의 사회구성원의 자격마저 박탈한 채 일본 사회에서 그들을 아예 적출해버린다. 그런데 여기서 잠시 일제강점기로 거슬러 올라가

보면, 이러한 일본의 조치가 얼마나 앞뒤가 맞지 않는 허구적 논리인지 명약관화해진다. 두루 알듯이 일제는 1930년대 후반 대동아 공영권 건설이라는 기치 아래 서구의 근대에 맞서 일본을 중심으로 한 동아시아의 근대의 질서를 구축한다면서, 내선일체(內鮮一體) 이데올로기를 통해 조선인과 일본인이 구별되거나 조선인이 일본인에 비해 차별적 대우를 받지 않고, 동아시아의 신체제를 구축해야 한다는 것을 역설한 바 있다. 그러던 일본은 도일(度日)한 재일조선인을 언제 그랬냐는 듯, 일본인과의 철저한 구별 짓기를 통한 차별적 대우를 통해 관리·감시·통제해온 것이다. 내선일체를 통한 동아시아의 신체제 구축은 일본의 제국주의적 욕망을 감추기 위한 한갓 정치적 이데올로기에 불과한 것으로, 일본은 결코 조선인과 재일조선인을 일본 국민과 동등한 위치로 이해하지도 않고, '일본의 비국민'이란 정치사회적 입장으로 인식할 따름이다. 따라서 이러한 일본의 속셈을 일찌감치 파악하고 있는 재일조선인은 한국으로 강제소환되는 것을 치욕으로 간주하는 게 아니라 도리어 "아리랑 도라지"란 전래 민요를 흥얼댐으로써 오랜 세월 일본에서 극심한 예의 차별적 대우를 견뎌온 재일조선인의 애달픈 정한을 달랜다. 김시종의 「노래 하나」란 시는 이와 같은 재일조선인의 고단한 역사의 풍정(風情)을 짧은 가락과 그 가락 사이를 배회하고 있는 "아리랑 도라지"의 낮으면서도 반복적인 배음(背音)으로 매우 단출히 포착하고 있다.

이러한 맥락에서 구두 수선을 하며 간난신고(艱難辛苦)의 현실을 견디는 재일조선인의 삶이 반복적 리듬으로 노래하고 있는 것 역시 간단히 보아 넘길 수 없는 작품이다. 시적 반복이 지닌 긴장과 이완의 효과를 최대한 활용함으로써, 재일조선인의 신산스러운 삶에 스며 있는 삶의 팽팽한 긴장과, 어느 순간 이러한 삶을 방기하고자 하는 이완이 교차되는 삶을, 김시종은 그의 예민한 시적 감각으로 잘 드러내고 있다.

> 두드리고 더듬어/두들겨댄다./침묵의 아버지를/두들겨댄다.//30년 견디어/방 두 개짜리./죽은 아버지/남기신 것.//두드리고 두들기고/두들겨 패서/풀어지려나/뼈의 시름.//두드린다./두들긴다./일본이라는 나라를/두드린다./홀로 남은/조선도/울려 퍼지라고/두들긴다!//통일 기다리다/어머니 돌아가시겠지./나는 나대로/하릴없이/늙어 가겠지.//두드려도/두들겨도/못다 두드릴/스쳐 지날 뿐인/해(年)를 두드린다./두드리고 두들기고/두들겨 패서/밥벌이할 뿐인/나를 두들긴다.
>
> ―「노래 또 하나」 부분

5. '재일 시 쓰기'의 본격적 탐구를 향한 모험으로

김시종은 일본 문단에 처음으로 발표한 시에서, "내가 무슨 말을 하면/모두들 금방 웃어 제친다/"꿈같은 얘기 그만 해"/나마저 그런가 싶어진다//그래도 나는 단념할 수 없어/그 꿈같은 일을/정말로 꿈꾸려 한다"(「꿈같은 일」)라고, 마치 그의 재일 시인으로서의 험난한 도정을 예견이라도 한 것처럼 노래하였다. 물론, 김시종은 그의 시적 예견을 보란 듯이, 제 자신에게 입증해 보이는 시작(詩作) 활동을 쉼 없이 펼쳐왔다. 그는 재일의 사회적 존재임을 한

순간도 망각해본 적이 없는, 재일 시인으로서 투명한 자기인식을 쟁취하고자 고투하였다. 남과 북으로 나뉜 조국의 현실을 대하며, 남과 북에 등거리를 유지한 채 더욱 명민하게 재일 시인의 자기인식을 갈고 다듬는 노력을 조금도 게을리하지 않았다("대체 넌 어느 쪽이냐고?!/한국을 이기에 할 셈이야?/아니면 지게 할 셈이야?/나도 모르겠어./다만 '조선'이 이기길 바라." –「내가 나일 때」 부분).

그러면서 김시종은 재일조선인으로서의 삶을 부끄럽게 생각하지 않는다. 일본 사회뿐만 아니라 한국 사회에서도 재일조선인은 마치 얼룩과 같은 이물스러운 존재다. 하지만, 그러기 때문에 재일조선인은 도리어 한국과 일본을 냉철한 '응시'의 시선을 통해 그들 내부자와는 또 다른 관점으로 성찰할 수 있는 시야를 확보한다.

얼룩은
규범에 들러붙은
이단(異端)이다
선악의 구분에도 자신을 말하지 않고
도려낼 수 없는 회한을
말(언어) 속 깊숙이 숨기고 있다

–「얼룩」 부분

어쩌면, 재일조선인은 얼룩과 같은 숙명을 쉽게 떨쳐낼 수 없을지 모른다. 한국과 일본의 제도 안으로 정상적으로 포섭되기 어렵고, 그렇다고 아예 바깥으로 튕겨 나갈 수도 없는, 그래서 한국과 일본의 경계 혹은 '일본의 비국민'으로서의 경계에 놓인 재일조선인의 정치사회적 입장은 여전히 뜨거운 감자다.

내가 김시종을 특별히 주목하는 데에는, 재일 시인의 자기인식의 투명성을 통한 시적 성취가 '재일 시 쓰기'의 완성과 품격을 갖추는 일에도 중요하되, 근대 국민국가가 잉태하고 있는 복잡한 층위의 문제들을 해결할 수 있는 묘법(妙法)과 혜안(慧眼)을 김시종으로부터 얻을 수 있지 않을까, 하는 기대 때문이다. 하여, 김시종의 시선집 『경계의 시』는 단순한 번역 시집 이상의 의미를 갖는다. 이제 한국문학과 한국의 독서계는 김시종의 시세계를 비평의 영토 안으로 끌어들여, '재일 시 쓰기'가 타전하는 시적 진실과 그 비의성을 탐구하는 모험에 머뭇거려서는 안 될 것이다.

이 글은 계간 『문학들』(2008년 여름호)에 게재되었으며,
고명철의 평론집 『지독한 사랑』(보고사, 2010)에도 수록돼 있는 것을
부분적으로 첨삭한 것이다.

02

김시종과 일본어, 그리고 '조선어'

이한정

1. 서론

이 글에서는 재일조선인 시인 김시종이 일본어로 글을 쓰는 작업을 검토하고, 그의 일본어 글쓰기와 '조선어' 인식의 관련성 속에서 식민지 출신 김시종의 일본어에 대한 사고가 현재 어떤 의미를 갖는지 생각해 보고자 한다. '재일조선인'을 가리키는 말로는 '재일 한국인'이나 '재일 한국·조선인', 나아가 '재일 코리안', '자이니치(在日)' 등 다양한 호칭이 있는데, 김시종은 스스로 '재일조선인'(또는 '자이니치')을 사용하므로 여기에서는 그에 따른다.

'재일조선인'이라고 했을 때, 이 말이 함의하는 점에도 유념해야 한다. '일본에 거주하는 조선인'을 뜻하는 이 말에 붙어 있는 '조선인'은 과연 어느 나라 사람을 가리키는가. 국민국가 체제를 염두에 두고 따진다면 '대한민국' 아니면 '북한' 사람이라 할 수 있으나, 여기에서 '조선인'은 1945년 해방 이전에 존재했던 일본 식민지 '조선'에 살던 사람을 말한다. 어떻게 보면 이제는 존재하지 않는 식민지 유산인 '조선'이란 명칭을 일본 거주자인 한국적 혹은 조선적을 지닌 사람들이 고집하는 이유는 식민지배의 '역사성'을 유지하기 위함일 것이다. 재일조선인이 사용하는 언어를 일본에서는 통칭 '조선어'라고 부른다. '한국어'라는 호칭과 달리 조선어는 '대한민국'과 '북한'을 포함한 1945년 이전 '조선' 땅에 살던 사람들이 구사했던 언어를 뜻한다.

재일조선인을 국내에서는 '재일동포(교포)' 혹은 '재일한인'으로 부르는데, 이때 '동포(교포)'와 '한인'은 이들을 한국인 공동체인 '우리'라는 범주에 포함시켜 부르는 데에서 기인한다. 재일조선인을 생각한다는 것은 바로 '우리'를 직시하는 일이기도 하다. 그렇다면 재일조선인을 시야에 두고 볼 때 '우리'는 누구인가. 우리는 '조선인' 혹은 '한국인' 어느 쪽에 속하는 것일까. '한국인'인 '우리'와 '재일조선인'은 과연 무엇을 공유할 수 있을까. 그 '조선인'을 '한국인'으로 포함시키기 이전에 '우리'가 그들과 함께 '조선인'이 될 수는 없을까. 재일조선인을 생각할 때 이러한 복잡성을 바로 '우리'와 '그들'의 지점에서 회피해서는 안 된다. 앞으로 논하고자 하는 재일조선인과 '우리'의 거리는 '동포(교포)'로써 좁혀질 수 있는 문제가 아님을 인정해야만 한다. 그렇다면 '조선어'가 아닌 '일본어(이 일본어는 재일조선인에게 외국어도 아니다)' 속에서 살아가는 김시종과 '우리'는 어떻게 만나야 할까. 호소미 가즈유키는 "재일조선인 1세 이후 전승되는 '조선'이 말하자면 말의 '생리'로서 숨 쉬고 있다"고 생각하는 김시종은 "일본어 속에 생리언어로서의 재일조선인어를 새겨 넣고 있다"고 말했다.[1] 이 생소한 '재일조선인어(在日朝鮮人語)'와 '우리'는 어떻게 대면할 수 있을까. 이러한 사유를 확장시킬 수 있는 지점을 모색해 보려는 것이 이 글의 목적이다.

따라서 이 글에서는 시인 김시종의 시를 분석하는 데에 치중하기보다는 그의 평론을 대상으로 하여 김시종의 '일본어' 인식과 '조선'에 대한 관념, 나아가 조선어 인식에 논의의 초점을 맞추고자 한다. 김시종에 대해서는 국내에서 탈식민주의와 디아스포라, 경계인의 관점에서 연구가 이루어졌고, 일본에서 발표된 네 편의 글도 소개되었다.[2]

1) 細見和之, 『アイデンティティ/他者性』, 岩波書店, 1999, 101~102쪽.

2. 사산된 '조선어'와 각인된 '일본어'(국어)

김시종은 1929년에 부산에서 태어나 1948년에 발생한 제주 4·3 사건에 연루되어 1949년 6월에 이 사건의 탄압을 피해 일본으로 건너갔다. 이후 8월에 일본공산당에 입당했고, 1950년 5월에 처음 일본어로 쓴 시 「꿈같은 일」을 『신오사카신문』에 게재했다. 1955년에 첫 시집 『지평선』을 간행했고, 이어 『일본풍토기』(1957), 『니이가타』(1970), 『이카이노 시집』(1978), 『광주시편』(1983), 『들녘의 시』(1991), 『화석의 여름』(1998) 등의 시집을 출간했으며, 2011년에는 일본어로 시를 쓰기 시작한 지 60여 년 만에 시집 『잃어버린 계절』로 다카미준상(高見順賞)을 받았다. 이 수상 소식을 알리는 국내 일간지와의 인터뷰에서 김시종은 "일본 시단에서는 늘 '권외(圈外)'에 있는 사람 취급을 받았는데, 지금 와서 상을 준다니 받아야 할지, 말아야 할지 마음이 좀 복잡해지네요"[3]라고 말하고 있다. 일

2) 유숙자 「역자해설」(김시종 시집 『경계의 시』, 소화, 2000), 고명철 「식민지의 내적 논리를 내파(內波)하는 경계의 언어-재일 시인 김시종의 시선집 『경계의 시』를 읽으며」(『문학들』 12, 2008), 김응교 「고통을 넘어선 구도자의 노래, 김시종」(『계간 시평』, 2008), 하상일 「재일 디아스포라 시인 김시종 연구」(『한국언어문학』 71, 2009), 오창은 「경계인의 정체성 연구-재일조선인 김시종의 시 세계」(『어문논집』 45, 2010) 등이 있다. 일본에서 연구된 논문 번역으로는 호소미 가즈유키 「세계문학의 가능성-첼란, 김시종, 이시하라 요시로의 언어체험」(『실천문학』, 1998), 마쓰바라 신이치 「김시종론」(『재일 한국인문학』, 솔, 2001), 우카이 사토시, 고영진 역 「김시종의 시와 일본어의 미래」(『언어 제국주의란 무엇인가』, 돌베개, 2005), 오세종, 조수일 역 「〈길〉과 자기 자신-김시종 론」(『재일코리안 문학과 조국』, 지금여기, 2011) 등이 있다. 오세종의 논문은 2010년에 일본에서 출판된 『리듬과 서정의 시학-김시종과 '단가적 서정의 부정'』의 일부를 번역한 것으로 이 저서는 국내외를 망라해 김시종에 관한 최신의 종합적 학술서라 할 수 있다.

3) 「'경계선의 在日시인' 김시종 씨 日문학상 수상」, 『연합뉴스』, 2011년 1월 20일 자.

본어로 시를 쓰는 재일조선인 작가가 일본의 대표적인 문학상을 처음 받은 것이다. 시집 이외에도 김시종은 몇 권의 평론집을 간행했다. 1986년에 출판된 『'재일'의 틈새에서』는 그해 제40회 마이니치 출판문화상을 수상했다. 시인 김시종은 시보다는 재일조선인 평론가로서 일본에서 먼저 인정받았다. 이 책은 2001년에 문고본으로도 출판되어 현재 김시종의 저서 중에서 가장 대중적인 책이라 할 수 있다. 『'재일'의 틈새에서』에서 김시종은 1945년 8월 15일 일본의 패전과 '조선'의 해방이 자신에게는 어떤 사건이었는지를 다음과 같이 말하고 있다.

> 나의 무지는 조국이 소생한 '8월 15일'에조차 들끓는 거리의 환성 속에서 혼자 따돌림을 당했을 정도로 구원받기 힘든 것이었다. 삶의 근거가 폭삭 소리를 내며 완전히 땅속 깊이 꺼져가고 있었기 때문이다. 나는 조선의 글자로는 아이우에오의 '아'도 쓸 수 없는 망연자실함 속에서 억지로 조선인으로 되돌려졌다. 나는 패배한 '일본'에서도 따돌림을 당해야만 했던 정체불명의 젊은이였다. 겨우 인정하지 않으면 안 되었던 '패전' 앞에서 나는 굳은 결의를 다졌다. 이윽고 진주해 올 미군 병사 누군가와 서로 멋지게 찔러 죽이는 일을 완수할 각오였다.[4]

김시종에게 8월 15일 해방은 절망으로 다가왔다. "무지"라는 말을 전제로 하고 있지만, 당시 일본 식민지에서 살았던 '조선인'이 해방을 맞이하던 심상 풍경의 한 면을 여실히 묘사하고 있다. 조선

4) 金時鐘, 『「在日」のはざまで』, 平凡社, 2001, 14쪽.

인에게는 해방군인 "미군 병사"와 단판을 지을 결의를 다지는 "정체불명의 젊은이"가 '조선인'이라고 하기에는 불가사의한 존재였다. 당시 열일곱 살이었던 김시종의 "망연자실함"은 무엇보다 '조선어'를 모른다는 불안감에서 비롯되었다. 조선 땅에서 조선인인 자가 조선어를 모르고 살아간다는 것은 있을 수 없는 일이었다. 김시종에게 해방은 조선과 일본 양쪽으로부터 버림받는 절망을 맛보게 했다. 그렇다면 김시종에게 과연 '조선어'는 무엇이었을까. 김시종은 "조선인인 내가 조선에서 조선어를 상실한 것은 초등학교 2학년 때였다"라고 말했다. 학교에서 조선어 사용이 금지된 시기였다. 김시종의 어머니는 일본어를 말할 수 없었고 아버지는 일본어를 읽고 쓸 수 있었으나 일상생활에서 일본어를 일절 사용하지 않았다. 학교에서 배운 일본어를 의기양양하게 집에서 사용하려던 김시종은 "착한 아이"였다. 집에서도 "국어 상용"을 준수해 '국어'를 모르는 어머니를 당혹스럽게 했다. 어머니는 "쓸쓸한 웃음"을 지으며 어린 아들의 일본어를 그저 묵묵히 받아주었으나 아버지는 "불쾌함"을 감추지 않았다고 한다. 일본어 동요나 창가(唱歌)를 몸에 익히며 아버지 서재에 있던 일본어로 번역된 세계문학전집을 읽으며 성장한 김시종이 조선어 노래로서 외우고 있었던 것은 아버지가 불렀던 '클레멘타인'이 유일했다. 해방 전 김시종은 일본어로 가득 찬 세계에서 성장했다.

김시종은 소년시절을 회상하며 "조선의 글자도 쓸 수 없었던 황국(皇國)소년인 나"라는 표현을 곧잘 동원한다. '황국소년'에게는 "조선어, 즉 민족으로서의 의식을 깊이 자각시킬만한 모국어가 없었"고 모어는 "표준어와 완전히 동떨어진 겨우겨우 알아들을 수 있는 정도의 방언"[5]이었다. 김시종은 1933년 조선어학회에서 내놓은 '한글맞춤법통일안'에 의거한 서울말 중심의 '표준어'와도 격리된 함경도 '방언'을 모어로 가지고 있었다. 여기에서 소년 김시종을 둘러싼 언어 환경을 정리해보면, 그에게 국어는 일본어이며, 모국어는 조선어이고, 모어는 어머니가 사용하던 제주도 방언이었다. 그런데 모국어는 그에게 주어진 순간 존재하지 않았다. 그렇다면 과연 당시 조선은 그 정도로 김시종이 일본어에 갇힐만한 언어 상황에 놓여 있었던 것일까. 김시종보다 네 살 연상인 김석범은 김시종이 소년시절을 보냈던 무렵에 일본어로 창작한 김사량에 대해서 다음과 같이 말하고 있다.

> 김사량이 이 작품을 아마 조선에서 썼을 것이며 일상생활에서 거의 조선어밖에 말할 수 없는 사람들 속에서 썼을 것이고, 그 과정이 내게 묘한 기분을 들게 했다. 물론 당시 조선인은 공적으로는 '일본인'으로서 조선어를 빼앗겨 '국어(일본어)상용'을 강요당해 그때까지 조선어로 쓰던 작가들이 일본어로 소설을 쓰는 추세에 있었기 때문에 조선에서 일본어 소설을 써서 발표했다고 해서 이상할 리가 없다. 그러나 당시 농촌에 한하지 않고 도시에서도 조선 땅에 사는 사람들 사이에서 실제로 의연하게 조선어가 사용되고 있었다. 공공기관이나 대로변에서 일단 골목길로 들어서면 일상생활을 영위하는 각각의 가정에서는 당연히 조선어가 지배하고 있었다.[6]

5) 金時鐘, 『わが生と詩』, 岩波書店, 2004, 35쪽.
6) 金石範, 『ことばの呪縛』, 筑摩書房, 1972, 183쪽.

김석범은 조선 출생인 김시종과 달리 1925년에 오사카에서 출생했다. 제주 출신인 부모 밑에서 성장하면서 조선어를 익혔기 때문에 조선어로 소설을 쓰려는 시도도 했다. 그가 김사량이 조선어에 에워싸여 어떻게 일본어로 소설을 쓸 수 있었을까 의아해 하는 것은, 비록 일본에서 태어나 자랐지만 조선어를 모국어로 간직하고 있었기 때문일 것이다. 이렇게 보면 조선에서 태어난 김시종이 오히려 조선어와 완전히 단절해 있었다는 것은 아이러니가 아닐 수 없다. 김시종이 스스로를 '황국소년'이었다고 지칭하는 것은 식민지 시스템의 공교육이 피식민자 소년의 성장과 언어생활에 얼마나 큰 영향을 미쳤는지 고발하기 위함일 것이다. 김시종은 학교생활에서 습득한 일본어를 일상생활로 가져왔고 일본어도 모르는 어머니에게도 착실히 '일본어'로 말을 건네면서 식민자의 언어로 자기를 형성해 갔다. 김석범이 말하듯이 학교 밖은 조선어가 '지배'하고 있었지만 김시종에게 조선어는 내면화되지 않았다. 그러므로 그에게 조선어는 식민자에게 '빼앗긴 언어'라기보다는 애초부터 자기 안에서 '죽은 언어'였다. 따라서 김시종의 '일본어'에 대한 관념을 좀 더 깊숙이 들여다볼 필요가 있다. 「나의 일본어, 그 성공과 실패」라는 글에서 김시종은 일본어의 지배를 받았던 소년시절을 다음과 같이 회상하고 있다.

> 나는 1920년대 후반에 태어나서 나의 소년시절은 일본의 식민지 통치가 완성된 시기였습니다. 그렇다고 내 기억이 어둡지만은 않습니다. 암흑시대라고 말해지는 식민지 시대에 성장했음에도 불구하고, 아련한 향기마저 피어오를 것 같은 색채가, 일본어에 의한

> 은밀한 기억으로서 내 체내를 감싸고 있습니다. 그것이 나의 과거이고 어두운 것입니다. 나의 소년시절은 쓰라린 역사성 속에 물들어 있습니다. 그 나름대로 좋은 나의 소년시절이었습니다. 그것은 환기되는 전부가 일본어로 만들어진 세계입니다. 그러므로 지금도 퇴색하지 않은 어린 시절의 풍토 때문에, 나는 언제까지나 조선으로부터 멀리 떨어져 있습니다. 조선에서 태어나 조선에서 공부하고 일본으로 왔으나 내 안의 소년은 일본어를 가장 자신 있게 구사하는 소년입니다. 그러므로 일본이 전쟁에 패배하여 식민지로 통치하던 조선에서 떠남으로써 내 과거는 사라져 버린 환상의 과거가 되었습니다.[7)]

김시종이 아홉 살이 되던 1938년 3월에 일제는 조선교육령개정안을 공포하여 조선어 과목을 정식교과목에서 수시과목으로 편입시키는 정책을 실시했고, 5월에는 조선에도 국가총동원법을 적용시켰다. 열두 살이 되던 1941년에는 초등학교 규정을 공포하여 학교에서 조선어 사용을 금지했고 조선어 교과서를 폐지했다. 이러한 시대 상황 속에서 성장한 소년 김시종에게 일본어는 그의 형성에 절대적인 영향을 끼친 언어였다. 이 무렵에 "일상의 대화는 별도로 쳐도 모국어(우리말)의 읽기와 쓰기는 완전히 단절되었다"고 김시종은 회상했다. 조선어와 두절된 김시종의 소년시절은 "아련한 향기"와 "은밀한 기억"으로 남아 있고, 그리 어둡지만도 않았다. 일본어로 형성된 어린 시절의 기억이 어둡지 만은 않다는 발언은 결코 모순적인 사고에서 기인한 것은 아닐 것이다. 과거의 일들

7) 金時鐘, 『わが生と詩』, 27~28쪽.

은 "환상"이 되어 저편으로 물러나 있어도, 몸으로 익힌 "일본어"는 신체의 동작과 함께 현재까지 남아있다. 사라진 과거와 남겨진 언어의 양가적 사태가 김시종에게 자리한다. 이쯤 되면 소년 김시종에게 '조선어'는 어떤 의미로도 간직되지 못했다. '모어'도 '모국어'도 아닌 애초에 존재하지 않았던 언어였기 때문이다. 김시종에게는 박제품이었던 '조선어' 대신에 '일본어'가 '국어'로서 생생하게 살아있는 언어였다. 그러나 1945년 '조선'이라는 나라와 함께 느닷없이 살아 돌아온 조선어가 모국어로 대체되었다. 일본어는 조선어와 상극하는 언어로 탈바꿈했다. 이에 김시종은 "예전의 식민지 통치하에 있던 나로부터 해방되기 위해서는, 그 소년을 만들어낸 일본어로부터 나를 단절시켜야만 한다"고 생각했던 것이다. 자기 안에서 죽었던 조선어를 환생시켜 자기 안에 아로새겨진 일본어를 탈각시키기 위해 김시종은 소년시절을 지배한 일본어와 정면으로 맞서야만 했다.

3. '보복'과 생성의 이중주

김시종은 일본어와 자신의 '단절'을 언급했다. 그러나 자기 안의 일본어를 제거하는 것은 곧 '자기형성' 자체를 부정하는 것이다. 학교 교육에서 조선어를 거의 배우지 못했고 소년시절을 일본어로 가득 메운 '황국소년' 김시종에게 일본어는 그저 '모어' 혹은 사산된 '모국어'와 대치되는 상극의 언어만이 아니었다.

‘일본어’는 내 의식의 저변을 형성하는 내 사고의 질서이기도 합니다. 나는 일본인이 아닌 조선인인데도 말입니다. 일찍이 식민지 세대인 내가 일본의 멍에로부터 해방되어 30여 년이 지났는데도 ‘일본어’는 지금도 내 의식을 지키는 관문(關門)의 자리를 양보하지 않습니다. 이렇게 일본과 일본어는 나의 자기형성과 관련된 것이기 때문에, 내 과거를 말하는 것은 그대로 내가 껴안은 ‘일본’의 실체를 끄집어내는 것이 되고 맙니다.[8)]

김시종의 ‘과거’는 “일본과 일본어”와 함께 존재한다. 만약 김시종이 해방 후 일본으로 건너가 생활하지 않았다면 한국의 식민지 세대가 그러하듯이 소년시절의 ‘과거’는 ‘환상’으로 남아있거나 말 못 할 치부로 간주돼 의식 깊이 침잠해 있었을지도 모른다. 가끔 ‘향수’를 불러일으켜도 식민지배의 폭력을 추인하는 것 같아 드러내놓고 ‘과거’를 소환하거나 향유할 수 없었을 것이다. 간혹 김시종과 같은 세대들이 내면화된 일본어를 일본인 앞에서 말할 때는 식민자의 언어가 아니라 ‘자기형성’의 언어를 끄집어내는 것이다. 그러나 ‘일본어’는 한국에 거주하는 김시종과 동년배의 식민지 세대에게는 어쩌면 연소시켜야만 하는 죽은 언어이다. 그에 비해 일본에 거주하며 일본어로 생활하며 시를 쓰는 김시종에게는 ‘의식’을 지배했던 ‘일본어’는 여전히 살아있다. 이렇게 ‘일본과 일본어’ 속으로 다시 뛰어든 이상 김시종에게 ‘과거’는 그저 ‘환상’일 수 없다. 그 과거는 ‘현실’과 늘 일직선으로 맞닿아 있다. 그렇다고 현실

8) 金時鐘, 『「在日」のはざまで』, 28쪽.

에서 여느 일본인이 '일본어'를 사용하는 것처럼 안정적인 일본어와 대면하는 것도 아니다. 언어의 안정성과 불안정성을 동시에 안은 김시종은 일본에서 일본인이 아닌 '조선인'으로 살아간다. 그렇다면 조선인으로 일본에서 살아가는 김시종은 '일본어'와 어떻게 '단절'을 꾀했을까. '일본어'로 채워진 과거였기에 일본어와 단절하는 것은 얄궂게도 일본어 안에서만 가능했다. 김시종이 일본어와 단절을 꾀하면 그것은 '자기형성'을 부정하는 것을 의미하기 때문에 '자기형성'도 깨트릴 수 없는 이중고 속에서 김시종은 일본어 글쓰기로 자기와 맞섰다. 김시종은 과연 어떻게 일본어를 껴안고서 일본어와 단절을 단행했을까. 이를 파악하기 위해 먼저 김석범이 말하는 재일조선인이 일본어로 글을 쓰는 이유를 들어보자.

김석범은 '왜 일본어로 쓰는가'라는 물음에 스스로 답을 구하면서 다음 두 가지 이유를 제시했다. 첫째는 재일조선인의 생활과 의식, 그리고 조선에 관한 것, 조선과 일본에 관한 것 등, 다시 말해 조선인으로서 일본인에게 말하고 싶은 것을 호소하고 전달하기 위해 일본어로 쓴다. 또 다른 하나는 조선어로는 소설을 쓸 수 없기 때문에 일본어로 쓴다는 것이다.[9] 재일조선인의 일본어 글쓰기를 이보다 명료하게 표현할 수 없을 것이다. 그러나 김시종이 일본어로 쓰는 이유는 달랐다. 김시종은 열일곱 살에 해방을 맞이하여 "벽에 손톱을 할퀴는 심정으로 '조선어'를 하나부터 배우기 시작했다". 당연히 조선어를 제대로 쓸 수 없어 일본어로 시를 쓰기 시작했을 터이지만, 김석범이 말하듯 '조선에 관한 것'을 일본인에게

9) 金時鐘, 『「在日」のはざまで』, 77쪽.

알리기 위해 일본어로 쓰는 것이 아니다. 김시종은 일본어로 씀으로써 일본어와의 단절을 시도했다. 그것을 그는 일본어에 대한 '보복'이라고 표현한다.

> 에세이를 쓰면서도 실은 시를 쓰는 것처럼 씁니다. 좀 더 편하게 요설에 맡겨 써도 좋을 것이나 그렇게 하면 그만 일본어를 능숙하게 구사하는 나로 되돌아갈 것 같아 그렇게 할 수 없습니다. (중략) 대조하지 않으면 식민지 일본어의 소유자인 나는 아무렇지도 않게 본래의 서정으로 되돌아가고 맙니다. 그렇다고 해서 동족들 사이에서 그러한 능숙한 일본어는 안 된다고 말하는 사람도 없습니다. 나만이 편집광처럼 생각합니다. 악착같이 배운 빈틈없는 일본어의 아집을 어떻게 하면 완전히 없앨 수 있을까. 어눌한 일본어를 끝까지 철저히 사용하여 숙달된 일본어에 스스로 그저 맹목적이지 않는 것. 이것이 내가 마음속으로 생각하는 나의 일본어에 대한 보복입니다. 나는 언제나 일본에 보복하려고 생각합니다. 일본에 그저 맹목적이었던 자신에 대한 보복이 결국은 일본어의 폭을 넓혀 일본어에 없는 언어기능을 내가 가져올지도 모릅니다. 그때 나의 보복은 달성될 것이라고 생각합니다.[10]

김시종은 시도 여느 일본 시인과 다른 일본어를 사용하지만 에세이를 쓸 때에도 평범한 일본어와 다른, 오히려 시를 쓸 때 동원하는 서걱서걱한 일본어를 구사한다. 그리고 김시종 자신은 식민지시기에 체득한 일본적 "서정"과 억지로라도 결별하기 위해 일부

10) 金時鐘, 「私の中の日本と日本語」, 『金時鐘の詩 もう一つの日本語』, もず工房, 2000, 213~214쪽.

러 능숙한 일본어가 아닌 "어눌한 일본어"를 지향한다. 이러한 김시종의 일본어 시 창작에 대해 우카이 사토시는 김시종의 시는 "일본어의 단일성"을 넘어 "앞으로 다가올 동아시아의 '크레올'을 예감하게 하는 것"이라며 "재일 한국인 시인의 일본어에 대한 '보복'은, 일본어의 '미래'에의, 그 '사후의 삶'에의, 유일하다고는 할 수 없어도, 귀중하고도 희소한 길의 하나"[11]라고 말한다. 그러나 사가와 아키는 재일 한국인 시인의 '크레올성'을 비판하면서 "재일 시에서 두드러지는 혼합어가 적은 것은 기록성, 증언성이 강했던 것도 큰 원인이라고 생각한다"[12]고 말했다. 김시종은 일본어로 시를 써서 의식적인 '보복'을 꿈꾸지만 그것은 크레올과 같은 '혼종성'만으로 표출되지 않는다. 오히려 김시종은 식민지 시기에 익혔던 일본어-이 일본어는 근대 일본의 표준어로서 탄생된 일본어-를 뒤트는 역할을 수행하고 있다. 이로써 아이러니하게도 식민지폭력의 유산인 김시종의 일본어는 현대 일본어 속에서 새로운 일본어의 '생성'을 초래하는 왕복운동을 거듭하고 있는 것이다.

김시종에게 일본어는 모국어와 다를 바 없이 '자기형성'과 '사고의 질서'를 잡아준 '자기 언어'였다. 들뢰즈는 "위대한 작가는, 예를 들어 그것이 모국어이든 자기표현을 행하는 언어에서 항상 이방인과 마찬가지로 존재한다. 자기만이 갖고 있는 미지의 침묵하는 소수성으로부터 힘을 얻는다. 자기 언어에 대해 이방인이다. 그

11) 우카이 사토시, 앞의 책, 523쪽.

12) 사가와 아키, 「재일시의 크레올성을 둘러싸고」, 『재일 동포문학과 디아스포라3』, 제이앤씨, 2008, 52쪽.

는 자기 언어에 또 하나의 다른 언어를 혼재하는 것이 아니라 자기 언어의 내부에 이제까지는 존재하지 않았던 외국어를 새겨 넣는다. 언어를 그 내부에서 외치게 하고, 더듬거리게 하고, 어눌하게 하고, 중얼거리게 한다"고 말했다.[13] 김시종은 재일조선인이기 때문에 일본어와 다른 '언어', 즉 조선어를 일본어에 혼재시키는 것이 아니다. '자기형성'의 산물이었던 일본어에 내재하는 일본적 서정을 의식적으로 피하면서 김시종은 일본어 내부의 질서를 뒤흔들었다. 재일조선인 작가이기 때문에 '재일'이나 '조선'의 성격을 일본어에 가미하는 것이 아니다. 오에 겐자부로를 비롯해 무라카미 하루키, 미즈무라 미나에, 다와다 요코 등 일본 현대 작가들이 자국어 중심주의를 탈피하기 위해 '외국어 문학'을 지향하는 것[14]과 마찬가지로, 김시종은 '자기 언어 내부'에 존재하는 '소수성'을 이끌어내어 일본어를 '더듬거리게 하고, 어눌하게' 했다.

그러나 다른 한편으로 김시종은 이들 일본 작가들과 달리 식민지배의 소산에서 일본어와 마주했다. 일본어를 재일 '조선인'이라는 위치에서 구사한다는 점에서, 그가 최근에 식민지시대에 일본적 서정으로 조선 시를 번역한 김소운의 『조선시집』을 '재역'하는 작업을 수행했다는 점에 주목할 필요가 있다. 이 작업은 일본적 서정을 부정함으로써 일본어에 '보복'을 감행하는 김시종의 일본어 시 쓰기의 연장선상에서 이루어졌다. 그러나 김시종이 '조선어'를

13) Gilles Deleuze, 『批評と臨床(Critique et Clinique)』, 守中高明ほか譯, 河出書房新社, 2002, 219쪽.
14) 이에 관해서는 이한정, 「일본 현대 작가의 자국어인식」, 『일본어문학』 40, 한국일본어문학회, 2009, 참고.

'일본어'로 번역했다는 점을 좀 더 세밀히 들여다보면 과연 김시종에게 '조선어'는 무엇인가를 생각해 볼 수 있다. 앞서 지적했듯이 김시종의 '조선어'는 이미 '죽은 언어'였다. 그러한 '조선어'를 일본에서 김시종이 소생시키는 이유는 자명하다. 「『조선시집』을 재역함에 즈음하여」라고 붙인 서문에서 김시종은 이렇게 말했다.

> 나는 지금 아직껏 식민지 아래에서 자기를 키워준 종주국 언어인 일본어의 주박(呪縛)으로부터 자유롭지 못하다. 황국소년으로서 자기 나라 말을 버렸던 내가 『조선시집』의 재역을 시도한다는 것은, 그 자체로 자기 원어로 되돌아가기를 꾀하는 것이며 '해방'으로부터 지금까지 계속 품어왔던 나의 과제에 대한 60년 너머의 싸움이다. 여기에 내가 재역하는 이유가 있다. 모어로부터 떨어져 있던 나는 청춘의 문턱에서 김소운 씨의 현묘한 일본어를 접하면서 어떻다고 할 것 없이 조선 근대시에 빠져들었다. 지금은 정체해 있는 조선 근대시의 정감을 규명해 보자라는 생각도 물론 관여하고 있다. (중략) 일찍이 나는 일본이 제2차 세계대전에서 패함으로써 겨우 한 사람의 조선인으로서 '해방'되었다. 내게 그때까지 죽은 언어일 수밖에 없었던 아직 사라지지 않은 조선어의 숨결을 (『조선시집』으로-인용자 주) 접할 수가 있어서 일본어에 의한 정감, 서정과는 또 다른 리듬이 체내에서 맥박으로 뛰는 것을 느꼈다.[15]

김시종은 일본에서 '아름다운 일본어'로써 일본적 서정을 훌륭히

15) 金時鐘, 『再譯 朝鮮詩集 재역 조선시집』, 岩波書店, 2007, 5~7쪽. 이 책의 표제에 주목하면 표지에 '재역 조선시집'이라고 한글이 새겨있다는 점이다. 일본어와 조선어의 자연스러운 만남이다.

가미한 '명역'으로 일컬어지는 김소운의 『조선시집』[16]을 통해 자기 안의 '죽은 언어'였던 '조선어'와 만났다. 일본인들은 아름다운 일본어로 치장된 김소운의 번역을 통해 조선 시를 일본적 서정을 담고 있는 시로서 받아들였다.[17] 그에 비해 김시종은 자기 안에 사산된 조선어로 쓰였을 조선 시를 번역한 일본어 번역 시집 속에서 조선어를 발견했다. 그리고 김시종은 다시 '재역'을 통해 "시가 다루고 있는 대상, 나아가 시 그 자체를 그대로의 모습으로 나타내는 것. 김소운이 '마음'을 본질로 해서 그것을 표현하기 위해 풍경과 대상을 종속적인 대리적 이미지로서 번역한 것과 대조를 이루는"[18] 번역을 감행했다. 여기에서 '시'라는 말은 조선어로 바꾸어도 무방할 것이다. 이로써 김소운의 방식과는 다르게 일본어 안에 조선 시와 조선어의 "낯선 것"을 이입시켜 "이국의 언어로 인하여 일본어가 비옥해질 수 있는" 토양을 김시종은 번역 시로 제공하였다.[19]

김시종은 이 '재역'과 관련해 쓴 또 다른 글에서 서구의 문화와 언어를 모르면 부끄러워하는 "일본의 지식인들은 조선어를 지식의

16) 『조선시집』의 최초 버전은 김소운이 편역해 1940년에 가와데쇼보(河出書房)에서 출판한 『젖빛 구름(乳色の雲)』이다. 이후 1943년에 興風館에서 『조선시집』 전기와 중기 두 권이 간행되었고, 1953년에 創元社에서 재편집한 『조선시집』이 출판된 후 1954년에 이와나미쇼텐(岩波書店)에서 문고판 『조선시집』이 간행되었고, 현재 이 문고판이 일본에서 유통되고 있다.

17) 윤상인, 「번역과 제국의 기억」, 『일본비평』 vol.2, 서울대학교일본연구소, 2010, 78쪽.

18) 吳世宗, 『リズムと抒情の詩學－金時鐘と「短歌的抒情の否定」』, 生活書院, 2010, 121~122쪽.

19) 앙트완 베르만, 『낯선 것으로부터 오는 시련-독일 낭만주의 문화와 번역』, 윤성우·이향 옮김, 철학과현실사, 2009, 340쪽.

양식으로 삼지 않는다", "그렇기 때문에 (나는) 조선어와의 균형, 일본어에는 없는 조선어의 울림이 빚어낼 어음(語音)의 융화를 '일본어의 미래'에 중첩시켜 보는 것입니다"[20]라고 말했다. 김시종이 일본어로 쓰는 이유는 자명하다. 조선어와 일본어의 대등한 만남을 꾀하기 위함이다. 이회성이 "일본어를 사용하면서 조선인 안에 있는 문제를 더 한 발 밀고 나가 펼쳐 보임으로써 조선인을 재발견"하려는 것과, 김석범이 일본어로 쓰면서 "조선적인 것을 넘기 위해 역시 근저에 조선적인 것"을 기반으로 해야 한다고 확고한 주장을 펼치는 것[21]과 다른 차원에서 김시종의 일본어 글쓰기는 일본어에 대한 "보복"의 차원에서 이루어지고 있다. 즉, 그것은 일본어의 '미래'와 관련된 행위이며, 나아가 식민지폭력으로 절대적인 상하관계를 이루었던 두 언어의 유산을 그대로 상속하는 일본 사회에서 조선어와 일본어를 수평적인 관계로 전환하기 위해 감행되고 있는 것이다.

4. '조선어'와 '일본어'의 해후는 가능한가?

식민지 시기에 새겨진 일본어에 대한 김시종의 보복은 다름 아닌 일본어의 미래를 개시하는 것이기도 했다. 그러나 이는 단지 일

20) 金時鐘, 『わが生と詩』, 68쪽.

21) 金石範, 李恢成, 大江健三郎, 「座談會 日本語で書くことについて」, 『ことばの呪縛』, 162~163쪽.

본어만의 문제로 수렴되지 않는다. 내면화된 일본어를 뒤트는 행위를 김시종은 「조선 시의 재역」이란 방법으로 여느 일본 작가와 다른 지점에서 감행했다. 주어지자마자 죽은 언어였던 조선어를 싹틔워 일본어와 대치시켰다. 그렇다면 김시종에게 조선어는 어떤 언어였는가. 시인 구사쓰 노부오(草津信男)는 1958년에 김시종을 논하면서 "조선인이 일본어로 시를 쓴다는 것을 둘러싸고 두 가지 편향이 존재한다"고 말했다.

> 그 하나는 바로 거기에서 창작 주체의 민족적 사상성이 희박함을 끌어내는 형식에 사로잡힌 극좌적인 주장이며, 다른 하나는 일본어로 쓰는 것에서 야기되는 내부 갈등을 코스모폴타니즘의 방향에서 해소하는 우익적인 편향이다. 양자는 모두 공화국 공민이지만 모국어보다도 일본어로 발상하고 사고하고 생활하는 재일조선인의 주체성을 실제에 있어서 부정하는 데에서 발생한다. 조선적인 테마를 들면 작품의 질이 저하된다는 말은 『진달래』의 여러 사람들로부터 자주 듣는 창작상의 고뇌이지만, 창작 주체의 내부에서 연소되지 않는 테마는 그것이 어떠한 적극성을 띠는 것이어도, 그리고 또한 어떠한 기법으로 수준이 높아도 거기에서 뛰어난 시가 성립할 리가 없다.[22)]

여기에서 언급하는 『진달래』는 김시종과 양석일, 정인 등이 주축이 되어 결성한 '오사카조선시인집단'의 기관지를 가리킨다. 『진

22) 草津信男, 「夜を希うもの－『ヂンダレ』における詩論の發展と金時鐘の詩について」, 『ヂンダレ』 20號, 1958, 18쪽.

달래』는 1953년부터 1956년까지 총 20호가 발행되었고 시는 거의 일본어로 쓰였다. 해방 후부터 1960년대까지 일본에서 활동하던 재일조선인 문인은 대부분 '재일조선인문학예술가동맹'에 소속되어 조선어로 창작활동을 펼쳤다. 이런 상황에서 『진달래』의 일본어 창작은 "민족적 사상성"이 결여되었다는 비판을 받았다. 한편으로 조선인과 일본어 사이에서 야기되는 갈등을 어떻게 극복해야 하는가가 『진달래』에 참여하는 문인들 사이에서 문제시되었고, 앞의 인용에서도 언급하고 있듯이 "조선적인 것"을 소재로 다루면 일본어로 쓴 시의 질이 낮아진다는 고민도 안고 있었다. 그리고 "재일조선인의 주체성"과 일본어로 시를 쓰는 문제는 서로 얽혀있었다.

1955년에 간행된 김시종의 최초 시집 『지평선』에 게재된 「재일조선인」은 "오늘도 이야기된 조선인/불법 담배 만들기의 조선인/어제도 억압당했던 조선인"으로 시작한다. 그리고 "국어를 모르는 조선의 자식/말을 오로지 일본어로/아버지를 부르는 데도 '오토오상'/조국도 모르고 역사도 모르고/일본 천황은 잘 알고 계신다"라고도 쓰고 있다.[23] 해방 후 일본 사회에서 부침을 거듭하는 재일조선인 삶의 고충을 드러내며, 특히 "국어(조선어)"를 모르는 재일조선인에 초점을 맞춘다. 일본에 살면서 "국어"와 "조국"을 모르는 재일조선인의 모습을 김시종은 "조국"에 대한 사랑을 담아 노래하고 있는 것이다. 『지평선』이 발간된 후 1955년 9월호 『진달래』에는 "박해와 혼란의 지평에 있어서 대중과 함께 굶주리고 함께 살아가면서 거센 투쟁의 자세를 꺾지 않았던 젊은 조선의 시인이 조국을

23) 『〈在日〉文學全集5 金時鐘』, 勉誠出版, 2006, 128~129쪽.

부르고, 민족의 열혈을 계속 노래하는 감동의 시집!"이라는 카피를 단 시집 『지평선』의 광고가 실렸다. 첫 시집이 '조국'을 부르는 찬가였음을 엿볼 수 있다. 『지평선』에는 「모국 조선에 바치는 노래」라는 제목을 단 「품-살아계실 어머님께 보내며」라는 시가 실려 있다. 여기에서는 '조국'을 다음과 같이 노래한다.

> 미제의 동물적 욕망을 저지하는
> 그리운 모국이여
> 당신의 펼쳐진 가슴 속에
> 빈약한 자의 꿈은 살아있다
> 당신은 반드시
> 그것을 보장할 것이다
> 품 속 꿈의
> 천 개 조각 하나하나에
> 놈들을 증오하는 목소리가 있고
> 놈들을 쓰러뜨릴 맹세가 있는 이상
> 당신은 반드시 살아 계실 테지요
> (중략)
> 그렇지만 나는 여기에 있다
> 바다 건너 미제의 발 밑 일본에 있다
> 제트기가 날고 탄환을 만들어낸다
> 전쟁공범자인 일본 땅에 있다
> 눈을 딱 부릅뜨고 올려다 본 하늘 저편
> 모국의 분노는 분격을 뿜어 올리고 있다
> 나를 잊지 않고 당신을 믿고
> 나는 당신의 숨결에 뒤섞일 것이다

맹세를 새롭게 눈물을 새로이
나의 혈맥을 당신만의 가슴에 바치겠다—[24)]

일본공산당에 입당하여 재일조선인 조직에서 활동하던 당시의 김시종은 "미제"라는 말을 사용하며 '조국'을 노래한다. 식민지 지배하에서 일본어를 익혀 일본어로 시를 쓰는 김시종은 일본에서 이제는 반미 투쟁을 전개하며 조국과 대면한다. 이렇게 이데올로기로 무장한 사상 속의 '조국'과 더불어 또 같은 시집에 실린 「녹슨 수저 하나」는 "굶주린 한 사람 동포가/이 땅에서는 진귀한 수저를 어디선가 사 가져왔다/녹슨 한 자루 모국제의 수저이다" "그렇다 친애하는 이군이여!/힘껏 닦아보지 않을 건가/멀리 떠나온 우리들에게/모국을 맛보기 위해서도/잊지 않기 위해서도/꼭 그것이 필요한 것이다!"[25)]라고 노래하며 조국에 대한 향수를 펴 보인다. 이렇게 최초의 시집에는 '조국'에 대한 열정과 향수가 '재일조선인'의 자기인식과 함께 뒤섞여있다.

그런데 이러한 '조국'과의 좁은 거리는 오히려 김시종의 '시 창작'을 방해하는 요소였다. 1957년에 『진달래』에 게재한 「장님과 뱀의 입씨름-의식의 정형화와 시를 중심으로-」에서 김시종은 "나는 일본어로 시를 쓰는 것에 대해서 오랫동안 의식적으로 의문을 품어왔습니다. 그것은 아마 "'시를 쓴다'라는 구체적인 행동 이전의 문제로서, 민족적인 존재의 문제였습니다"라고 전제하면서 이

24) 『〈在日〉文學全集5 金時鐘』, 112쪽.
25) 『〈在日〉文學全集5 金時鐘』, 120~121쪽.

제까지 "'조선의 시'다운 시를 전혀 쓰지 못했다"고 말하고, "조선이라는 총체 속에서 한 개인으로서 내가 가지고 있는 특성을 조금도 가미하지 않은 채 느닷없이 날아올랐다"라고 썼다. 그런데 이는 '조선'을 이념적으로 설정하는 태도에 회의를 보이는 말이었다.

> "나는 재일이라는 부사를 가진 조선인입니다." "나는 의식적으로 국어는 조선어라고 스스로에게 말함으로써 조선어가 국어가 되었습니다." 그럼에도 불구하고 나는 이런 의문을 스스로에게 말하지 않을 수 없습니다. "나는 왜 시를 쓰고 있는 것일까!"라고. (중략) 내가 시를 쓴다는 작업이 막다른 곳에 이른 것은 당연하겠지요. 쓰면 모두 거짓 시이거나 또는 필요 이상으로 참담한 시가 되거나-어느 쪽이었기 때문입니다.
>
> 영광을 바치겠습니다/신년의 영광을/조국의 깃발이며 승리를 나타내는/우리들의 수령 앞에!/
>
> 이와 같은 시는 나에게는 무감각 이상의 혐오조차 느껴지고, 이 이상 나는 거짓으로라도 똑같은 시를 쓸 수 없습니다. 그 뿐만 아니라 읽고 싶지도 않습니다.[26]

일본에 산다는 의미의 "재일"과 "조선인"을 동시에 의식하면서 일찍이 일본어를 "국어"로 여겼던 김시종은 일본어에 둘러싸여 이번에는 의식적으로 "조선어"가 "국어"라고 자신에게 일깨운다. 하지만 이러한 국가나 민족을 둘러싼 환경에 앞서 '시'를 쓴다는 시인

---

26) 金時鐘, 「盲と蛇の押問答－意識の定型化と詩を中心に」, 『ヂンダレ』 18號, 1957, 3쪽.

의 행위를 되묻는다. 그리고 시가 이념의 도구로 전락할 때 그것은 '거짓'일 뿐이라고 당시 김일성주의를 맹신하며 읊은 시를 들추어 비판한다. 이 글은 이념적인 시, 혹은 조국을 이념적으로 선전하는 시가 얼마나 허무맹랑한 '거짓'을 노래하는 시인지를 신랄하게 논하고 있다. 그렇다면 『지평선』에서 김시종이 부른 '조국'이란 이념적으로 무장한 '거짓'의 조국일까. 김시종이 쓴 이 글이 시비가 되어 김시종은 조총련의 비판을 받고 재일조선인 조직과 일정한 거리를 둔다. 그리고 같은 해에 두 번째 시집 『일본풍토기』를 간행했다. '조국'을 노래하던 『지평선』과 정반대로 이번에는 '재일'의 처지를 확고히 하는 태도로 일본을 읊는다.

『일본풍토기』에는 「내가 나일 때」라는 시를 수록하고 있다. "김 군은 조선인이고/그들 또한/조선인이고/그 조선 가운데/북한 쪽이/김 군이고/또 하나 조선/가운데/한국인이/그들이고/올림픽 출전 예정/축구 선수./예선을 위해/먼 길 찾아온/둘도 없는/동포들." "너도 잘/알다시피/조선에는/나라가/두 개나 있고/오늘 나간 건/그 한쪽이야./말하자면/외발로/공을 찬 거지./오늘은/내가/한턱낼게./두 발이 다 갖춰졌을 때/그때/그때는/네가/한턱써."[27] 이 시는 일본공산당에서 활동할 것이라고 추측되는 일본인과 김시종으로 추측되는 김 군이 서로 말을 주고받는 형식의 180행의 장시로 남한과 북한의 올림픽 축구 예선전을 응원하는 재일조선인의 모습을 묘사했다. '조국'이 두 발로 서 있는 완전한 사람이 아니라 '외발'의 장애라는 것을 읊고 있다. 『일본풍토기』에 이

27) 김시종, 유숙자 옮김, 『경계의 시』, 소화, 2008, 31~32쪽.

시가 실린 것은 일본에 사는 재일조선인의 모습을 직시하기 위해서 일 것이다. 일본에서 조국을 객관적으로 바라보며 이념적으로 치장하지 않으려는 태도가 엿보인다.

김시종은 『일본풍토기』에 이어서 1970년에는 『니이가타』, 1978년에는 『이카이노 시집』, 1983년에는 『광주시편』을 연이어 발표한다. 여기에서 주목할 것은 그의 공간적 이동이다. 시집의 표제에는 모두 지명을 나타내는 고유명사가 붙어있다. "일본"에서 "니이가타", 그리고 "이카이노", "광주"로 이어지고 있다. "니이가타"는 일본에서 "북한"으로 가는 유일한 통로이자 38선과 일직선상에 위치해 있다. "광주"는 1980년대 한국을 상징하며, 그 사이에 오사카의 재일조선인 집단 거주지 "이카이노"가 들어가 있다. 이 삼각 공간의 구성은 김시종의 위치와 무관하지 않다. 『이카이노 시집』은 "'재일'을 살아가는 것이 곧 하나의 '조선'을 살아가는 것이며, '재일'이라는 모습을 남북통일이 실현되기까지 과도기에 있는 가공의 생존이라고 간주하는 것은 잘못된 것이다"라고 일관되게 주장한 김시종이 "재일조선인 민중의 살아 있는 원형질을 이카이노의 살아 있는 경험에서 찾으려는" 태도에서 발표한 시집이다.[28)]

그렇다면 '이카이노'라는 일본 내의 조선을 주제로 일본어로 시를 쓴 김시종은 어떤 자세로 '재일' 속에서 조선, 즉 '조국'을 지향했던 것일까. 여기에서 앞에서 언급했듯이 '조선'에서 태어나 '일본어'를 '국어'로 주입받은 김시종은 '일본'에 살면서 '국어'로서의 '조선어'를 억지로 자기 안에 세뇌시켰다는 사실을 상기할 필요가 있

28) 마쓰바라 신이치, 앞의 책, 309쪽.

다. 국내의 김시종 연구에서 거의 언급하지 않았던 김시종의 약력 중에 빼놓을 없는 것이, 그가 일본의 공교육 현장에서 최초의 '조선어 교사'였다는 점이다. 김시종은 효고해방교육연구회의 초청으로 1973년부터 1992년까지 효고현에 있는 공립학교인 미나토가와(湊川)고등학교의 조선어 교사로 근무했다. 이 조선어 수업을 시작한 지 1년 반이 지난 시점에서 쓴 글에서 김시종은 첫날 신임 인사를 행한 강당의 연단에서 "뭐하러 왔나 조선으로 돌아가라!"라는 말로 학생에게 매도당하고 나서 "처음으로 생생한 '조선'과 만났다"라고 적었다. 또 동일 장소에서 일본 내의 피차별자인 부락(部落)[29] 출신의 어떤 학생은 조선인 선생을 초빙한 것에 대해 교장 선생님에게 항의하며 김시종을 향해 "조-센"이라고 절규했다. 이에 대해 김시종은 그 학생 나름의 "순수한 의지의 몸짓"이라고 생각해 침착한 태도로 대응했다. 학교에서 조선어 수업이 시작된 후에도 이 학생을 비롯해 몇몇 학생들은 김시종에게 "조센으로 돌아가라!"며 소동을 부리고 욕을 퍼부었다. 김시종은 이들에 대해 다음과 같이 말하고 있다.

29) 일본에서 부락은 사농공상의 신분제가 확고했던 에도 시대에 형성되었다. 사회적으로 신분 차별을 강하게 받은 사람들이 집단적으로 모여 사는 지역을 가리킨다. 1871년에 부락에 살던 사람들은 법 제정으로 부락민의 신분을 벗어났으나, 부락 출신에 대한 사회적 차별은 현재에도 완전히 근절되지 않고 있다. 1906년에 발표된 일본 자연주의 소설의 대표작 시마자키 도손의 『파계』는 자신의 신분을 밝히지 말라는 아버지의 말을 가슴에 묻고 사회적 인습과 싸우며 고뇌하다 끝내 학생들 앞에서 부락 출신임을 밝혀 용서를 빌고 일본을 떠나려는 초등학교 교사 이야기를 담고 있다.

너희들의 난동은 분노가 아니다. 허세다. 그 정도의 허세로 '조선어'가 내몰릴 성 싶으냐! 하물며 부락의 너희들과 조선인인 내가 서로 분노할 사이는 전혀 아니다. 내가 열심히 가르치는 이유는 하나다. 두 번 다시 '조선어'를 욕보이는 '일본인'들 편에 너희들을 집어넣어서는 안 된다는 것이다. (중략) 생각해 보라. 너희들이 '조선어'와 만나는 것만으로도 조선인은 떨린다. 같은 떨림이라도 환희의 떨림이 있다는 것도 알아주기 바란다. 내가 미나토가와고등학교에 온 이유, 여기에 있는 이유는 모두 이 생각에 기인한다. 누구도 들어주지 않았던 죽기 직전의 '윤동주'의 절규가 어쩌면 그 속에서 들릴지도 모른다. 이를 위해 너희들도 조선어를 알아야만 한다. 지금 나는 '일본어'를 말하지 않은가?! 이것으로 무승부다. 그렇지 않으면 조선인과 일본인의 진정성은 의연하게 일본어의 영토만으로 재단된다. 이것은 아무리 봐도 지나치게 편향적이다.[30)]

김시종은 일찍이 일본인에 의해 죽임을 당한 조선어를 그 당사자인 일본인에게 가르침으로써 "조선인과 일본인의 진정성"이 만날 수 있다고 보았다. 일방적인 "일본어의 영토" 속에서만은 양자의 진정한 만남이 이루어질 수 없다. 김시종에게 조선어는 둘로 나뉜 조국보다도 더 중요하다. 조선어 교사로서 "일본어의 영역"에서 조선어와 일본어의 만남을 통해 조선인과 일본인의 진정성이 공유될 수 있는 것이다. 이는 김시종 자신이 조선어를 가르치면서 생생하게 살아있는 "조선"과 마주한 체험과도 상통한다. 일본어로 시를

30) 金時鐘, 『「在日」のはざまで』, 319~320쪽.

쓰면서 노래하고 그리워했던 '조선'은 자기 위안에 그치는 '거짓'일 수 있다. 그러므로 조선어를 가르치기 위해 찾아간 일본 학생들에게 "조센"이라 매도당했을 때, 비로소 "아련한 향기" 속에 있던 '조국'이 현실체로 다가왔던 것이다.

양석일은 김시종의 조선어 교사 체험을 언급하면서 조선어를 모르고 일본 사회에 "의태를 강요당하며" 살아가는 젊은 세대 재일조선인의 감성을 빼앗은 것은 "일본이고 그리고 다름 아닌 조선"이라고 말하면서, 김시종은 "삶의 현장"을 중시하며 이러한 생각에 다다른 자라고 평했다. "삶의 현장"을 제외한 어떤 내셔널리즘도 결국은 "자기합리화의 관념론"이라고 지적하면서 "김시종이 의연하게 조직과 등을 맞대는 일에 번민하면서 '재일'의 실존을 양보하지 않는 것은 자기합리적인 내셔널리즘의 정합성에 제동을 걸고 있기 때문이다"[31]라고 말했다. 나아가 양석일은 "일본어로 시를 쓰고 있는 김시종이 일본어를 매질하지 않으면 안 되는 이유도 여기에 있다. 일본어를 해체하고 재생하는 과정에서 일본어가 은폐하고 있는 것, 혹은 일본어의 애매모호한 이중구조를 폭로하는 것이다"[32] 라고 지적했다. 이 말을 받으면 김시종의 일본어와 조선어에 대한 관념은 '현장'성에 있다. 그러므로 김시종은 일본어에 거주하는 이상 일본어를 포기하지 않고 조선인인 이상 조선어와 결별하지 않는 것이다.

김시종이 일본어로 쓰면서 조선어를 자기 안에 안고 그것을 일

31) 梁石日, 『アジア的身体』, 平凡社, 1999, 225~226쪽.
32) 梁石日, 위의 책, 252쪽.

본인과 공유하려 했던 점은 좀 더 강조될 필요가 있다. 김시종은 "일본어의 밑천이 떨어지지 않는 한 절대로 일본어를 버릴 생각은 없다. 그것은 곧 일본어에 대한 보복이라는 생각이고, 보복이라는 것은 적대관계를 말하는 것이 아니고 민족적 경험을 일본어라는 광장에서 함께 나누어 가지고 싶다는 의미의 보복"[33]이라고 말했다. 여기에서 말하는 '민족적 경험'은 김석범이 말하는 '조선적인 것'일 수도 있고 피식민자의 경험일 수도 있다. 그러나 김시종이 일본에서 '조선어'를 일본 사회에 나누어 주려 한다는 점은 명백하다. '민족적 경험'은 그에게 '죽은 언어'였던 '조선어'를 가리킨다. 김시종의 일본과 일본어에 대한 '보복'은 일본의 식민지 폭력에 의해 '죽은 언어'가 되었던 조선어를 일본 사회에 심는 것이다. 김시종은 조선어 교사로서 일본어를 구사하는 학생들에게 "(조선어는) '가치가 없다' '도움이 되지 않는다' 그렇기 때문에 (조선어를)배워야만 한다"라고 강조한다.[34] 김시종에게 일본어가 여느 외국어가 아니듯이, 일본인에게 조선어는 평범한 외국어가 아니다. 조선어를 바라보는 일본인들의 뇌리 속에 식민주의 유산이 여전히 함께 숨 쉬고 있다. 이에 김시종은 조선어와 일본어의 대등한 만남이 일본 사회가 안고 있는 식민지적 유산을 식민자들 스스로가 탈색시키는 계기를 초래하리라 보고 있는 것이다. 조선어와 일본어의 만

33) 金時鐘, 鄭仁 외, 「在日朝鮮人文學－詩誌『ヂンダレ』『カリオン』他」, 『座談 關西戰後詩史 大阪篇』, ポエトリー·センター, 1975, 淺見洋子, 『金時鐘の日本語表現－『猪飼野詩集』を中心に－』, 大阪府立大學大學院 人間社會學研究科 修士論文, 2007, 41쪽에서 재인용.

34) 金時鐘, 『「在日」のはざまで』, 347쪽.

남은 서로 다른 언어의 상호 침투이며, 이는 식민지시대에서 자행된 일방적인 침투와 상이하다. 일본어는 국민국가 체제에서 탄생한 '국어'로 식민지 유산을 고스란히 안고 있는 언어다. 반면 '조선어'는 국민국가 체제에 포섭되지 않는, 그 틀을 가로지르는 언어로 일본 사회에 존재한다. 두 언어의 대등한 만남은 식민지 유산을 이어받은 일본 사회에 균열을 초래하는 것으로, 이것이 김시종이 말하는 일본어에 대한 보복의 한 장면이기도 하다.

5. 결론

이 글은 식민지시대에 소년시절을 보낸 재일조선인 시인 김시종이 식민지 적자로서 주입받은 일본어를 가지고 글을 쓰면서 현대 일본어의 내부에 균열을 파생시켜 '보복'을 자행하는 의미를 살폈다. 그 '보복'은 일본어에 가하는 상처이자 식민지 유산을 안고 있는 일본어의 환골탈태에 일조하는 생성의 의미도 담고 있다. 그러나 이는 김시종의 일본어 글쓰기가 단지 일본어의 문제로만 귀결되지 않는다는 점도 함의한다. 김시종은 재일조선인으로서는 최초로 일본 공립 고등학교의 조선어 교사로 근무했다. 해방 후 겨우겨우 어렵게 '조선어'를 익힌 김시종이 자기형성기에 '죽은 언어'였던 조선어를 환생시켜 일본 사회에 나누어 주는 역할을 수행하는 것은 일본의 식민자적 유산이 '일본어의 영토' 안에서만은 해소되지 않기 때문이라는 인식에 기인한다.

2000년대 접어들어 한류 붐으로 일본 사회에서 '조선어/한국어'에 대한 인식은 다소 변화를 맞이했고 조선어를 배우는 일본인들도 증가했다. 그러나 김시종은 이를 반기면서도 우려를 표명한다. 2005년에 쓴 글에서 김시종은 한류 붐에 대해 "총체로서의 '조선'에 과연 얼마만큼 다가갈까 심히 마음 놓을 일이 못 된다. '조센(조선)'이라고는 말하기 어렵고 '간코쿠(한국)'라고는 말하기 쉬운 일본인의 심정이 때를 만나 공감을 통해 고개를 내밀고 있다. 평범한 관계만큼 공감은 깊어지기 쉬우나, 생각하건대 그렇다고 해서 공감이 깊은 관계로 이어지는 것은 아니다"[35]라고 말했다. 일찍이 『일본풍토기』에서 김시종은 조국의 모습을 '외발'로 비유해 노래했다. 한류 붐에 편승해 조선어와 만나는 일본인들의 모습도 외발의 자세로 비춰진 것이다. 식민 지배의 유산이 일본 사회에서 잘못 희석될 우려가 있는 점을 경계하는 김시종의 시선을 나타난다. 일본에서 '조선어'가 '조선'이라는 총체를 체현하는 언어가 아닌 한국이라는 국민국가의 한 언어로만 인식될 때, 김시종은 일본 사회의 식민자적 유산은 그대로 잔존해 있다고 보는 것이다. 일본어를 식민자의 시점에서 바라보고 그 삶의 무게를 재일조선인으로서 지탱한 김시종의 인식은 일국의 언어로서만 수렴될 수 없는 일본어와 조선어의 무게를 그대로 떠안고 있다고 말할 수 있다. 따라서 서론에서 언급했던 재일조선인의 '재일조선인어'와 한국인으로서의 '우리'가 만날 수 있는 가능성은 일국 문화 경계 안에서는 쉽지 않은 일이라는 것도 짐작할 수 있다. 바꿔 말하자면 이는 '우리'가 지금 여기에서 '재일조선인' 김시종의 현재 진행형

35) 金時鐘, 「日本の詩への、私のラブコール」, 『境界の詩』, 藤原書店, 2005, 380쪽.

인 일본어, 조선어에 대한 쌍방향적 사고와 회피하지 않고 마주해야 한다는 것을 의미한다.

참고문헌

김시종, 유숙자 옮김, 『경계의 시』, 소화, 2008.

김시종, 「'경계선의 在日시인' 김시종 씨 日문학상 수상」, 『연합뉴스』, 2011년 1월 20일 자.

사가와 아키, 「재일시의 크레올성을 둘러싸고」, 『재일 동포문학과 디아스포라』 3, 제이앤씨, 2008.

앙트완 베르만, 윤성우·이향 옮김, 『낯선 것으로부터 오는 시련–독일 낭만주의 문화와 번역』, 철학과 현실사, 2009.

윤상인, 「번역과 제국의 기억」, 『일본비평』 vol.2, 서울대학교일본연구소, 2010.

草津信男, 「夜を希うもの–『ヂンダレ』における詩論の發展と金時鐘の詩について」, 『ヂンダレ』 20號, 1958.

金石範, 『ことばの呪縛』, 筑摩書房, 1972.

金時鐘, 「盲と蛇の押問答–意識の定型化と詩を中心に」, 『ヂンダレ』 18號, 1957.

金時鐘, 「私の中の日本と日本語」, 『金時鐘の詩 もう一つの日本語』, もず工房, 2000.

金時鐘, 『「在日」のはざまで』, 平凡社, 2001.

金時鐘, 『わが生と詩』, 岩波書店, 2004.

金時鐘, 『境界の詩』, 藤原書店, 2005.

金時鐘, 『再譯 朝鮮詩集 재역 조선시집』, 岩波書店, 2007.

Gilles Deleuze, 『批評と臨床(Critique et Clinique)』, 守中高明ほか譯, 河出書房新社, 2002.

淺見洋子, 『金時鐘の日本語表現–『猪飼野詩集』を中心に』, 大阪府立大學大學院 人間社會學研究科 修士論文, 2007.

梁石日, 『アジア的身体』, 平凡社, 1999.

吳世宗, 『リズムと抒情の詩學–金時鐘と「短歌的抒情の否定」』, 生活書院, 2010.

磯貝治良·黑古一夫 編, 『〈在日〉文學全集5 金時鐘』, 勉誠出版, 2006.

細見和之, 『アイデンティティ/他者性』, 岩波書店, 1999.

03

김시종의 '재일'과 제주 4·3의 시적 형상화

하상일

1. 머리말

김시종은 1929년 부산에서 태어나 1935년 제주도로 이주하였고, 1942년 광주에 있는 중학교에 진학하기 전까지 줄곧 제주도에서 성장했다. 해방 이후 다시 제주도로 돌아와 〈제주도 인민위원회〉 활동을 시작했고, 1947년 〈남조선노동당〉 예비당원으로 입당하여 제주 4·3 항쟁에 가담했는데, 1948년 5월 '우편국 사건' 실패 후 검거를 피해 은신하며 지내다가 이듬해 1949년 5월 아버지가 준비해준 밀항선을 타고 제주도를 탈출하여 일본 고베 앞바다 스마(須磨) 부근으로 밀항했다. 이후 일본공산당에 가입하여 본격적으로 재일조선인 조직 운동에 참여하기 시작했고, 1950년 5월 26일 『신오사카신문』의 '노동하는 사람의 시(働く人の詩)' 모집에 '직공 하야시 다이조[工員林大造]'라는 이름으로 일본어 시 「꿈같은 일(夢みたいなこと)」을 발표하였으며, 1951년 〈오사카재일조선인문화협회〉에서 발간한 종합지 『조선평론』 창간호에 「유민애가(流民哀歌)」를 발표한 것을 시작으로 2호부터 편집에 참여하다가 4호부터는 김석범에 이어 편집 실무를 책임졌고, 1953년 2월에는 조직의 지시에 의해 〈오사카조선시인집단〉을 결성하고 시 전문 서클지 『진달래(チソダレ)』를 창간했다.[1)]

1) 지금까지 출간된 대부분의 책에서 김시종의 출생지를 '원산'으로 명기했으나, 최근 출간된 자전에서 그는 "나는 항만도시 부산의 해변에 있는 '함바(飯場)'에서 태어났다"고 새롭게 밝혔다. '원산'은 아버지의 고향을 그대로 이어받은 것으로, 김시종은 유년 시절 그곳에 있는 친가에 잠시 맡겨진 적은 있지만 태어난 곳은 '원산'이 아니라 '부산'인 것이다. 김시종에 관한 자세한 연보는 다음 책들을 참고할 만하다. 김시종, 윤여일 옮김, 『조선과 일본에 살다』, 돌베개, 2016; 윤건차, 박진우 외 옮김, 『자이

특히 『진달래』는 일본 공산당 산하 민족대책본부의 지령으로 김시종이 편집 겸 발행인이 되어 창간했는데, 문학을 통해 오사카 근방의 젊은 조선인들을 조직한다는 정치적 목적을 지니고 있었다. 하지만 모더니스트 시인 정인(鄭仁)을 배출하는 등 점차 문학 자체를 추구하는 장으로 변화해 갔고, 1955년 5월 〈재일본조선인총연합회〉(이하 조총련) 결성 이후 좌파 재일조선인 운동의 방침이 크게 전환되면서 북한의 직접적인 감시와 통제 속에서 조직의 거센 비판을 받게 되어 1958년 10월 20호로 종간되었다. 이후 1959년 6월 김시종, 정인, 양석일 3명이 『진달래』의 정신을 이은 『가리온』을 창간했으나 이 역시 조직의 압력으로 불과 3호만 발간하고 중단되고 말았다. 이처럼 재일조선인 조직과의 첨예한 대립과 갈등은 김시종의 이후 활동과 시집 발간 등에도 상당히 악영향을 미쳤는데, 1955년 첫 시집 『지평선』, 1957년 두 번째 시집 『일본풍토기』를 발간했지만, 세 번째 시집으로 기획되었던 『일본풍토기Ⅱ』는 『진달래』 문제로 〈총련〉과의 갈등이 깊어지면서 그 원고마저 분실하여 발간하지 못했다. 1970년 『니이가타』를 출간하면서 다시 시 창작 활동을 활발히 이어갔는데, 『삼천리』에 연재했던 『이카이노 시집』(1978)을 비롯하여 『광주시편』(1983), 『들판의 시』(1991), 『화석의 여름』(1998) 등을 지속적으로 출간했다. 이처럼 김시종은 해방 이후 재일조선인 시인 가운데 가장 활발한 시작 활동을 펼친 것은 물론이거니와, 재일조선인 조직 운동과 재일조선인 시문학 운동의

니치의 정신사』, 한겨레출판, 2016; 김시종, 윤여일 옮김, 『재일의 틈새에서』, 돌베개, 2017.

중심에서 보여준 그의 면모는 재일조선인이 책임져야 할 시대정신을 가장 선도적으로 이끌어 왔다고 평가할 수 있다.

이 글에서는 김시종의 시를 제주 4·3과의 연관성 속에서 그 의미를 정리해 보고자 하는 데 주된 목적이 있다. 즉 그가 민족 혹은 국가 이데올로기의 억압과 폐쇄성을 넘어서 '재일'의 독자성과 주체성을 무엇보다도 강조해 왔다는 점에 주목하여, '재일한다(在日する)'라는 적극적인 의지로 심화된 그의 언어의식과 실존의식이 제주 4·3을 증언하는 역사의식과 어떻게 만나는지에 대해 살펴보고자 하는 것이다. 다만 실제로 그가 제주 4·3의 직접적 체험을 세상에 알리기 시작한 것이 2000년에 이르러서야 비로소 가능했다[2)]는 점에서, 그의 시에 형상화된 제주 4·3의 모습은 현장성이 강화된 직접적인 성격을 드러내기보다는 폭력의 시대가 자행한 유사한 다른 사건들에 기대어 간접적이고 암시적으로 형상화된 경우가 대부분이었다. 따라서 김시종과 제주 4·3의 시적 형상화는 다분히 상징적이고 비유적인 방식으로 부당한 시대에 대한 저항의 목소리를 드러내는 성격을 지녔다. 이러한 특징은 김시종에게 있어서 제주 4·3이 자신의 삶과 시를 규정하는 근원적 바탕이 되어 왔음을 의미하는 동시에, 오랜 세월 그로부터 받은 상처와 고통을 원죄처럼 감추고 살아올 수밖에 없었던 자신의 비극적 운명에 대

2) 김시종이 제주 4·3의 경험을 처음 공공장소에서 언급한 것은 '제주도 4·3사건 52주년 기념 강연회〉(2000년 4월 15일)에서이다. 이때의 강연 내용은 『圖書新聞』 2487호(2000년 5월)에 게재되어 있다. 김석범·김시종, 문경수 편, 이경원·오정은 역, 사회과학연구소 편, 『왜 계속 써왔는가 왜 침묵해 왔는가』, 제주대학교출판부, 2007, 15쪽.

한 비판적 성찰에서 비롯된 결과이다. 이런 점에서 그동안 김시종의 삶과 제주 4·3을 연결 짓는 지속적인 논의 위에서 그의 시가 제주 4·3을 어떻게 형상화했는지를 이해하려는 시도는, '재일'의 역사를 짊어진 채 살아온 김시종의 시와 삶을 총체적으로 이해하는 길잡이가 될 수 있을 것으로 기대된다.

2. '재일'의 근거와 '비평'으로서의 시적 지향

제주 4·3에 가담했다는 이유로 일본으로 밀항을 선택할 수밖에 없었던 김시종은 자신과 제주 4·3의 관련성을 철저하게 숨기며 살아야만 했다. "설령 죽더라도, 내 눈이 닿는 곳에서는 죽지 마라. 어머니도 같은 생각이다."[3]라는 마지막 말로 자신을 떠나보낸 아버지의 뼈저린 심정에서 충분히 알 수 있듯이, 그에게 일본으로의 밀항은 생활이 아닌 생존을 위한 최후의 수단이었으므로 자신의 신분을 노출하는 상황을 초래하는 일은 결코 없어야 했기 때문이다. 만일 신분이 탄로나 붙잡히게 되면 오무라(大村) 수용소로 보내지고 그 이후 본국으로 송환되어 처형당할지도 모른다는 불안감이 그의 일본 생활 내내 벗어날 수 없는 고통으로 남겨져 있었다. 따라서 그는 조국의 운명을 등지고 도망친 자신의 행동에 대한 자책감과 일본 정착에서 비롯된 불안감을 넘어서는 방편으로 일본 공산당에 가입하여 조직적인 운동의 차원에서 문학 활동을 전개해 나갔다.

3) 김시종, 윤여일 옮김, 『조선과 일본에 살다』, 223쪽.

하지만 그는 1955년 조총련 결성 이후 재일조선인 조직이 문화 운동에 있어서 북한에 의한 직접적인 지시와 통제를 강화함에 따라, 문학 창작 역시 조선어로 이루어져야 한다는 공식적인 방침에 반발하여 조총련과의 심각한 갈등을 겪어야만 했다. 당시 김시종이 무엇보다도 강조한 것은 '조국', '민족', '국가'와 같은 추상적인 이데올로기가 아닌 조국을 떠나 일본에서 살아갈 수밖에 없는 '재일'의 실존에 대한 비판적 성찰에 있었다. 즉 '재일'의 근거는 인간 존재의 차원에서 찾아야 한다는 점에서, "일본인이 일본에 살고 있는 것, 즉 인간으로서 존재한다는 것이 무엇인가 하는 문제와 같은 정도로 무거운 문제"[4]라는 사실을 절대 간과해서는 안 된다는 김석범의 견해와 일치하는 문제의식을 견지하고자 했던 것이다. 따라서 그는 '재일'의 실존적 위치를 남과 북의 대립과 경계를 넘어서는 창조적인 위치로 의미화하는 김석범의 문제적 시각[5]을 전적으로 수용함으로써 제주 4·3이라는 비극적 운명을 극복하는 길은 민족 분단을 허물어뜨리는 '재일'의 독자적인 공간을 확보하는 데 있다고 보았다. 그의 첫 시집 『지평선』은 이와 같은 의식의 기본적인 토대를 마련하려는 시도였다고 할 수 있는데, "다다를 수 없는 곳에 지

4) 김석범, 「'在日'とはなたか」, 『季刊三千里』 18호, 1979년 여름, 28쪽; 김계자, 「김시종 시의 공간성 표현과 '재일'의 근거」, 『동악어문학』 제67집, 2016. 5, 180쪽에서 재인용.

5) 김석범은 "'재일'은 남북에 대해서 창조적인 위치에 있다. 이는 남북을 초월한 입장에서 조선을 봐야한다는 의미이고, 또 의식적으로 그 위치 즉 장(場)에 적합한 스스로의 창조적인 성격을 형성할 필요가 있다."고 하면서, '재일'의 위치를 "남북을 총체적으로 혹은 객관적으로 볼 수 있는 장소에 있기 때문에 그 독자성이 남북통일을 위해 긍정적으로 작동하지 않으면 안 된다."라고 했다. 김석범, 앞의 글, 35쪽. 김계자, 앞의 글, 180~181쪽에서 재인용.

평이 있는 것이 아니다./네가 서 있는 그곳이 지평이다./틀림없는 지평이다."[6]라는 단정적 어법에서 '재일'의 실존적 위치에 대한 그의 확고한 신념과 의지를 읽어낼 수 있다. 그리고 이와 같은 '재일'의 근거에 대한 문제의식은 두 번째 시집 『니이가타』에서 분단의 상징적 경계인 38도선을 넘어가는 재일조선인의 조국 지향을 통해 더욱 구체적인 의미를 드러낸다. 하지만 정작 자신은 조총련과의 갈등으로 인해 북한으로의 귀국을 포기할 수밖에 없었다. 따라서 그는 일본에서 살아가면서 남과 북의 분단 현실을 넘어서는 '재일'의 근거를 찾는 데 주력했는데, 이것이 바로 '재일을 산다'라는 재일조선인으로서의 주체적 실존을 정립하는 것이었다.

> 북조선으로 '귀국'하는 첫 번째 배는 1959년 말, 니이가타항에서 출항했는데, 『장편시집 니이가타』는 그때 당시 거의 다 쓰여진 상태였다. 하지만 출판까지는 거의 10년이라는 세월이 흐르지 않으면 안 됐다. 나는 모든 표현 행위로부터 핍색(逼塞)을 강요당했던 터라, 오로지 일본에 남아 살아가고 있는 '재일'의 의미를 스스로 생각해 발견해야만 하는 입장에 서게 되었다. 이른바 『장편시집 니이가타』는 내가 살아남고 생활하고 있는 일본에서 또다시 일본어에 맞붙어서 살아야만 하는 "재일을 살아가는(在日を生きる)" 것이 갖는 의미를 자신에게 계속해서 물었던 시집이다.[7]

이처럼 김시종은 "재일을 살아가는" 시인으로서, 제주 4·3의 기

6) 김시종, 곽형덕 옮김, 「자서」, 『지평선』, 소명출판, 2018, 11쪽.
7) 김시종, 곽형덕 옮김, 「시인의 말」, 『니이가타』, 글누림, 2014, 7~8쪽.

억을 극복해 나가는 '재일'의 근거 찾기에 주력하며 시작 활동을 전개해 나갔다. 그리고 이러한 시적 지향은 "내가 살아남고 생활하고 있는 일본에서 또다시 일본어에 맞붙어서 살아야만 하는" 이유와 근거를 자신에게 끊임없이 되묻는 과정이었다. 여기에서 그는 일본어로서 일본어에 보복하는 것, 즉 숙달된 일본어를 의식적으로 뒤틀어 버리는 데서 일본어로부터 구속된 자신을 벗어나려는, 그래서 일본에서 일본인 되기를 강요당하지 않으려는 '비평'으로서의 시 의식을 정립하고자 했다. 이러한 그의 의식적 노력에는 동일성으로서의 세계관에 입각하여 자연과 인간의 조화를 추구하는 전통 일본 서정시인 '단가(短歌)'를 부정하는 오노 도자부로의 『시론』으로 받은 영향이 절대적이었다.

김시종은 1949년 일본으로 밀항해 오사카 이카이노에서 임대조라는 이름으로 생활할 때 오사카 난바에 있는 헌책방에서 오노 도자부로의 『시론』을 발견하고서, '재일'을 살아가는 시인으로서의 운명이 나아가야 할 방향성을 정립했다고 여러 차례 밝힌 바 있다. 즉 '재일'과 '시'의 결합으로서의 김시종의 운명은 일본의 시인 오노 도자부로의 시론을 만나면서 비로소 결정되었다고 해도 과언이 아닌 것이다. 그렇다면 오노 도자부로의 시론에서 무엇이 김시종의 시적 방향과 운명을 결정짓는 중요한 요인이 되었던 것일까. 이러한 물음에 대한 답은 김시종의 시와 시론의 핵심을 관통하는 형식과 내용을 설명하는 것인 동시에, 그의 삶을 규정하는 '재일'의 실존과 언어 의식과도 밀접한 연관성이 있다. 실제로 김시종은 『'재일'의 틈새에서』에서 "시란 이런 것이고, 아름답다는 것은 이런 것이다, 라는 나의 편견을 저 밑바닥부터 완전히 뒤집어 버린 것이

『시론』과 오노 도자부로의 존재였습니다."[8]라고 말할 정도로, 김시종에게 끼친 오노 도자부로의 영향은 그의 삶과 시를 총체적으로 규정하는 근거가 되었던 것이다.

오노 도자부로는 오사카를 중심으로 일본 프롤레타리아 문학 운동을 했던 시인이다. 그는 "현대시란 서정의 내부에 있는 비평의 요소를 자각하는 데서 출발한다"라고 하면서, "오늘날에는 생각하는 일, 비판하는 일은 서정의 작용 그 자체와 무관하지 않을 뿐 아니라 실로 그 서정의 성질을 좌우하고 결정하는 중대한 요소"라고 주장한다. 이는 "시를 그저 막연한 '음악'의 상태로 인식하는 것이 아니라 '비평'으로 감지할 수 있는 능력"[9]의 문제로 파악하는 것으로, 여기에서 '비평'이란 시가 사상과의 밀접한 연관 속에서 이루어져야 한다는 점을 강조하려는 의도를 포함하고 있다. 즉 '전통 서정'에 대한 부정을 통해 혁명적인 세계관을 실천적으로 구현하는 현실 인식이야말로 '서정'으로서의 시가 갖추어야 할 가장 중요한 방향이 되어야 한다고 보았던 것이다. 그가 7·5조의 전통적 율격에 갇혀 있는 일본 전통시 '단가'의 서정적 세계를 부정하고 새로운 서정으로 나아가고자 한 것은, 바로 이러한 '비평'으로서의 시적 지향이 보여주는 비판적 현실 인식에 바탕을 두고 서정의 새로운 가능성을 탐색하고자 한 때문이다.

8) 심수경, 「재일조선인 문예지 『진달래』의 오도 도자부로 수용 양상」, 『일본문화연구』 제64집, 동아시아일본학회, 2017, 184쪽에서 재인용.

9) 오노 도자부로, 『現代詩手帖』, 創元社, 1953, 3~4쪽. 심수경, 앞의 글, 185쪽에서 재인용.

제가 경애하는 오노 도자부로의 『시론』을 보면 시적 행위 – 요컨대 시에 주력하는 의지적인 행위라 받아들여도 될 것 같습니다만 – 라 함은 "느슨하고 지루한 시간인 일상생활의 바닥에 보이는 항상적인 저항의 자세"라고 설명하는 구절이 나옵니다. 익숙해진 일상으로부터의 이탈과 그렇게 익숙해진 일상과 마주하는 것이 시를 낳는 원동력이라고 말하고 있음에 다름 아닙니다. 적어도 자의적인, 우연한 사념조작(思念操作)이 그려내는, 혹은 그려낼 요량으로 있는 추상 능력으로는 시적 행위를 만들어낼 수 없다는 뜻이기도 합니다.[10)]

이처럼 김시종은 오노 도자부로의 시론으로부터 '단가적 서정의 부정'[11)]과 '정형화된 의식의 탈피'[12)]라는 두 가지 '저항'의 의미를 발견했다. 앞서 살펴봤듯이 그는 자신의 시가 일본어에 대한 보복이 되어야 한다는 점을 무엇보다도 중요한 과제로 설정했는데, 이를 구체화하는 데 있어서 일본 시의 전통성과 고유성을 파괴하고 전복하는 것이야말로 상당히 유효한 시적 전략이 되었던 것이다.

10) 김시종, 「시는 현실 인식의 혁명」, 『지평선』, 소명출판, 2018, 198쪽.

11) 오노 도자부로는 "단가의 정형화된 31자의 음수율 속에 거대한 공룡 같은 것이 골격을 이루고 있으며, 그것은 외부에서 들어오는 그 어떤 혁명적인 것도 그 의미를 소멸시켜 버리고 종래의 세계관과 사회관에 용해되어 버리는 강력함이 있다고 지적하며 새로운 시는 단가적 서정에서 벗어난 새로운 서정 즉 "현실로 하여금 부르짖게 한다"는 방법의 새로운 리얼리즘이어야 한다"라고 보았다. 심수경, 앞의 글, 186쪽.

12) 김시종은 "민족 혹은 국가 이데올로기가 강요하는 시의 정형성, 즉 획일화된 형상적 체계와 이미지는 재일의 삶과 문제의식에는 맞지 않는 것이므로, 재일의 시와 조국의 시는 분명 달라야 한다"고 하면서, 이러한 '정형화된 의식의 탈피'에서부터 재일조선인 시문학의 주체적 방향을 모색해야 한다고 주장했다. 하상일, 「김시종과 『진달래』」, 『한민족문화연구』 제57집, 한민족문화학회, 2017, 73~74쪽.

따라서 그는 일본어의 가장 아름다운 규범처럼 인식되어 온 단가를 부정하여 스스로 일본 시가의 무의식적 전통에 깊숙이 침윤되지 않도록 함으로써, 의식적으로 일본시의 음률적 전통을 깨뜨리는 방향으로 일본어에 대한 보복을 실현하고자 했던 것이다. 또한 이러한 일본어와 일본 시에 대한 전복은 '재일'이라는 실존적 상황과 조건 속에서 조국과 민족이라는 관념적 이데올로기가 강요하는 '의식의 정형화'를 탈피하여 '재일'의 특수성을 구현하는 방향으로 나아가야 한다고 보았다. 다시 말해 정치적인 것과 문학적인 것의 차이를 도외시한 채 조직의 통제와 지시 안에서 문학의 자율성을 잃어버리는 것은 결국 '재일'의 실존을 외면하는 결과가 된다는 점에서 결코 받아들일 수 없었던 것이다. 따라서 김시종은 '부정'과 '저항'으로서의 사상적 지향을 담은 오노 도자부로의 '비평'으로서의 시론을 토대로 그것을 구체적으로 실천하고 형상화하는 데서 '재일'을 살아가는 시인으로서의 올곧은 시적 방향을 정립하고자 했다. 즉 동일성을 구현하는 조화와 찬미의 세계에 바탕을 둔 자연을 제재로 한 전통 서정이 보여주는 음률적 지향을 넘어, 현실을 사유하고 비판하는 '비평'으로서의 시적 지향을 새로운 서정의 태도로 정립해야 한다고 보았던 것이다. 이는 제주 4·3이라는 근원적 죄의식과 불안을 극복해야만 했던 평생의 과제를 실천하는 가장 의미 있는 시와 시론의 방향이 되었다.

3. 제주 4·3의 기억과 시적 형상화 : 여름에서 봄까지

김시종은 시집 『잃어버린 계절』에서 "'4월'은 4·3의 잔혹한 달이며, '8월'은 찬란한 해방(종전)의 백일몽의 달이다."[13]라고 했다. 이 두 계절은 그에게 있어서 자신의 존재를 송두리째 앗아간 잃어버린 기억이면서 동시에 결코 잊어서는 안 되는 시간이 아닐 수 없다. 8·15 해방부터 4·3까지, 그는 이 잃어버린 시간을 증언하기 위해 지금까지 '재일'의 근거를 찾으며 시를 써 왔다고 해도 과언이 아니다. 그는 일본 전통 시가에서 자주 사용되는 계절 이미지를 철저하게 거부하는 '계절어에 대한 저항'을 방법적 전략으로 삼아 여름에서 봄에 이르는 역사로서의 계절을 시적으로 형상화하는 데 주력했다. 그에게 있어서 '계절'은 단순히 자연의 순환을 의미하는 것이 아니라, 해방 이후 우리 역사의 슬픔과 고통이 오롯이 새겨진 뼈아픈 순간이었기 때문이다. 또한 그에게 있어서 '자연'이란 찬미의 대상이 아니라 일본에서 살아가는 '재일'의 생활과 실존의 대상이었으므로, 그는 '계절어에 대한 저항'을 통해 "죽음마저도 미화되며, 그것에 의해 현실 인식이 뒤틀려버려 전해져야 할 역사적 기억의 계승이 불가능해지"[14]는 현실을 강하게 비판하고자 했던 것이다. 그래서 김시종의 시는 봄에서 겨울에 이르는 일반적인 계절의 순서가 아닌 '여름에서 봄까지'의 계절을 따라가며 그 시간에 투영된 역사를 증언하고자 했다. 그리고 그 역사의 중심에는 그가 평생

13) 윤여일, 「부재의 재」, 김시종·윤여일 옮김, 『조선과 일본에 살다』, 278쪽.
14) 오세종, 「위기와 지평-『지평선』의 배경과 특징」, 『지평선』, 222쪽.

말하고 싶었지만 침묵할 수밖에 없었던 제주 4·3의 기억이 있었음에 틀림없다. 김시종에게 "여름은 계절의 시작"(「여름」, 『잃어버린 계절』)[15)]이 될 수밖에 없었던 것이다.

> 이대로 다시 여름이 오고/여름은 다시 메마른 기억으로 하얗게 빛나/발산하는 도시에서 곶[岬]의 끄트머리로 물러나는가./염천에 메말라 버린 목소리의 소재는/거기선 그저, 나른한 광장의 이명(耳鳴)이며/(중략)/허공에 아우성은 끊기고/이글거리던 열기도/아지랑이일 뿐인 여름에/벙어리매미가 있고/개미가 꾀어드는/벙어리매미가 있고,/반사되는 햇살의/통증 속에서/한 가닥 선향(線香)이/가늘게 타오르는/소망의/여름이 온다./여름과 더불어/가 버린 세월의/못 다한 백일몽이여.
>
> －「여름이 온다」 중에서[16)]

김시종의 시에는 '벙어리매미'의 형상이 자주 등장한다. "나는 겨우 스물여섯 해를 살았을 뿐이다./그런 내가 벙어리매미의 분노를 알게 되기까지/100년은 더 걸린 듯한 기분이 든다."(「먼날」, 『지평선』)[17)]에서 알 수 있듯이, 그의 시에서 "벙어리매미"의 형상은 자신을 표상하는 상징적 등가물이라고 할 수 있다. 인용시에서 화자는 여름이 올 때마다 매미 울음소리에 의식적으로 귀를 기울이는데, "염천에 메말라 버린 목소리"를 발산하듯 모든 목소리를 다하

15) 유숙자 옮김, 「'경계' 위의 서정 : 在日 시인 김시종 四時 시집 『잃어버린 계절』」, 『서정시학』 23(3)호, 2013, 74~75쪽.
16) 김시종, 유숙자 옮김, 『경계의 시』, 소화, 2008, 108~109쪽.
17) 김시종, 곽형덕 옮김, 『지평선』, 47쪽.

고 죽어버리는 매미를 보면서 재일의 현실 속에서 아무런 목소리도 내지 못한 채 살아가는 자신의 모습을 발견한다. 즉 생명을 다해 울부짖고 싶은 매미의 절규, 하지만 그것을 마지막 순간까지는 내적으로 감추고 살아가는 "벙어리매미"의 모습에서, "여름은 다시 메마른 기억으로 하얗게 빛나"지만 "허공에 아우성은 끊기고/이글거리던 열기도/아지랑이일 뿐인 여름"이라는 계절의 안타까움과 슬픔을 내면화하는 것이다. 이러한 계절의 의미에는 뜨거운 여름인 8월의 해방이 4·3의 봄을 초래한 원죄가 되었고, 그 결과로 부모와 고향을 등지고 일본으로 도망쳐 온 자신의 목소리마저 철저하게 숨기고 살아야만 했던 '재일'의 현실에 그대로 대입된다. 다시 말해 김시종이 "벙어리매미"를 통해 말하고 싶었던 것은, 제주 4·3의 역사적 사실을 증언하고자 하는 목마름인 동시에, 이러한 역사적 상처의 근원적 원인이 해방 이후 미국에 의한 또 다른 식민지적 지배에 있음을 직시해야 한다는 데 있었다. 결국 김시종에게 여름은 "고향인 제주도에서 황국소년으로 일본의 '패전'을 맞이하고 동포에게 뒤처졌다가 겨우 조선인이라는 자각을 되찾은 그 '여름'"이고, 봄은 "초목이 싹트는 일반적인 '봄'이 아니라 저 4·3사건의 검은 기억과 하나가 된 '봄'"[18]을 의미하는 것이다. 그래서 김시종의 잃어버린 계절은 여름에서 시작하여 봄에 이르는, 그리고 다시 여름에 다다르는 4·3에 뿌리 내린 역사를 살아왔고, 지금도 이러한 뒤틀린 계절의 순환 속에서 살아가고 있는 것이다.

18) 호소미 가즈유키, 동선희 옮김, 『디아스포라를 사는 시인 김시종』, 어문학사, 2013, 241쪽.

이처럼 김시종은 "떠나갈 듯한 가을 노랫소리에/허위의 껍질은 벗겨집니다./가을비에 백귀(百鬼)의 민낯이 드러나기 시작합니다."(「가을 노래」, 『지평선』, 139쪽)라며 가을을 지나, "어김없이 오는 겨울", 그것도 "더욱이 기다려야 할 봄의 겨울"(「여름 그 후」)[19]을 맞이하려는 뚜렷한 지향점을 드러낸다. 여기에서 그는 '봄'을 그저 '봄'이라고 하지 않고 '봄의 겨울'이라고 말하고 있음을 주목할 필요가 있다. 그에게 '봄'은 여전히 겨울의 시간을 극복하지 못한 채 지독한 추위를 견디는 상처와 고통의 시간으로 남아 있기 때문이다. 지난 90년대 말부터 그는 기나긴 겨울의 시간을 뒤로 하고 고통스러운 제주 4·3의 봄을 정면으로 마주하기 시작했다. '재일'의 세월을 지나오는 동안 4·3의 기억을 내면 깊숙이 간직하며 살아왔으므로 한시도 그것을 외면한 적은 없지만, 언제나 4·3을 증언하는 방식은 간접적이거나 우회적인 경로를 통한 상징적 체계를 벗어나지 못했음에 대한 속죄의 시간이 비로소 시작된 것이다. 침묵[20]의 세월을 넘어서기 위한 속죄양으로서의 그의 시 쓰기는 '비

19) 유숙자 옮김, 「'경계' 위의 서정 : 在日 시인 김시종 四時 시집 『잃어버린 계절』」, 앞의 책, 81~83쪽 참조.

20) 김시종의 제주 4·3에 대한 침묵의 이유에 대해서는 윤여일의 앞의 글, 287쪽을 참고할 만하다. "남로당 연락책이었던 자신이 겉으로 드러나면 군사정권이 강변해온 공산폭동 운운을 괜히 뒷받침해 주민봉기의 정당성을 훼손할 수 있으며, 홀로 도망쳐 나왔다는 죄의식으로 자신을 주어 삼아 말할 수 없었다는 것이다. 또한 일본으로 불법입국 한 사실이 밝혀져 강제송환 될까 봐 두려웠다. 그는 일본에 온 일을 '부득이한 사정'이라는 식으로 얼버무리며 지내왔다. 4·3을 말하기 시작한 1990년대 후반은 한국에서 4·3이 역사적으로 복권되는 시기였다. 2000년 1월에는 진상규명과 명예회복을 위한 4·3특별법이 통과되었다. 그리고 그해 4월, 도쿄에서 개최된 '제주도 4·3사건 52주면 기념강연'에서 그는 청중들에게 4·3 때 겪은 일을 직접 말했다. 한국에서 4·3이 터부시된다면 그 역시 말하기 어려웠을 것이다."

평'으로서의 시적 지향을 올곧게 실천해왔다. 그에게 있어서 "봄은 장례의 계절"(「봄」, 『지평선』, 106쪽)이었지만, 이제는 이러한 봄의 치유를 통해 잃어버린 계절을 되찾으려는 투쟁을 멈추지 않고 있는 것이다.

> 성조기를/갖지 않은/임시방편의/해구(海丘)에서/중기관총이/겨누어진 채/건너편 강가에는/넋을 잃고/호령그대로/납죽 엎드려/웅크린/아버지 집단이/난바다로/옮겨진다./날이 저물고/날이/가고/추(錘)가 끊어진/익사자가/몸뚱이를/묶인 채로/무리를 이루고/모래사장에/밀어 올려진다./남단(南端)의/들여다보일 듯한/햇살/속에서/여름은/분별할 수 없는/죽은 자의/얼굴을/비지처럼/빚어댄다./삼삼오오/유족이/모여/흘러 떨어져가는/육체를/무언(無言) 속에서/확인한다./조수는/차고/물러나/모래가 아닌/바다/자갈이/밤을 가로질러/꽈르릉/울린다./밤의/장막에 에워싸여/세상은/이미/하나의/바다다./잠을 자지 않는/소년의/눈에/새까만/셔먼호가/무수히/죽은 자를/질질 끌며/덮쳐누른다./망령의/웅성거림에도/불어터진/아버지를/소년은/믿지 않는다./두 번 다시/질질 끌 수 없는/아버지의/소재로/소년은/조용히/밤의 계단을/바다로/내린다.
>
> —『니이가타』 제2부 〈해명(海鳴) 속을〉 중에서[21)]

김시종은 제주 4·3에 대한 침묵의 세월을 살아왔기 때문에 4·3을 직접적으로 형상화하는 시는 거의 쓴 적이 없음을 여러 차례

21) 김시종, 곽형덕 옮김, 『니이가타』, 98~102쪽.

언급했다. “『니이가타』라는 시집 안에서 한 장 정도 제주도의 해변은 모래사장이 아니라 자갈해변인데 거기에 철사로 손목이 묶여 바다에 던져진 희생자의 사체가 밀려온 상태를 쓴 것과, 그것과 관련해 바다에 가라앉은 아버지를 아이가 찾아다닌다고 하는 것을 쓴 정도지요”라고 고백하거나, “4·3사건과 직접적인 것은 아니지만, 4·3사건 체험자로서의 마음의 빚, 트라우마가 역으로 움직여 제가 작품으로 할 수 있었던 것으로 『광주시편』(1983)이라는 시집이 있습니다. 광주시민의거를 새긴 이 시집은 4·3사건과의 균형이 없었다면 쓸 수 없었던 것입니다.”[22]라고 말한 데서 이러한 사정을 잘 알 수 있다. 인용시는 첫 번째 고백에 해당하는 부분으로, 4·3의 희생자였던 제주의 수많은 아버지의 죽음과 가족들의 상처와 고통을 사실적으로 보여주고 있다. 특히 제주 4·3의 기억과 1866년 제너럴셔먼호 사건을 겹쳐 바라봄으로써, 해방 이후 일본에서 미국으로 식민의 주체만 바뀐 한반도의 현실이 결국 제주 4·3의 참극을 가져온 결정적 원인이 되었음을 암묵적으로 제시하고 있다. 일제강점의 시간을 지나 해방과 미군정 그리고 4·3에 이르기까지 역사적 격변의 세월을 살아온 민중들의 ‘주체’ 찾기의 과정이, 권력을 앞세운 자들의 굴레와 억압 속에서 어떻게 상처와 고통을 감내하며 견뎌왔는가에 대한 역사의 비극을 형상화하고 있는 것이다. 그리고 이러한 역사적 상처와 질곡이 계속 이어져 한국전쟁과 분단을 초래했고 재일조선인의 이데올로기 강요로 굳어졌으며, 그 결과 ‘니이가타’ 항구에서의 북송 사업으로 이어졌음을 실증적으로 보여주는

22) 김석범·김시종·문경수 편, 『왜 계속 써왔는가 왜 침묵해 왔는가』, 156~157쪽.

시집이 바로 『니이가타』이다.[23] 다시 말해 김시종에게 제주 4·3은 해방 이후 제주의 역사적 상처에 국한되는 것이 아니라, 지금도 '재일'을 살아가는 수많은 사람들에게 자신들의 삶을 규정하는 '근거'가 되고 있으며, 이러한 제주 4·3의 기억을 증언하고 위무하는 것이야말로 재일조선인으로서의 그의 삶과 시가 지향해야 할 근원적이면서 궁극적인 가치라고 인식하고 있는 것이다.

> 봄은 장례의 계절입니다./소생하는 꽃은 분명히/야산에 검게 피어 있겠죠.//해빙되는 골짜기는 어둡고/밑창의 시체도 까맣게 변해 있을 겁니다.//나는 한 송이 진달래를/가슴에 장식할 생각입니다./포탄으로 움푹 팬 곳에서 핀 검은 꽃입니다.//더군다나, 태양 빛마저/검으면 좋겠으나,//보랏빛 상처가/나을 것 같아서/가슴에 단 꽃마저 변색될 듯합니다.//장례식의 꽃이 붉으면/슬픔은 분노로 불타겠지요,/나는 기원의 화환을 짤 생각입니다만…./ /무심히 춤추듯 나는 나비도/상처로부터 피의 분말을 날라/암꽃술에 분노의 꿀을 모읍니다.//한없는 맥박의 행방을/더듬거려 찾을 때,/움트는 꽃은 하얗습니까?//조국의 대지는/끝없는 동포의

---

23) 이러한 문제의식에서 시집 『니이가타』를 통해 조총련의 귀국 사업과 재일조선인의 장소 표상으로서의 문학지리를 논의한 박광현의 글을 참고할 만하다. 그는 "'니이가타'라는 기호는 일본과 조국, 조국과 재일, 재일과 일본, 분단조국과 나, 식민지의 기억과 재일 등 다양한 관계성을 규정하는 역할을 하고 있다"고 하면서, 2장 〈해명 속을〉에서 "일본에 의한 징용, 우키시마마루(浮島丸) 사건, 4·3사건, 5·10남한단독선거, 한국전쟁" 등의 역사를 서사화했음을 주목했다. 그리고 "시의 화자는 니이가타의 바다를 바라보며, 4·3사건에 살육되어 바다로 버려진 시체들"이 흐르는 "제주도의 바다, 그리고 아오모리(青森)의 오미나토(大湊)항에서 부산으로 향하던 우키시마마루가 침몰하여 600여 명 가까이 사망한 마이즈루(舞鶴)의 앞바다 등 민족의 비극이 어린 바다를 연상한다"고 보았다. 박광현, 「귀국사업과 '니이가타'-재일조선인의 문학지리」, 『동악어문학』 제67집, 동악어문학회, 2016. 5, 224쪽.

피를 두르고/지금, 동면 속에 있습니다.//이 땅에 붉은색 이외의 꽃은 바랄 수 없고/이 땅에 기원의 계절은 필요하지 않습니다./봄은 불꽃처럼 타오르고 진달래가 숨 쉬고 있습니다.

—「봄」 전문[24)]

인용시의 "봄"은 분명 제주 4·3의 봄이다. 세상 모두가 봄을 일컬어 "기원의 계절", 즉 계절의 시작이라고 말하지만 시인에게 "봄은 장례의 계절"일 따름이다. 그래서 봄은 "검게 피어" 있고, "해빙되는 골짜기는 어둡고/밑창의 시체도 까맣게 변해 있"으며, "포탄으로 움푹 팬 곳에서 핀 검은 꽃"으로 뒤덮여 있을 뿐이다. "태양빛마저/검으면 좋겠"다고 말하는 이 지독한 어둠의 시간을 지나가기 위해서 그는 봄을 향한 "분노"의 감정을 드러낸다. "장례식의 꽃이 붉으면/슬픔은 분노로 불타겠지요"라고 하면서, "불꽃처럼 타오르"는, "동포의 피를 두"른 듯한 "진달래"의 형상에 자신의 분노를 투영한다. 그리고 "무심히 춤추듯 나는 나비도/상처로부터 피의 분말을 날라/암꽃술에 분노의 꿀을 모"으듯, 제주 4·3의 기억을 소환하여 이를 세상에 증언하는 '비평'으로서의 시적 방향을 추구하는 것이 자신이 일본에서 살아가는 '재일'의 근거가 되어야 한다고 확언하는 것이다. 앞서 언급했던 "시는 현실 인식의 혁명"이라는 그의 말은 바로 이러한 문제의식으로부터 명명된 김시종의 '시론'이다. 그는 시가 혁명의 중심에 서서 부조리한 현실의 한 가운데를 파고드는 '저항'의 목소리를 담아내야 한다는 점을 일관되

24) 김시종, 곽형덕 옮김, 『지평선』, 106~108쪽.

게 강조했다. 그가 평생 '벙어리매미'의 심정으로 살아오면서 진정으로 말하고 싶었지만 끝끝내 말할 수 없었던, 그래서 죽음의 순간이 다가와서야 마지막으로 외칠 수 있게 된 목숨을 담보한 목소리가 바로 제주 4·3의 역사적 상처와 고통에 대한 저항의 목소리인 것이다.

> 숲은 목쉰 바람의 바다였다/숨죽인 호흡을 짓눌러/기관총이 베어 낸 광장의 저 아우성까지 흩뿌리며/시대는 흔적도 없이 엄청난 상실을 실어갔다/세월이 세월에 방치되듯/시대 또한 시대를 돌아보지 않는다//아득한 시공을 두고 떠난 향토여/남은 무엇이 내게 있고 돌아갈 수 있는 무엇이 거기 있나/산사나무는 여전히 우물가에서 열매를 맺고/뻥 하니 뚫린 문짝은 어느 누가 어찌 손질해/그 어느 봉분 속에서 부모님은 흙 묻은 뼈를 앓고 계시는가/서툰 음화 흰 그림자여//아무튼 돌아가 보기로 하자/오래 인적 끊긴 우리 집에도/울타리 국화꽃이야 씨앗 영글어 흐드러지겠지/영영 빈집으로 남은 빗장을 벗겨/요지부동의 창문을 부드러이 밀어젖히면/갇힌 밤의 사위도 무너져/내게 계절은 바람을 물들여 닿으리라/모든 게 텅빈 세월의 우리(檻)/내려 쌓이는 것이 켜켜이 쌓인 이유임을 알 수도 있으리라//송두리째 거부되고 찢겨 나간/백일몽의 끝 그 처음부터/그럴듯한 과거 따위 있을 리 없어/길들여 익숙해진 재일(在日)에 머무는 자족으로부터/이방인인 내가 나를 벗어나/도달하는 나라의 대립 틈새를 거슬러 갔다 오기로 하자//그렇다, 이젠 돌아가리/노을빛 그윽이 저무는 나이/두고 온 기억의 품으로 늙은 아내와 돌아가리
>
> –「돌아가리」 중에서[25)]

김시종은 1998년 3월, 제주 4·3사건에 가담했다는 이유로 일본으로 밀항한 이후 처음으로 고향 제주에 입국하여 부모님의 묘소를 참배했다. "살아남았다 해도/사라질 건 벌써 사라져 갔습니다"(「먼 천둥」, 『광주시편』, 21쪽)[26]라는 탄식에서처럼, 그가 간절히 보고 싶어 했던 부모님과 고향의 모습은 사라지고 없음이 당연했다. 하지만 그는 "시대는 흔적도 없이 엄청난 상실을 실어갔다/세월이 세월에 방치되듯/시대 또한 시대를 돌아보지 않"을 만큼 오랜 시간이 흘러갔지만, 이제 "두고 온 기억의 품으로" "돌아가리"라고 말한다. "길들여 익숙해진 재일(在日)에 머무는 자족으로부터/이방인인 내가 나를 벗어나/도달하는 나라의 대립 틈새를 거슬러" 가는 새로운 모색을 꿈꾸고자 하는 것이다. 이후 그는 제주 4·3의 기억을 증언하는 일에 혼신의 노력을 다했고, '재일'의 근거로서의 4·3의 의미를 찾는 데 자신의 삶과 시의 대부분을 헌신했다. 여기에서 그가 무엇보다도 "틈새를 거슬러" 가는 선택을 했음을 주목할 필요가 있다. "조선에는/나라가/두 개나 있고/오늘 나간 건/그 한쪽이야./말하자면/외발로/공을 찬 거지."(「내가 나일 때」, 『경계의 시』, 31~32쪽)[27]에서처럼, 더 이상 분단 시대라는 조국의 현실 앞에서 침묵하거나 방조하지 않고 그 대립의 틈을 가로지르는 새로운 가능성을 향해 나아가고자 하는 것이다. "송두리째 거부되고 찢겨 나간/백일몽의 끝"을 "그 처음부터"라고 인식하는 데서 이미

25) 김시종, 유숙자 옮김, 『경계의 시』, 170~172쪽.
26) 김시종, 김정례 옮김, 『광주시편』, 푸른역사, 2014, 21쪽.
27) 김시종, 유숙자 옮김, 『경계의 시』, 31~32쪽.

'틈새'를 거슬러 오르는 김시종의 혁명은 시작되었음에 틀림없다.[28] 그리고 그 출발점이 제주 4·3의 기억을 증언하고 시적으로 형상화하는 것이 됨은 너무도 당연한 결과가 아닐 수 없다.

4. 맺음말

최근 한 일본 연구자는 "김시종을 읽는다는 것은 그것을 읽고 있는 '나'의 서정과 대면하고 그것을 건드리는 일과 연결된다."[29]라고 말했다. 이는 김시종의 시가 일본인인 자신에게 '일본'의 의미를 끊임없이 묻고 있음을 의미하는 것으로, 일본에서 살아가는 재일조선인으로서 일본을 말함으로써 일본을 비판해온 김시종의 시적 지향에 대한 내적 충격을 고백한 것이다. 김시종의 시는 "대다수의 일본인들이 자명하게 생각하는 일본어로 된 시집이 아니라 일본어적 세계를 안으로부터 파괴해서 바깥으로 확장하려는 시도로 가득 차 있"[30]다. 따라서 김시종은 지금까지 일본에서 살아가는 '재일'의 실존에 대한 집요한 탐색을 일관되게 실천해 왔고, 역사적으로든 정치적으로든 모순으로 가득 찬 '재일'의 현실을 비판하고 저항하

28) 김시종에게 '틈새'는 "여러 분단선이 겹쳐 파이는 곳이다. 거기로 여러 힘이 가해진다. 따라서 틈새는 불확정적이고 유동적이다. 거기서 세계는 뒤틀린다. 김시종은 그 틈새에 몸을 두고 '틈새에 있음'을 내적 성찰에 나서야 할 상황으로 전유하고자 했다." 윤여일, 「틈새와 지평」, 『재일의 틈새에서』, 370~371쪽.

29) 가게모토 쓰요시, 「서정, 생활의 깊이에서 연대로-김시종 시를 2018년 한국에서 읽는다는 것」, 『작가들』 2018년 여름호, 166쪽.

30) 곽형덕, 「분단과 냉전의 지평 너머를 꿈꾸다」, 『지평선』, 241쪽.

는 것을 무엇보다도 중심에 두고 실천했다. 그의 시가 자연의 조화로움과 계절의 미학에 탐닉해 온 '단가적 서정'을 부정함으로써 '비평'으로서의 시의 혁명성을 무엇보다도 강조한 것도 바로 이러한 문제의식을 실천하기 위한 시적 전략이었음에 틀림없다.

김시종의 시는 재일조선인의 역사를 그 중심에서 읽어내도록 하는 중요한 텍스트이다. 그는 해방 이후 남로당에 가입하여 제주 4·3에 가담했고, 일본으로 밀항해 일본공산당에 가입하는 것을 시작으로 조총련 활동에 주력했던 좌파 운동가이자 시인이었다. 하지만 '재일'의 생활과 실존을 외면한 채 조직의 강령과 통제에 길들여져 가는 좌익 조직과의 극단적 대립을 겪으면서 북쪽도 남쪽도 아닌 '조선'적을 유지한 채 '재일을 살아가는' 재일조선인으로 서의 운명을 짊어져 왔다. 남과 북의 이데올로기적 대립을 그대로 답습했던 재일조선인 사회의 이원화를 비판적으로 성찰하는 경계의 지점에서 재일조선인으로서의 자신의 삶과 시의 가능성을 열어왔던 것이다. 또한 모국어와 모어 사이에서 갈등하는 재일조선인의 이중 언어 현실을 직시함으로써, 일본어가 아닌 일본어, 즉 일본어의 아름다움을 파괴하는 이단의 일본어를 사용하는 문제적인 시인이기도 했다. 이 모든 것은 재일조선인 사회의 민족적 관념성을 넘어서 '재일'의 독자성과 주체성을 실천하기 위해서였다. 그럼에도 불구하고 그의 삶과 시는 '재일'의 근거로서의 제주 4·3에 대한 기억을 증언하고 시적으로 형상화하는 데 침묵하거나 우회적인 방식을 선택할 수밖에 없는 명백한 한계를 지니고 있었다. 2000년 이후 김시종의 삶과 시는 바로 이러한 한계를 넘어서는 데 자신의 모든 것을 헌신했다고 해도 과언이 아니다.

김시종에게 제주 4·3은 근원적 세계이면서 궁극적인 세계이다. 이러한 양가성은 그의 삶과 시가 언제나 제주 4·3의 기억 속에서 살아왔고 지금도 살아가고 있음을 의미한다. 비록 그가 4·3의 기억을 다시 현실로 불러온 것이 2000년 이후에 이르러서이지만, 첫 시집 『지평선』에서부터 『니이가타』, 『광주시편』에 이르기까지 미국에 의해 자행된 유사한 사건들에 대한 비판에 기대어 우회적으로 증언해 왔다는 사실을 간과해서는 안 된다. 즉 "『장편시집 니이가타』에 담긴 제주 4·3 항쟁의 묘출은, 예를 들면 오키나와 전투라는 사건과 겹쳐질 수 있는 보편성을 획득하고 있"[31]는 것처럼, 그동안 그의 시는 내면 깊숙이 4·3의 기억을 간직한 채 제국주의와 식민주의 권력을 향해 투쟁하는 보편성을 추구해 왔던 것이다. 따라서 앞으로 그의 시에서 제주 4·3의 문제의식을 '제주'라는 특정한 장소성에 한정하여 바라보기보다는 식민의 역사를 공유해온 동아시아적 시각에서 쟁점화하려는 시도가 필요하다. 이는 그의 시가 역사와 현실의 모순을 넘어서는 비판적 저항으로서의 증언의 성격과 혁명적 지향을 일관되게 실천해 왔다는 점에서 문제적이기 때문이다. 또한 이러한 혁명적 실천은 '비평'으로서의 시라는 '재일'의 시학을 정립해 온 김시종의 시학적 방향을 이해하는 데 있어서도 가장 핵심적인 근거가 될 것이다.

31) 오세종, 「위기와 지평-『지평선』의 배경과 특징」, 『지평선』, 232쪽.

04

김시종과 끝나지 않은 혁명

첫 시집 『지평선』을 중심으로

곽형덕

1. 시작하며

시인 김시종은 과거형으로 논할 수 없는 존재다. 그렇기에 그의 혁명 또한 여전히 현재진행형이다. 김시종의 혁명을 논할 때 떼려야 뗄 수 없는 낱말은 '사회주의 혁명'이다. 혁명을 민중의 인식론적 전환이 수반되는 부조리한 현실(체제) 변혁이라 볼 때 김시종에게 사회주의는 여전히 유효한 사상이자 생각의 틀이다. 물론 그것은 권위주의나 일당독재와는 다른 "인간의 얼굴을 한 사회주의"를 말한다.

김시종의 첫 번째 혁명은 해방 이후 굳어져가던 남북분단을 막으려 했던 '제주 4·3'에서부터 본격적으로 전개됐다. 남로당의 일원으로 참여한 '제주 4·3'은 김시종이 남북분단을 막고 사회주의 혁명을 꿈꿨던 첫 번째 혁명의 길이었다. 하지만 산부대가 일으킨 혁명이 군경에 의한 도민 학살로 끝이 나면서 김시종은 참혹한 실패를 경험하고 일본으로 망명했다. 그의 첫 번째 혁명은 해방 이후부터 일본으로 망명한 1949년 무렵까지로 설정할 수 있다.

김시종의 두 번째 혁명은 망명의 땅, 일본에서 1950년대에 전개됐다. 그것은 한반도의 분단과 전쟁을 거부하는 길이었다. 이때까지만 해도 김시종은 북한식 사회주의에 희망을 품고 동아시아에서 '제3세계적 연대'를 통해 반미자주를 이루려 했다. 이러한 흔적은 그의 초기 삼부작에서 확인된다. 하지만 김시종의 두 번째 혁명 또한 북한식 사회주의가 독재와 사상탄압으로 기울어가면서 좌초하게 된다. 이는 오사카 조선시인집단 『진달래』(1953~1958)의 창간과 폐간에 이르는 과정에도 뚜렷이 각인돼 있다. 조선총련의 사상

탄압과 언어탄압(조선어 강요)에 맞선 결과 김시종은 암흑의 1960년대를 보내게 된다.

김시종의 세 번째 혁명은 남과 북, 즉 조선민주주의인민공화국(이하, 공화국으로 약칭)과 한국 어느 체제에도 가담할 수 없는 상태에서 재일(在日)을 살아가는 존재론적인 것이었다. 다시 말하자면, 남과 북 어느 쪽에서도 환영받지 못하는 망명 상태에서 조국의 평화와 통일을 꿈꾸는 재일의 사상을 실천하는 길을 말한다. 앞서 설명한 두 혁명이 폭력과 물리적 충돌을 수반된 피가 묻은 길이었다면, 세 번째 혁명은 퇴행하는 현실을 변혁하기 위한 인식의 혁명을 촉구하는 지난한 고행의 길이었다. 물론 이는 한반도의 평화만이 아니라 일본 사회의 변혁을 촉구하는 '재일의 사상'과 밀착돼 있다.

이 글에서는 김시종의 초기 삼부작 시집[1] 중 첫 시집 『지평선』을 중심에 놓고 '제주 4·3' 이후 전개된 시인의 끝나지 않은 혁명의 의미를 고찰하고자 한다. 시기적으로는 '제주 4·3'에서 한국전쟁, 그리고 그 이후 조선총련의 탄압이 절정에 이른 시기(1960년대)까지가 이에 해당된다.

1) 초기 삼부작 시집이라는 명칭은 필자가 부여했다. 세 시집 다 남북 분단에 대한 거부와 인간 행방, 그리고 현실 인식의 혁명이라는 일관된 주제 의식을 발견할 수 있기에 명명했다. 필자는 김시종 시인의 『장편시집 니이가타』와 『지평선』을 번역해 냈고 『일본풍토기』를 현재 번역중이다. 본문에 인용된 초기 삼부작 시집의 번역은 모두 필자에 의한다.

2. 『지평선』과 일본혁명

김시종이 1950년대에 일본어로 쓴 시집은 세 권이다. 『지평선』(1955.12), 『일본풍토기』(1957.11), 『장편시집 니이가타』(1959). 괄호 안의 연도는 『지평선』과 『일본풍토기』의 경우는 출판연도, 『장편시집 니이가타』는 집필이 완료된 시점이다. 『장편시집 니이가타』가 출판된 것은 조선총련의 오랜 탄압을 뚫어낸 1970년 8월이다.

첫 시집 『지평선』은 남북분단과 냉전의 지평 너머를 꿈꾼 시집이다. 『지평선』에는 시인이 실패한 혁명(제주 4·3)이 남긴 좌절과 슬픔을 안고서도 앞으로 나아가려는 의지가 표명돼 있다. 시인은 죽은 사람들을 그저 경건하고 아름답게 추모하고 기념하는 길이 아니라, 그들을 죽음에 이르게 한 현실을 개혁하는 길로 나아갔다.[2)] 『지평선』에는 비참한 현실을 새롭게 인식하고 행동하는 길로 나아간 시인의 궤적이 그려져 있다. 이는 『지평선』의 「자서」에 잘 드러나 있다. "다다를 수 없는 곳에 지평이 있는 것이 아니다./네가 서 있는 그곳이 지평이다."라는 「자서」의 두 행은 시어가 아니라 마치 선언문과도 같다. 지금 서 있는 곳에서의 '혁명'을 추구하려는 의지가 담긴 시어라 하겠다. 물론 김시종의 1950년대는 의지와 혁명으로만 설명될 수 없다. 의지와 혁명의 뒤편에는 슬픔과 분노, 그리고 그리움이 가득하다. "울고 있을 눈이/모래를 흘리고 있다/나는 더 이상 견딜 수 없어/비명을 내질렀는데,/지구는 공기를 빼앗겨/

2) 이에 대해서는 김시종 지음, 곽형덕 옮김, 「경건히 뒤돌아보지 말라―4·3항쟁 70주년을 맞으며」(『창작과 비평』 179, 2018 봄호)를 참조할 것.

목소리를 내지 못했다/노란 태양 아래/나는 미라가 됐다/지구는 차갑고/부모님조차 이런 나를 잊었다"(「악몽」)라는 부분은 시인의 굳센 의지와 분노/슬픔이 표리일체를 이룬 것임을 말해준다.

김시종의 분노는 세계를 핵전쟁의 공포로 몰아넣고 있는 미국과, 한반도의 분단 고착화에 일조하고 있는 일본을 향한다. 시인은 "만약 후지가 관통을 허락한다면/탄도(彈道)의 건너편은 조선이겠지."(「후지」)라고 하면서 한국전쟁으로 활활 타오르고 있는 한반도에 부채질을 하고 있는 일본의 현실을 날카롭게 비판한다. 일본 땅에 발을 내딛으며 살고 있는 시인은 한반도만이 아니라 일본의 현실에도 개입해 들어간다. 이는 오세종이 한국어판 『지평선』 해설에서 밝히고 있듯이 "'제3세계적' 세계인식"으로 설명될 수 있다.[3] 이와 관련된 시들은 『지평선』 1부 「밤을 간절히 바라는 자의 노래」에 집중돼 있다. 마쓰가와 사건(1950년에 일어난 미군에 의한 열차 전복사건)을 표면화시킨 「사이토 긴사쿠의 죽음에 부쳐」나 요시다 시게루 내각을 희화한 「내핍생활」, 퇴행하고 있는 일본의 현실을 다룬 「카메라」 등은 김시종이 일본의 현실을 바꾸고자 하는 의지가 표명된 시다. 시인은 "일본의 대중이여/카메라는 돌고 있다/외칠 수 없는 자들은 자막을 써라/두려움이 있다면/괴로움이 있다면/제각각의 가슴에 플래카드를 달아라!"라고 하면서 현실 변혁의 대열에 일본인들의 동참을 호소한다.

한편, 김시종의 분노는 미국의 핵실험으로 이어졌다. 1950년대 초반 미국은 아이젠하워 대통령이 "핵의 평화적 이용(Atoms for

3) 오세종 「해설-위기와 지평」, 『지평선』(김시종 지음), 소명출판, 229쪽.

peace)"을 내세우면서도 수소폭탄 실험을 계속하는 모순된 행보를 보였다. 그 와중에 다이고후쿠류마루(第五福竜丸) 어선이 미국의 수소폭탄 실험 도중에 피폭을 당하는 사건이 벌어졌다. 1954년 3월 1일의 일이다. 이로 인해 일본에서는 반핵운동에 불이 붙고, 반핵 의지를 표출한 혼다 이시로의 「고지라」(1954), 구로사와 아키라의 「생존의 기록」(1955) 등이 만들어졌다. 김시종의 반핵시 또한 바로 이 시기에 발표됐다. 「남쪽 섬-알려지지 않은 죽음에」(1954.3), 「지식」(1954.9), 「묘비」(1954.9), 「아이와 달」(1955.8) 등이 그렇다. 미국 최초의 핵 공격이 가능한 지대지 로켓인 어네스트 존이 일본에 들어오자 시인은 "어네스트 존이 일본에 오고/원자포(原子砲)가 오키나와에 왔다고 한다"(「아이와 달」)라고 하면서 고조되는 핵위협을 경계하고 있다. 미국의 수소폭탄 실험에 대해서는 "한줌 재를 알기 위해서/30만에 이어 한 남자를/저민 조각으로 만들고서도 충분치 않다니"(「지식」)라 개탄한다. "결코 처음 죽음이 아니라고/히로시마 나가사키를 잇는 한명이라고"(「묘비」)라는 구절은 이를 잘 드러낸다. 1950년대 급박하게 변해가는 국제정세와 한반도의 상황을 응시하며 자신이 서 있는 그곳을 지평으로 삼아 현실을 혁명하려 했던 김시종의 『지평선』의 문제의식은 1부의 일본의 현실 변혁과 제3세계적 지평, 그리고 2부 「가로막힌 사랑 속에서」에 드러난 한반도의 분단 극복과 평화를 향한 의지로 표면화돼 있다. 하지만 현실변혁을 향한 굳센 의지를 뒷받침하고 있는 시는 거대한 것이 아니라 이를테면 「꿈같은 이야기」와 같은 소박한 시다. 시인 김시종의 핵심을 잘 드러낸 시이자 '혁명'이 거대한 무엇이 아님을 말해준다. "내가 뭔가 말하면/모두가 바로 웃으며 달려들어/"꿈같은 이야기는 하지 마" 해서/나조차도/그런가 싶어진다./그래도 나는/포기할 수 없어서/그 꿈같은 이야기를/진심으로 꿈꾸려 한다/그런 터라/이제 친구들은 놀리지도 않는다/"또 그 이야기야!" 하는 투다/그런데도 꿈을 버리지 못해서/나 홀로 쩔쩔매고 있다."(「꿈같은 이야기」 전문)

3. 냉전의 지평

내면의 농밀한 이야기는 밤에 기록된다. 절망의 깊이도 밤에 더욱 깊어지고 눈물도 밤에 불현듯 흘러내린다. 하지만 사유와 고뇌는 밤에 깊어간다고 해도 지평은 해가 뜨는 새벽에 보이는 법이다. 하지만 『지평선』에서 시인의 지평은 밤에 더욱 선명히 모습을 드러내고 있다. 밀항한 그에게 낮의 지평은 미군의 지배하에 놓인 숨이 턱턱 막히는 냉전적 지평이다. 펼쳐지는 지평이 아니라 안으로 조여 들어오는 족쇄인 셈이다. 낮을 지배하는 미국과 일본의 시간은 소수자인 그의 지평이 파고들 틈을 내어주지 않는다. 그러므로 낮은 고뇌의 지평을 사유하는 시간이 아니라 목숨을 내걸고 이들에 대항해 싸우는 시간이다. 곤봉과 피가 난무하며 쫓는 자와 쫓기는 자, 살해하는 자와 살해당하는 자, (원폭을) 터뜨리는 자와 맞는 자로 나뉜 공간에 시인이 꿈꾸는 새로운 역사의 지평이 펼쳐질 공간은 밤에만 존재한다. 해가 지고 밤이 찾아들어 어둠이 사위를 덮고 파도 소리와 바람소리가 시공간을 가르는 그 시간에 끊어진 길이 달빛에 형체를 드러낸다. 이는 삶의 지평을, 역사의 지평을, 실존의 지평을 여는 시간이다.

밤이여 어서 오라
낮만을 믿는 자에게
무장한 밤을
알려줄 터이니

—「밤이여 어서 오라」 중에서

“낮만을 믿는 자”는 냉전적 세계 질서에 순응하거나 국민국가가 구성한 현실 및 이데올로기를 있는 그대로 받아들이는 사람을 뜻한다. 밤은 현존하는 세계질서에 균열을 불러일으킬 수 있는 현재의 시간인 동시에 시 인이 거쳐 온 제주에서의 “무장한 밤”과도 이어진 과거와 현재를 잇는 매개체이기도 하다. 실패한 ‘혁명’이었다 해도 과거의 밤은 분단을 저지하려 했던 시간이었기에 일본의 밤에 상상된다. 시인은 일본의 밤을 살아가며 ‘조선전쟁’으로 전화에 휩싸인 고국으로 향하는 끊어진 길을 잇기 위해 전쟁과 분단을 고착화 시키는 일본의 낮과 싸운다. 하지만 시인이 일본인 전체와 싸우고 있는 것은 아니다. 일본의 낮은 미군의 군사지배와 핵실험, 민족교육 분쇄 정책 등으로 점철된 시간이기에 시인은 일본인과의 연대를 통해 현실을 타개하고자 한다. 미군의 핵실험으로 다이고 후쿠류마루가 비키니 환초 부근에서 피폭을 당한 것에 분개하며 쓴 「지식」과 「묘비」, 마쓰카와 사건(미군에 의한 열차 전복 사건)으로 죽은 사이토를 추념하며 쓴 「사이토 긴사쿠의 죽음에 부쳐」 등은 일본인(및 일본 공산당)과의 연대를 통해 조선인의 현실을 바꾸고자 한 운동적 차원의 시편들이다. 물론 밤은 지평을 여는 가능성의 시간만은 아니다. 밤은 시인에게 죽은 자들의 얼굴과 시간을 떠올려야 하며, 갈 수 없는 고향을 향한 그리움이 깊어만 가는 시간이기도 하다.

> 사랑하는 아버지 어머니 께
> 뵈옵지못할 시집을 일본에서 내었습니다
> 이 세상에서 누구보다도 이 시집을 축복해주실
> 부모님께 철모리 자라난 시종이가 먼 곳
> 타국에서 이 책을 드리옵니다.
> 一九五五年 十二月 十一日 夜

시인이 소장하고 있던 『지평선』 초판본을 열었을 때 마주친 세로로 쓰인 위 글귀는 『지평선』이 발행된 바로 다음날 밤의 기록이다. 밤은 일본의 낮에 짓눌려 새로운 지평을 꿈꾸는 시간인 동시에 고향과 죽은 자들을 마주하는 그리움과 고통의 시간이기도 하다. 청년 김시종에게 일본의 밤은 자신의 실존을 가두는 엄혹한 현실과 전화에 휩싸인 한반도의 현실 모두를 열어젖히는 고통스러운 가능성을 담고 있는 시간이었다. 시인은 일본의 밤을 열며 끊어진 역사의 길을 다시 이으려 했다.

4. 재일의 혁명

『지평선』 1부에는 냉전이 옥죄어 오는 일본의 현실과 핵실험을 그린 시가 많다. 그에 비해 『지평선』 2부 「가로막힌 사랑 속에서」

는 재일조선인들의 삶과 투쟁에 관한 시로 구성돼 있다. 1부가 제3세계적 인식에 근거해 일본의 현실을 비판하고 있다면, 2부는 냉전과 분단에 직면한 재일조선인들의 삶과 투쟁에 집중하고 있다. 물론 1부와 2부를 관통하는 문제의식은 미국 주도의 냉전질서에 대한 비판이다. 이러한 미국 비판은 『지평선』 2부에 수록된 시에서 쉽게 찾을 수 있다. 그런 의미에서 보자면, 해방 이후 김시종이 꿈꾼 '혁명'은 남북통일을 통한 자주적 민족국가 건설이었으며 이는 '제주 4·3' 이후 1950년대까지도 변함없이 지속됐다. 물론 '제주 4·3' 이후 일본으로 망명한 후에는 재일조선인으로서의 실존이 이에 겹쳐지면서 보다 복잡한 양상으로 바뀌어갔다.

2부에 수록된 첫 번째 시 「품-살아계실 어머님께 보내며」는 어머니를 조국에 비유해 "아 상처 입은 가슴이여/얼굴을 바짝 대고 실컷 울고 싶다/당신을 아프게 하는/비행기가 이륙하는 이 땅에서/쇠망치를 지니지 못한 내 원망은 끓어오른다"라 하며 한반도로 출격하는 미군 비행기를 멈추지 못하는 자신을 원망하고 있다. 이어서 "조국의 어두운 밤을/눈물과 함께 건너온 우리/눈에 스며들 것 같은 이국의 초록색에/목이 메는 조국의 적토를 떠올린다/연기가 오른다!/여기 저기 계곡에/이 나라 저 나라의 봉우리에/분노의 연기가 오를 거다!"라는 부분은 조국을 향한 안타까움만이 아니라, 세계 곳곳에서 혁명이 일어나 "조국의 어두운 밤"을 몰아낼 것이라는 혁명을 향한 의지를 드러내고 있다. 이러한 시인의 의지는 고향을 향한 절절한 그리움을 동력으로 하고 있다. "푸른 나뭇잎 그늘/쓰르라미의 노래는/슬프고 슬픈 고향 노래라오" "푸른 잎 그늘/쓰르라미의 노래는/분노가 또 분노가 어린 노래라오"(「쓰르라미의 노래」)라는 구절은 전화에 휩싸인 조국을 멀리서 그저 지켜볼 수밖에 없는 슬픔과 분노가 동시에 담긴 시이다.

『지평선』 2부는 한국전쟁으로 사실상 '유민' 상태에 놓인 재일조선인들의 비가(悲歌)이기도 하다. 시인이 "흡사 돼지우리 같은/오사카 한 구석에서 말이야/에헤요 하고/도라지의 한 구절을 부르면/눈물이 점점 차올라/(중략) 누가 간단 말인가/형제를 죽이러/누가 간단 말인가/육탄이 되려/아빠 엄마의 유골을 찾을 때까지 비석을 세울 때까지"(「유민애가-혹은 "학대당한 자들의 노래"-」)라 쓴 것은 1951년, 한국전쟁이 한창일 때였다. 한국전쟁으로 재일조선인들 사이의 갈등은 최고조에 이르고 있었다. 그들은 조국을 떠나 이리저리 떠도는 '유민'만이 아니라, 남과 북으로 다시 갈라져 '내전' 상태에 빠져 있었다. 이 시의 제목이 '애가'일 수밖에 없는 이유다. 물론 2부에는 공화국을 향한 믿음을 간직했던 시기, 북의 이상을 향한 신념을 드러낸 시 또한 실려 있다. "그리고 누가 먼저랄 것도 없이/인민항쟁가를 부르기 시작합니다./그것만으로도, 여러분은/훌륭한 공화국의 소년이 된 것입니다."(「제1회 졸업생 여러분께」)라고 쓴 부분이 그렇다. 김시종이 나카니시조선소학교(민족학교) 재건에 힘쓰던 시절, 즉 공화국과 갈등하기 이전의 시임을 알 수 있다. 2부에 수록된 「가을 노래」 또한 "민족 교육 사수를 절규하며" 쓴 시다.

1부에 이어 2부에도 미국을 향한 분노가 시 곳곳에 드러나 있다. 특히 거제도 포로수용소를 그린 시 「거제도」가 대표적이다. 시인은 "미제 라이플총을/격자 너머로 들어대고/그것을 철조망 너머로/어머니가 보고, 아내가 보고,/젖내 나는 아이들이 보고 있습니다./익숙한 향토가/290센티 군화에 짓밟힐 때/코가 높은 인간들을 말입니다,/거적눈의/색맹인 그를 말입니다. (중략) /섬의 피가/그칠 날이 있을 까요./지하에 스며들어 원천이 될 때,/굶주린 동포의 목을 적실 때,/죽은 자는 사는 겁니다, 민족이 사는 겁니다." 라 쓰면서 죽은 자의 피가 동포의 목을 적셔 민족이 다시 소생하는 꿈을 그리고 있다.

『지평선』 2부는 「정전보(停戰譜)」와 「당신은 이제 나를 지시할 수 없다」로 끝을 맺는다. 재일조선인들의 핍진한 삶과 고통을 그린 시에서 민족의 재건을 꿈꾸고, 한반도의 평화를 꿈꾸는 시로 시집을 끝맺고 있다. 시인은 "동포여/불을 붙이자/현수막이 필요 없는/생각 그대로의 불을 밝히자/거리낄 것 없이/두려워할 것 없이/가엾은 향토에/불을 장식하자/지금이야말로 불이/필요한 때다/동트기 전의 준비를/어둠 속에서 착오가 생겨서는 안 된다/불을 밝혀라"(「정전보2 밤」)라고 쓰면서 남과 북의 어둠을 몰아낼 불을 희구한다. 『지평선』의 마지막 시는 남북분단을 결정지은 38선을 의인화해서 그와의 작별을 요구한다.

> 나는 진정 당신을 떠나고 싶다.
> 이 땅을 천천히, 양발로 힘껏 밟고서
> 산 너머 물을 마시러 가보고 싶다.
> 그리고 우러러 보기만 했던 하늘의 깊이를
> 콸콸 넘쳐 나오는 샘물의 밑에서 내 자신을 헤아려 보고 싶다,
> 소나무 바람은 앉아서 들릴 것이며
> 똑같이 고갯길을 넘어 오는 사람에게는

내 불신도 따질 수 있을 것이다.
그렇게 간주해 생각해 보자
필요 없어진 애무의 뒤처리를 생각하자.

애무의 보답은 애무여야만 한다.
나는 내가 가진 모든 것으로부터
당신의 선물에 답례하고자 한다,
그리고 그저 당신은 역사의 위에서만 머물렀으면 한다.
당신은 이미 나를 지시할 수 없다.
우리 마음의 왕래에 감찰을 할 수 없다.
우리의 언약은 이미 당신을 필요로 하지 않을 테니
당신은 그저 내 시고(詩稿)에서만 숨 쉬면 되는 것이다.

아버지와 자식을 갈라놓고
엄마와 나를 가른
나와 나를 가른
'38선'이여,
당신을 그저 종이 위의 선으로 되돌려주려 한다.

–「당신은 나를 지시할 수 없다」 중에서

이 시는 '당신'=38선을 시집=과거 속에 머물게 하고 현실에서 추방하려는 의지를 드러내고 있다. 영토와 역사, 민족만이 아니라 부모와 자식을 가르고, 자신의 내면까지도 분단시켜온 38선을 시인은 한국전쟁 직후에 사라진 역사로 만들고자 했다. 불행히도 시인의 의지는 역사 속에서 오랜 세월 관철되지 못하고 퇴행해 왔지만, 시인이 혁명을 통해 이루고자 했던 것이 남북분단의 해소와 자주적 민족공동체의 확립임을 60년도 전에 출판된 『지평선』은 증명하고 있다. 특히 『지평선』 2부의 문제의식은 "역사의 끊어진 길"을 돌파하여 "숙명의 위도"를 온몸으로 넘어서려 했던 『장편시집 니이가타』에 펼쳐져 있다.[4] 물론 『일본풍토기』부터 『장편시집 니이가타』에 이르는 동안 시인은 조선총련을 비판하는 것은 물론, 남과 북 어느 체제에도 가담하지 않고, 재일의 장소에서 자신의 시를 쌓아올렸다.

『장편시집 니이가타』의 말미를 다시 읽어보자.

> 해구(海溝)에서 기어 올라온/균열이/궁벽한/니이가타/시에/나를 멈춰 세운다./불길한 위도는/금강산 벼랑 끝에서 끊어져 있기에/이것은/아무도 모른다./나를 빠져나간/모든 것이 떠났다./망망히 번지는 바다를/한 사내가/걷고 있다.

사회주의 혁명을 꿈꾸고 공화국의 꿈에 공명했던 김시종은 『장편시집 니이가타』에 이르러 남북분단이라는 "숙명의 위도"를 재일의 위치에서 넘어서려 니이가타 시에 이른다. 그리고 몇 번의 변신(벌레에서 남자로)을 거친 끝에 '나'는 "한 사내"가 돼 망망대해를 걸어간다. 여기에는 김시종의 혁명이 사회체제의 총체적 변혁에서 현실인식의 혁명으로 전환되는 순간이 담겨 있다. 이후 시인은 집단에 속한 개인이 아닌 집단과 떨어져 나간 단독자로서 유민의 기억을 간직한 채 새로운 재일의 사상을 만들어나갔다. 이는 『장편

4) 곽형덕 「옮긴이 후기」, 『장편시집 니이가타』(김시종 지음), 글누림, 2014, 189쪽.

시집 니이가타』 이후에 나온 시집과 초기 삼부작을 가르는 가장 큰 요소이다.

5. 현실 인식의 혁명으로

짧게는 1950년대, 길게는 1950년대에서 1970년까지로 상정할 수 있는 김시종의 초기 삼부작은 '사회주의 혁명'과 결부돼 있지만 그것만으로는 재단할 수 없는 많은 주름으로 가득하다. 그 주름은 이상적 국가라 믿었던 공화국에 대한 실망과 갈등 속에서 생겨난 것이다. 김시종에게 한때 "현재를 이끌어가는 별"(『지평선』 출간 당시)이었던 공화국은 그렇게 그를 캄캄한 어둠속에 가두고 탄압하는 장막으로 바뀌었었다. 그 충격을 현재 가늠하기란 쉽지 않다. 그저 『일본풍토기』의 시어들로 추측할 수 있을 뿐이다. 김시종에게 찾아온 고난은 『지평선』과 『장편시집 니이가타』에 실린 오노 도자부로의 글에서 확인할 수 있다.

> 김시종에게 그것은 조선민주주의인민공화국이라는 현재를 이끌어 가는 별이다. 그 길을 향해가는 빛나는 커다란 별빛인고로, 김시종 시의 음운은 낡고 슬픈 조선의 노래가 보여줬던 영탄을 벗어나 밝고 강하여 우리 일본 시인들에게 용기를 주고 있다.
>
> —『지평선』, 소명출판, 2018, 10쪽

1950년대 초반까지만 해도, 김시종에게 공화국은 "빛나는 커다란 별빛"이었다. 그렇기에 김시종의 시는 과거 추수가 아니라 현실 변혁의 강인한 시로 구성돼 있다고 오노 도자부로는 쓰고 있다. 1970년, 오노 도자부로는 『지평선』 때와는 꽤나 달라진 해설을 썼다.

> (파블로 네루다의) 『나무꾼이여, 눈을 떠라』가 남미 및 북미 대륙에 걸친, 인민의 아메리카와 제국주의 아메리카, 이 두 아메리카를 상정하고 있다면, 『장편시집 니이가타』는 '북한'과 한국이라는 두 개의 조선이 시야에 있다는 점에서 공통점이 있다. (중략) 게다가 그 행동의 배후에는 오랜 세월 이 시인과 친교를 맺어왔던 내게도 헤아릴 수 없는 굴절과 의식 아래의 것을 감싸고 있는 어두운 이미지가 충만해 있다. 인간의 희망을 돋우는 근원을 직설적으로 밝게 노래하는 시가 아닌 것만은 분명하다. (중략) 내 벗, 김시종이 갈 길은 앞으로 더욱 험하다.
>
> —『장편시집 니이가타』 2쇄

오노 도자부로가 지켜본 김시종의 1960년대는 어둠으로 가득하다. "빛나는 커다란 별빛"이 암흑의 장막으로 바뀐 후, 김시종은 더 이상 "인간의 희망을 돋우는" 시를 직설적으로 밝게 노래할 수 없게 됐다. 일본 제국주의 말기에 당국의 탄압과 회유를 겪었던 오노 도자부로였던 만큼, 그는 김시종이 겪고 있는 사상 탄압을 누구보다 절절하게 이해하고 있었을 것이다. 그런 시각에서 다시 읽어보면 오노 도자부로의 '해설'은 '국민국가'에 기댄 사회주의 혁명의 꿈을 김시종이 더 이상 현실에서 펼칠 수 없음을 잘 드러내고 있다. 김시종의 공화국을 필두로 한 현실 사회주의에 대한 절망의 깊이를 가늠해 볼 수 있는 글이다. 동시에 김시종이 1950년대 초반 '별'이 빛나는 밤에서, 1950년대 후반으로 접어들자 어둠이 가득한 밤을 맞이했음도 잘 드러나 있다. '제주 4·3'에서 한국전쟁, 그리고 조선총련의 탄압에 이르는 동안 김시종의 혁명을 꿈꾼 삶은 고난에 찬 여정이었다.

한편 위 해설에서는 사실상 망명상태에 빠진 김시종의 앞길이 얼마나 험난하고 고독할 것인지를 걱정하고 가슴 아파하는 오노의 모습 또한 투영돼 있다. 남과 북의 '국가'로부터도 환영받지 못하고, 두 국가의 위탁을 받은 조선총련과 민단으로부터도 눈엣가시 같은 존재가 된, 존재하지만 부재하는, '조선적'을 지닌 1960년대의 김시종. 별빛은 암흑으로 바뀌었고 그는 현실의 길을 잃었으나, 사상의 길을 놓음으로써 엄혹한 시기를 돌파하고 현실로 돌아올 수 있었다. 김시종의 혁명은 체제의 변혁을 직접적으로 추구한 '사회주의 혁명'에서 존재론적인 '현실인식의 혁명'으로 나아갔다고 할 수 있다.

05

지평의 상상과 '재일'이라는 중력

김동현

1. 너무 늦게 도착한 편지들

김시종을 읽기 위해서는 '시차'를 견뎌야 한다. 그것은 단지 그가 글을 써왔던 시간과 그의 글을 '지금에야' 읽는 시간의 편차만을 의미하지 않는다. 김시종의 시가 한국에 처음 번역되었을 때가 2008년이었다. 시선집의 성격을 띤 『경계의 시』에는 『지평선』, 『일본풍토기』, 『니이가타』, 『이카이노 시집』, 『광주시편』, 『계기음상』, 『화석의 여름』 등 7편의 시집에서 고른 시들이 수록되었다.(이 중에서 『지평선』과 『니이가타』, 『광주시편』은 이미 완역 출간되었다.) 일본 밀항 후 50년이 다 되어서 고향 제주를 찾았을 때가 1998년이었으니 시인보다 시가 더 늦었다. 김석범과 마찬가지로 김시종의 시도 너무 뒤늦게 도착한 편지들인 셈이었다.

김시종은 『지평선』(1955)과 『일본풍토기』(1958)를 출간한 이후에는 조선총련의 노골적인 공격으로 절필이나 다름없이 지내다가 『니이가타』(1970), 『이카이노 시집』(1978), 『광주시편』(1983) 등을 발표했다. 그 일련의 과정들은 한 인간이 청년에서 장년으로 나아가는 물리적 시간이며 낯선 이국의 땅에서, 외국인으로 살아야 하는 실존의 순간이었다. 김시종의 시들은 그 시간을 관통해 온 존재의 질문이다. 그것은 그 자체로 아시아의 시간을 한 인간의 몸으로 견뎌내야 하는 일이었다. 누가 받아볼지도 불분명한 편지를 쓸 수밖에 없었던 시간들이었다.

김시종을 읽기 위해서는 식민과 분단, 그리고 '재일(在日)'이라는 역사의 내면을 바라봐야 한다. '지금-여기'의 연원(淵源)을 사유하지 않으면 안 된다. 단단하고 강고한 벽 너머를 상상해야 하며 우리가 가야 했던 길들과 우리가 가지 못한 길들과 미처 도래하지 않은 길들을 '동시에' 걸어야 한다. 그 길에서 우리는 김시종이 던졌던 질문들과 동행해야 한다. 그 동행의 순간 우리는 오늘을 사는 어제를 만나고 내일의 시간을 향해 달리는 오늘의 태도를 사유할 수 있다.

그의 표현대로 '황국소년'은 해방 이후 남로당 조직원이 되었고, 제주에서 벌어진 대학살을 피해 일본으로 밀항했다. 간단치 않은 이력이 말해주듯 그의 시를 읽어가기 위해서는 '일본어에 대한 복수'와 '재일을 산다'라는 명제를 이해해야 한다. '재일'의 자리에서 청년 김시종은 일본적 서정을 전복하기 위한 방법으로 '일본어에 대한 복수'를 감행해 왔다. 때문에 김시종이라는 존재와 만나기 위해서는 필연적으로 그가 견뎌온 '복수'와 '재일'의 시간을 통과해야만 한다. 그러기 위해서는 시대의 맥락 속에서 김시종과 우리의 시간을 포개야 한다. 선분적 시간을 통과해온 한 인간의 면을 우리의 선분과 면의 꼭짓점으로 수렴해야 한다.

김시종은 스물의 나이에 제주 인근 관탈섬에서 꼬박 나흘을 숨어 지내야 했다. '죽어도 내 눈이 닿는 곳에서는 죽지 말라'는 아버지의 당부를 뒤로한 채 밀항을 선택해야 했던 그였다. 캄캄한 절망의 어둠은 평생 잊을 수 없는 문신처럼 그의 기억 속에 새겨졌다. '도망자'라는 열패감은 오랫동안 4·3을 말하지 않는 침묵으로 이어지기도 했다.[1] 하지만 그 침묵은 단순한 침묵이 아니었다. 침묵보

1) 김시종은 자전 『조선과 일본에 살다』에서 다음과 같이 고백하고 있다. "머잖아 동이 트기 시작하자 여명 속에서 고기잡이배가 뜻밖에도 두 척이 나 있는 게 보였습니다.

다 더 큰 비명이었다. 자아의 내면을 통째로 흔드는 몸부림이었다. 시로 말해질 수 없는 침묵과 침묵으로 그칠 수 없는 비명. 빛과 어둠. 드러난 것들과 숨겨진 것들로 휘몰아치는 바람이었다. 그 바람 속에서 그는 나무처럼 견뎠다. "시들어 가는 입목(立木)"이 아니라 "의지하는 마음을 지닌 나무"로, "분만(憤懣)을 참고 광풍에 서 있는 나무"[2]로 살았다. 그것은 순응과 체념이 아니라 내면에 깊은 분노를 차곡차곡 쌓아가면서도 끝내 견디는 버팀이었다. 그래서 김시종의 시를 읽는 일은 그 '견딤'의 태도를 바라보는 일인지도 모른다.

2. 지평의 상상, 지평의 힘

스물일곱의 청년 김시종은 일본에서 낸 첫 시집 『지평선』 '자서(自序)'에서 이렇게 고백한다.

> 자신만의 아침을
> 너는 바라서는 안 된다.
> 빛이 드는 곳이 있으면 흐린 곳이 있는 법이다.

어설피는 밖으로 몸을 내밀 수도 없을 만큼 위험이 피막처럼 감싸고 있는 관탈이었습니다. 이 암벽의 섬에서 나는 나흘 동안이나 게처럼 넙죽 엎드려 있었습니다. 하루, 하루가 어쩌면 그리도 터무니없이 길던지. 밤의 고도에서 얼마나 무자비하게 무섭던지. 65년이나 지난 일인데도, 지독히 날은 길고, 파도소리는 마구 불안을 헤집고, 갈라진 곳으로 불어치는 바람에 소름 돋아 떨고 있던 자신이, 지금도 누차 같은 악몽 속에서 가위눌립니다." 김시종, 윤여일 역, 『조선과 일본에 살다』, 돌베개, 2016, 224쪽.

2) 가을노래, 『지평선』

붕괴돼 사라지지 않을 지구의 회전이야말로
너는 믿기만 하면 된다.
태양은 네 발 아래에서 떠오른다.
그것이 큰 활 모양을 그리며
정반대 네 발 아래로 가라앉아간다.
다다를 수 없는 곳에 지평이 있는 것이 아니다.
네가 서 있는 곳이 지평이다.
멀리 그림자를 늘어뜨리며
저물어가는 석양에 안녕을 고해야 한다.

진정 새로운 밤이 기다리고 있다.[3)]

"자신만의 아침을", "바라서는 안 된다"라는 단호한 명령은 '너'를 향한 발화이지만 정작 그것은 자신을 향한 말이다. '너'에 던지는 명령과 지시의 언어는 스스로를 유폐하기 위한 수단이다. 김시종의 언어가 닿는 '너'라는 타자는 '나'조차도 외부의 자리에서 사유하게 한다. 그렇게 김시종은 자신이자 타자인 너에게 "자신만의 아침"을 기다리지 말라고 한다. 이런 다짐의 언어들은 외부로 발산되는 내면적 응축을 가능케 한다. 그것은 '나'와 '너'를 잇는 언어들이 탄생하기 위한 힘의 축적이며 타자로 향하는 언어의 촉수이자 나의 신체가 너로 환원될 수 없다는, 그토록 분명한 불가능에 도전하는, 끊임없는 시도이다. 이러한 시도 끝에서야 "진정 새로운 밤"을 맞을 수 있다. 그것은 대낮의 자명함을 거부하는 세계이다. 빛

3) 김시종, 곽형덕 역, 『지평선』, 소명출판, 2018, 11쪽.

이 아닌 어둠을 선택하는 단호함이다.

보이지 않는 것을 보려 하고, 들리지 않는 소리를 들으려 하는 이 무모함을 가능하게 하는 힘은 무엇일까. 도대체 무엇이 스물일곱의 청년으로 하여금 이 도저한 불가능의 세계에 발을 들이게 했을까. 오세종은 『지평선』이 출간될 무렵 김시종이 세 가지의 위기에 봉착해 있었다고 말한다. 생명의 위기, 한국전쟁이라는 위기, 언어의 위기가 바로 그것이다.[4] 이 무렵 김시종은 실제로 건강이 나빠져 오랫동안 병원 신세를 지게 된다. 대학살을 피해 도망쳐 온 일본에서 허망하게 죽을 수도 있다는 절망감. 거기다 조선에서는 '한국전쟁'이 발발했다. 목숨을 부지하기 위해 자신만 도망쳐 나왔다는 죄책감이 컸던 김시종에게 조선에서 벌어진 전쟁은 또 다른 위기였다. 조국에서 벌어진 전쟁에 직접 맞서 싸울 수 없다는 근원적 절망, 게다가 일본에서 전쟁을 반대하는 일은 추방이라는 현실적 위험을 감수해야 하는 것이었다. 생존의 토대가 뿌리부터 흔들리는 실존적 위기가 그 앞에 놓여있었다. 그런 상황을 더욱 깊은 절망으로 몰아간 것은 바로 언어의 문제였다. 쓰는 자, 쓸 수밖에 없는 자에게 언어의 부재, 언어의 상실은 죽음보다 더한 고통이었을 것이다. 누구보다 철저한 '황국소년'이었던 김시종에게 일본어는 제국의 언어인 동시에 제국을 내파하는 언어였다. 조선어 창작이라는 조직의 압박에서도 일본어를 선택할 수밖에 없었던 그에게 일본어는 복수를 감행하기 위한 수단이자, 복수의 대상이었다. 이

4) 오세종, 「위기와 지평-『지평선』의 배경과 특징」, 김시종, 곽형덕 역, 『지평선』, 소명출판, 212~216쪽 참조.

언어적 모순 속에서 죽음이라는 개인의 위기와 한국전쟁이라는 민족적 위기가 동시에 찾아온 것이다. 이런 상황에서 김시종은 스스로 지평을 선언했다. 그것은 실존적 한계를 온몸으로 밀고 나가는 힘의 발견이었다.

이를 가능하게 하는 것은 "붕괴돼 사라지지 않을 지구의 회전"에 대한 믿음이었다. "지구의 회전"이라는 물리 법칙이야말로 변치 않을 사실이다. 하지만 그것은 형이상학적 맹목이 아니었다. 뒤이어 이어지는 "다다를 수 없는 곳에 지평이 있는 것이 아니다."라는 선언의 의미를 생각해보자. "지구의 회전"만이 유일한 신뢰라면 "네가 서 있는 곳이 지평"이라는 선언은 불가능하다. 물리의 세계에서 지평은 한계이며 경계이다. 더 이상 시선이 다가갈 수 없는 궁극이다. 그럼에도 김시종은 "네가 서 있는 곳이 지평"이라고 말한다.

이는 그의 선언이 우주적 질서에 대한 환원론적 신뢰가 아님을 의미한다. 그것은 추상과 구체의 팽팽한 줄다리기이며 형이상학적 질서와 실재의 거센 충돌이다. 추상으로 비상하려는 언어를 다시 대지로 잡아끄는 물리인 동시에 실재를 재구하려는 존재의 욕망이다. 지평이 "다다를 수 없는 곳에" 있는 것이 아니라는 선언은 실재의 한계를 인식하되 거기에 매여 있지 않겠다는 다짐이다.

존재는 지평이며 지평이 곧 존재이다. 이렇게 될 때 지평은 고정된 '거기'에 있지 않게 된다. 존재가 지평이 되고 지평이 존재가 되는 역동적 순환. 이는 지평이라는 한계를, 지평이라는 경계를, 존재의 힘으로 밀어내는 확장의 사유를 가능하게 한다. 그 팽창의 힘이 '재일에 산다'가 아니라 '재일을 산다'라는 질서를 선포하게 하는 힘이다.[5] 스물일곱의 나이, 죽음을 피해 밀항한 땅 일본에서 지독하게 배고팠던 청년 김시종이 '네가 서 있는 곳이 지평'이라 말하는 순간 그의 언어는 재일의 자리에서 발사되었고 그 지평의 질서 속에서 '재일을 사는' 존재로 탄생했다. 그렇게 김시종은 "지평에 깃든/하나의 바람을 위해", "울리는 노래"가 되었다.(『니이가타』) 그렇기 때문에 '지금-여기', 김시종을 읽는 순간 우리는 무한히 확장하는 지평의 현재, 그 뜨거운 울림과 공명하게 된다.

3. 과정의 진실과 신체의 모험

시는 질문이다. 매끈한 현실에 주름으로 새겨놓는 질문이다. 그 질문에 답하는 순간 우리는 형해(形骸)한 개별의 사실들과 만나게 된다. 수많은 그림자들을 숨기고 있는 사실의 민낯을 바라보는 것은 때로 불편하다. 하지만 그 불편한 진실이야말로 시의 언어로 물어야 하는 질문들이다. 김시종의 시를 읽으며 우리는 그가 만들어 놓은 수많은 주름을 관통한다. 오늘의 시간으로 어제의 시간을 박음질한다. 그렇게 과거와 현재와 미래가 하나의 주름으로 만나게 된다.

그의 시를 읽을 때 그의 삶을 이야기하지 않을 수 없는 이유도 여기에 있다. 하지만 그의 시는 그의 삶보다 크고 그의 삶은 그의

5) 일본어 문법에서는 '재일을 산다'라는 진술이 불가능하다. '日本に生きる(일본에 산다)'라는 표현에서 보듯이 일본어 문법으로는 "재일을(を) 산다"고 하지 않는다.

시보다 크다. 시가 삶이며 삶이 시가 되어버린 존재. 그래서 그의 시를 읽을 때 "시인의 삶과 시 사이를 반복"해서 이야기할 수밖에 없으며 그럼에도 불구하고 그의 삶과 시를 "실증적 대응물"로 경험하는 것이 아니라 "문학적 허구" 안으로 끌고 들어가야 한다고 말하는 것은 솔직한 고백이다.[6)]

김시종은 『지평선』에서 지평은 "언제든지 다다를 수 있는" 한계라고 규정했다. "네가 서 있는 곳이 지평"이라고 선언했다. 이는 한계를 스스로 규정하는 자가 되겠다는 다짐이다. 정해진 한계를 묵인하는 자가 아니라 자신의 언어로 한계를 만드는 자의 탄생. 한계를 생산하는 자에게 한계는 끊임없이 팽창하는 신체의 연속일 뿐이다. 한계를 삼켜버린 신체, 신체가 되어버린 한계. 스스로 한계가 되어버린 자에게 삶은 "습성"이 아니었다. 삶을 살아감으로써 삶을 가능케 하는 힘이자 몸부림이다. "이미/마련된/길의/모든 것을", "믿지 않는다"는 실천적 선언이었다.(『니이가타』)

> 무의 존명력(存命力)이/인간의 삶에 암시를 주는 듯하다./불사신인 그 몸은/몸이 잘려 나가고 속을 도려내어도,/한 되 십전의 수돗물/몇 방울 물에 행복해 하는 한/삶을 포기하지 않는다 한다./게다가 거꾸로 매달려서/〈 모양으로 구부러져서 싹을 위로 솟아나게 하는 모양은/엄청난 교훈을 자각하게 한다고 하지.//산다는 건 어려운 일/응달에서 시들고/생기가 뽑혀나가도/산다는 건 고귀한 것이지,/이번에만 살아남는다고 하는/잎사귀/참 노랗지 않

6) 이진경, 『김시종, 어긋남의 존재론』, 도서출판 b, 2019, 50쪽.

> 은가./왕성한 생명력이/교훈을 위해 산제물이 되다니/말도 안 되는 철학이라고 생각하지 말라./적어도 내 삶은/습성이 아니다.
>
> –'산다는 건' 전문[7)]

무의 생명력을 보면서 김시종은 삶을 포기하지 않는 힘을 발견한다. 습성을 거부하고 왕성한 생명력으로 살아내고자 하는 의지를 이야기한다. 그에게 산다는 일은 관성의 포박을 거부하는 것이었다. 습성을 외면하는 힘을 '존명(存命)'이라고 할 때 그것은 새로운 신체를 만들어가는 삶을 가능하게 한다. 그 가능의 힘으로 그는 "포기할 수 없"는 "꿈같은 이야기를", "진심으로 꿈꾸"고자 한다. "습성"에 젖은 자들은 꿈을 꾸지 않는다. "습성"을 거부하는 자만이 꿈을 꾼다. 그럴 때만 언어는 "진실을 찍"는 카메라처럼 시대의 이면으로 침범할 수 있다. 이런 침범을 감행해 왔기에 김시종은 "눈에 비치는", "길을", "길이라고", "결정해서는 안 된다"라고 말할 수 있다. 눈에 보이는 길이 아닌 눈에 보이지 않는 길. 경계를 상상의 힘으로 넘어서는 비범한 통과. 이빨처럼 대지를 단단히 물어버리는 상상은 이로써 가능해진다.

> 눈에 비치는/길을/길이라고/결정해서는 안 된다./아무도 모른 채/사람들이 내디딘/일대를/길이라/불러서는 안 된다./바다에 놓인/다리를/상상하자./지저(地底)를 관통한/갱도를 생각하자.(중략)/인간의 존경과/지혜의 화(和)가/빈틈없이 짜 넣어진/역

---

7) 김시종, 곽형덕 역, 『지평선』, 소명출판, 2018, 58~59쪽.

사(歷史)에만/우리들의 길을/열어두자/그곳을 통과하지 않으면 안 된다.[8)]

『장편시집 니이가타』에서 김시종은 일체의 관행을 거부하고 새로운 길을 상상한다. 그 상상은 대지로부터 자유로워지는 것이 아니다. 오히려 끊임없는 추락을 감수하는 것이다. 지평의 상상은 "바다에 놓인 다리"와 "지저(地底)를 관통한 갱도"를 생산한다. 그것은 존재의 근거지인 대지를 떠나 얻게 되는 비상의 자유를 거부하는 것이다. 비상을 거부하고 대지로 곤두박질치는 추락을 감수하겠다는 의지다. 필요하다면 '대지'가 구축한 현실적 조건을 전복할 수도 있어야 한다는 자각이다. 그렇기에 그는 추상을 거부하고 자신의 신체로 도달하는 모험을 감행한다. 그 모험의 과정이야말로 "인간의 존경과", "지혜의 화(和)가", 가득한 "역사(歷史)"를 통과하는 순간이다.

역사는 사실의 기록이 아니다. 역사는 과정이다. 사실은 결과일 뿐이다. 과정의 상상이 없다면 역사는 건조한 개별적 사실들의 집합에 불과하다. "인간의 존경"과 "지혜의 화(和)"는 결과가 아니라 과정의 진실을 통과할 때 만날 수 있는 것이다. '재일'이라는 존재론적 무게를 끊임없이 자각할 수 있는 것도 바로 이러한 과정의 진실과 마주하는 신체적 경험이 있기에 가능하다.

마음이여./날뛰지 말거라./보장된/모든 것이/내게는/고통이

8) 김시종, 곽형덕 역, 『니이가타』, 글누림, 2014.

> 다./그것이 가령/조국이라 해도/자신이 더듬거리며 찾은/감촉이 없는 한/육체는 이미/믿을 수 없다.[9]

"더듬거리며 찾은", "감촉이 없"다면 조국도 추상일 수밖에 없다. 생생한 육체성이 없다면 추상은 허약하다. 이러한 신체적 감각이 있기에 김시종은 "바다를", "도려내야만", "길"이라고 말할 수 있다. 그는 소여(所與)로서의 길을 거부한다. 스스로의 길을 자신의 온몸으로 밀고 나간다. 필요하다면 "바다"마저 "도려내"어 버린다. 바다마저 거부하는 단호한 거부. 존재론적 근거를 묻기 위해 현실의 자리마저 허물어뜨리는 전복. 그것은 지평의 상상으로 비로소 만나게 되는 과정의 진실이며 신체적 경험의 순간이다.

4. '재일'이라는 중력

김시종에게 '재일'은 중력이다. 그것은 현실적 조건이이자 제약인 동시에 현실을 내파(內破)하는 힘이었다. 일본적 서정을 거부하는 도저한 부정은 일본이라는 현실적 공간에서 행한 언어적 쟁투였다. "벙어리매미"를 거부하는 힘으로 그는 '재일(在日)'을 살았다. 그 힘겨웠던 싸움은 "싹을 틔우기보다", "씨앗이 되어 바람을 타는 것"('뛰다' 중, 『잃어버린 계절』)이었다. 결과가 아니라 과정으로서의 싸움. 끊임없이 "바람을 타는", "씨앗"으로서의 가능성.

9) 『니이가타』, 58쪽.

'재일'이라는 중력은 한계가 아니라 현실적 제약을 하나의 가능성으로 만드는 과정의 연속이었다. 그것은 "고향도 연고도 잃은 새가/쓰레기 밖에 주울 게 없는 일본에서/나의 말을 모이로 살아가고 있"다는 자각이었다. 언어가 "모이"가 되는, '말하는 자'라는 자각이 존재의 근거가 되는 상황 속에서 그는 "까악까악 외칠 수밖에 없는", "새"가 되었다.('조어(鳥語)의 가을' 중[10]) 그는 '재일'에 침묵하지 않았다. 자신의 "말을 모이로" 삼아서 '재일'을 살아냈다. '재일'의 삶은 "까악까악 외"치는 비명과 몸부림이었다. 일본어로 말하되 일본어가 아닌, 낯선 '새의 목소리'가 되는 일을 감수하는 과정의 연속이었다.

『지평선』에는 '재일조선인'이라는 시가 있다. 거기에서 재일조선인은 "오늘도 체포"되고 "어제도 압류당"하는 조선인들이다. "고철을 줍"고, "개골창을 찾아다니"면서 "폐지를 줍는 조선인"이다. 체포와 압류가 일상인 재일조선인의 삶은 악다구니 그 자체이다. "밀치고 우기"고, 한국전쟁 중에도 "고철을" 줍고, "업신여김을 당하고", "미움을 받는다". 재일조선인들의 처절한 생존기는 그들로부터 비롯된 것이 아니었다. "자유를 외쳐도 금령이고", "평화를 사랑해도 송환"되는 일상적 억압이 만들어낸 필연이었다. 식민과 분단, 동아시아의 시간이 만들어낸 '과정의 산물'이었다. "일할 곳 없"고 "아무도 써주지 않"았다. 오히려 "아이를 잘 낳"고 먹기만 "잘 먹는 조선인"이라는 편견을 견디며 "지닌 것을 몽땅 팔아도 충분치 않"은 "넝마주이"의 삶을 감내해야만 했다.('재일조선인' 중에서)[11]

10) 『잃어버린 계절』, 35~37쪽.

'재일'이라는 현실적 조건 속에서 "일본 열도의/세로[縱]깊이에 망설이고만 있는/나"는 "자족(自足)하고 있는/자기의 저변(底邊)에 걸쳐/다시 포착"할 것을 다짐한다. 그것은 '재일'이라는 조건을 추상의 힘으로 비상하는 외면도 아니고 '재일'에 순응하는 체념도 아니었다. '재일'을 인식하되 '재일'을 재구성하려는 근원적 사유, 그것이 '재일을 산다'는 명제이며 '재일'에 매몰되지 않되 '재일'과 대결하겠다는 의지이다.

이러한 '재일' 인식이 있기에 그가 지향하는 고향은 망향과 희구의 대상으로만 존재하지 않는다. '재일'의 현실을 도피하기 위한 추상적 공간이 아니다. 오히려 '재일'을 낳게 한 기원이자, '재일'을 전복할 수 있는 원점이다. "이미 인적이 끊어진/유사(有史)이전/단층이/북위 38도라면/그 경도의/바로 위에/서 있는/귀국센터야말로/내/원점이다!"라는 선언이 가능한 이유도 여기에 있다.(『니이가타』)

그에게 '재일'은 추상으로 비상하려는 욕망을 끊임없이 지상으로 향하게 하는 중력이었다. '재일'의 중력, 그 실존적 무게가 만들어낸 시간의 지층. 그것이 그의 언어가 만들어낸 '재일을 살아온' 흔적들이다. 우리는 이제 그 흔적들에서 '재일'을 외면하지 않고 '재일'과 맞서며 '재일'을 재구하려 한 '맞섬의 상상력'과 만난다. '재일'의 중력을 외면하지 않았기에 '일본어에 대한 복수'도, '재일을 사는' 삶도 구축될 수 있었다.

그는 '재일을 산다'는 의미에 대해서 '선험성'이라는 말로 설명한 바 있다. 그가 말하는 선험성은 다른 게 아니다. 전쟁과 분단,

11) 『지평선』, 125~127쪽.

반공국가와 인민공화국의 적대적 대립은 역설적으로 낯선 타자를 만들어냈다. '빨갱이', '미제 앞잡이'이라는 서로에 대한 악마화는 어쩌면 타자를 이해하지 않아도 된다는 공감과 연대의 유예를 당연한 것으로 받아들이게 했다. '똘이장군'류의 반공 스토리 속에서 낯선 타자는 이해할 수 없는 괴물 그 자체였다. 괴물을 이해하는 일은 불필요한 수고였다. 그 게으른 인식의 지속은 남이나 북이나 매한가지였다.

하지만 '재일'의 자리는 달랐다. 일본 안에서 '재일을 산다'는 건, '적대적 괴물'과의 일상적인 교류를 전제로 하지 않으면 안 되었다. 남과 북이라는 한반도의 이분법이 '재일'의 자리에서 그대로 적용될 수는 없었다. "암석 위의 하얀 모근"처럼 엉켜서 살아갈 수밖에 없었던 '재일'은 분단의 너머, 분단 이후를 선험적으로 상상하지 않으면 안 되는 실존 그 자체였다. 그 선험성을 누구보다도 강렬하게 인식하고 있었던 김시종이었기에 '재일'의 자리는 늘 현재적으로 규정되는 것이 아니라 '지금-여기'의 한계를 넘는 인식론적 월경의 가능성으로 인식되었다. '재일에 산다'가 아니라 '재일을 산다'는 의미도 바로 여기에 있다. 수동태로서의 삶이 아닌 능동적으로 '재일(在日)'을 재구하는 모험적 삶의 연속. 그것이 바로 '재일을 산다'는 의미였다.

5. 김시종을 읽는 이유

아무리 기다려도 길은 오지 않았다. 마땅히 예비되어 있던 길들도 없었다. '재일(在日)'은 그런 것이었다. 『니이가타』는 길 없는 '재일'의 자리에서 주어진 길을 부정하고 새로운 길을 찾는 시적 사유의 여정을 보여준다. "선복에 삼켜져/일본으로 낚여 올려"진 '재일'이었다. "이미 마련된/길의/모든 것을" 그는 믿을 수 없었다. "머언 이국도 가까운 본국도 아닌" 곳에서 어떤 길도 신뢰할 수 없을 때 그가 선택한 방법은 "지렁이"가 되는 것이었다.

김시종은 스스로를 "고향이/배겨 낼 수 없어 게워낸/하나의 토사물"로 "일본"이라는 "모래에/숨어"든 존재라고 규정한다. 4·3 대학살을 피해 일본으로의 밀항을 선택한 그였다. 그래서 그는 "이 땅을 모른다"라고 말한다. 그리고 "나는/이 나라에서 길러진/지렁이"라고 선언한다. '재일'의 자리에서 "인간부활"을 꿈꾸는 그가 "지렁이"가 된다는 것은 무슨 의미일까.

지렁이는 오로지 신체적 감각으로 길을 찾는다. 만들어진 길이 아니라 지렁이가 밀고 간 몸의 흔적이 곧 길이다. 그렇게 김시종은 있는 길이 아니라 오지 않는 길, 와야만 하는 길들을 몸으로 밀고 나갈 수 있게 된다. 그래서 그는 "모든/사육되는 것과의/연대(連帶)에 철저한/배덕(背德)이야말로/바람직한 것"이라고 말할 수 있다. "사육되는 것"들과의 철저한 결별, 그 "배덕(背德)"이라는 철저한 자기 부정이야말로 그의 문학적 갱신을 가능케 하는 사유의 원천이다.

오로지 몸의 흔적으로 밀고 나가는 길의 갱신은 "지저(地底)의 소용돌이"를 마다하지 않는다. '재일'이라는 삶의 조건에 현혹되지 않으며 오히려 "일본 가스의/메탄올에 현혹돼/가라앉은 것은/지반이 아니라/내가 아니었던"가를 의심한다. 주어진 존재가 아니라 만들어가는 존재가 되기 위한 선언. 주어진 길이 아니라 오로지 자신의 몸으로 밀고 나가는 길의 창조. 그것이 그가 보여주는 문학적 갱신이었다.

'지금-여기' 김시종을 읽는 일은 그가 몸으로 밀고 간 '지저(地底)'의 흔적과 만나는 일이다. 눈이 아니라 손으로 더듬고 몸으로 만끽하며 기꺼이 함께 더러워짐을 감수하는 일이다. 김시종은 지평의 상상력으로 허공으로 비상(飛翔)하려는 추상의 욕망을 잡아채었다. 그 추락의 현장, 땅속 깊은 곳에는 "복수"와 "재일"의 언어가 새겨져 있다. 그 거친 흔적을 우리의 몸으로 느끼는 순간, 김시종의 언어는 문신처럼 우리 몸에 새겨진다. 그 뜨거운 시술은 이미 시작되었다.

06

김시종과 『진달래』

하상일

1. 머리말

재일조선인은 해방 이전에는 식민지 조선과 종주국 일본 사이에서, 해방 이후에는 남한과 북한 그리고 일본이라는 세 국가의 틈바구니에서 정체성의 혼란과 이데올로기의 억압을 겪으며 살아왔다. 이러한 현실은 재일조선인들에게 해방 이전에는 식민지 조국의 해방과 독립을, 해방 이후에는 좌우 대립에 따른 분단의 극복과 통일을 궁극적인 실천 과제로 설정하게 했다. 또한 일본 내에서의 민족적 차별에 맞서 정치사회적 혹은 문화적 운동을 지속적으로 전개함으로써 재일조선인으로서의 자기 정체성을 지켜나가려는 올곧은 실천을 견지해왔다. 하지만 이데올로기나 사상을 뛰어넘은 재일조선인의 민족적 요구는, 남북 대립이 점점 더 격화되면서 〈총련〉과 〈민단〉이라는 두 단체의 귀속 여부에 따라 전혀 다른 이념을 선택해야만 했고, 남과 북 어느 한쪽으로의 국민 되기를 일방적으로 강요당했다. 그 결과 재일조선인 사회는 남북 분단 못지않은 극심한 대립과 갈등을 겪을 수밖에 없었다. 재일조선인문학의 자리는 바로 이러한 사상과 이데올로기의 단절과 억압으로부터 결코 자유로울 수 없었다. 남과 북 각각의 국가주의적 노선에 무조건 따라야만 했던 분단의 상처와 고통이 줄곧 재일조선인 사회를 지배하고 있었으므로, 남과 북을 하나로 아우르는 '조선'이라는 기표는 일본 내에서 실체도 의미도 없는 추상적 기호로 취급당하기 일쑤였다. 따라서 재일조선인문학에서 남도 북도 아닌 '조선'을 선택하는 순간 기회주의적이고 반국가적인 회색인으로 평가되는 것은 당연한 결과가 아닐 수 없었다. 최근 들어 재일조선인문학이 일본문학의 하위갈래로 더욱 중요하게 언급되고 평가되는 것과는 달리, 정작 우리 문학 내부에서는 아직도 정당한 평가를 받지 못하고 있는 것은 남과 북의 이데올로기 편향에 의해 철저하게 외면당한 재일조선인문학의 역사적 의미를 여전히 간과하고 있기 때문이다.

재일조선인 시인 김시종의 생애와 시 창작의 과정은 이와 같은 재일조선인문학의 뼈아픈 역사를 그대로 보여준다는 점에서 특별히 주목된다. 김시종은 1929년 부산에서 태어나 제주도에서 학창시절 대부분을 보냈다.[1] 제주 4·3사건에 가담하여 군경의 체포를 피해 다니다가 1949년 6월 일본으로 건너가 8월에 일본공산당에 입당하면서 본격적으로 재일조선인 조직 운동에 참여하기 시작했다. 1950년 5월 26일 『신오사카신문』에 일본어로 발표한 「꿈같은 일」로 시인으로서의 활동을 시작했고[2], 1951년 〈오사카재일조선인문화협회〉의 종합지 『조선평론』에 참여했으며, 1953년 2월에는 자신의 주도로 〈오사카조선시인집단〉을 조직하여 시전문지 『진달래』를 창간하였다. 그리고 1955년 첫 시집 『지평선』을 발간한 것을 시작으로 1957년 두 번째 시집 『일본풍토기』를, 그리고 세 번째 시집으로 기획되었던 『일본풍토기Ⅱ』는 『진달래』 문제로 〈총련〉

1) 김시종, 윤여일 옮김, 『조선과 일본에 살다』, 돌베개, 2016, 35쪽.

2) 김시종은 1948년 4월 이후 제주도 4·3사건에 연루되면서 아버지가 준비해준 밀항선을 타고 1949년 6월에 일본 고베 앞바다(스마(須磨) 부근)에 상륙한다. 곧 일본공산당에 입당하여 활동을 시작하고 조직의 지원을 받아 외국인증명서를 손에 넣는다. 만약 강제 송환되면 처형당할 위험이 도사리던 시대였다. 1950년 5월 26일 『신오사카신문』의 '노동하는 사람의 시(働く人くの詩)'라는 모집란에 최초의 일본어 시게 게재된다. 필명은 '직공 하야시 다이조(工員林大造)'였다. 윤건차, 박진우 외 옮김, 『자이니치의 정신사』, 한겨레출판, 2016, 392쪽.

과의 갈등이 깊어지면서 그 원고마저 분실하여 발간하지 못했고, 1970년에 이르러서야 『니카타』를 출간했다. 이후 『삼천리』에 연재하였던 『이카이노 시집』(1978)을 비롯하여 『광주시편』(1983), 『들판의 시』(1991), 『화석의 여름』(1998) 등을 지속적으로 출간함으로써, 해방 이후 재일조선인 시인 가운데 가장 활발한 시작 활동을 펼친 것은 물론이거니와 재일조선인의 시대정신을 가장 문제적으로 담아낸 시인으로 평가할 수 있다.

이 글에서는 이러한 점에 초점을 두어 해방 이후 김시종의 일본에서의 초기 활동을 주목하고, 오사카에서 〈조선시인집단〉을 조직하여 『진달래』[3)]를 발간한 과정과 필화 사건에 휘말려 〈총련〉을 탈퇴하고 독자적인 재일조선인 시문학의 방향을 열어나간 경위를 살펴보고자 한다. 이를 위해 『진달래』 전권의 서지사항과 여기에 수록된 김시종의 글을 전체적으로 살펴봄으로써, 김시종이 재일조선인 시문학의 정체성과 방향에 대해 어떤 입장을 가지고 있었는지, 그리고 이러한 문학적 방향성이 그의 시와 산문을 통해 어떻게 구체화되었는지를 논의할 것이다. 이러한 시도는 김시종 시문학의 발생적 토대를 이해하는 것인 동시에, 재일조선인 시문학이 〈총

3) 『진달래』는 일본공산당 민족대책부의 지도하에 김시종이 편집 겸 발행인이 되어 1953년 2월 창간하였다. 문학을 통해 오사카 근방의 젊은 조선인을 조직한다는 명백한 정치적 목적을 지니고 있었으나, 모더니스트 시인 정인(鄭仁)을 배출하는 등 점차 문학 자체를 추구하는 장으로 변화해갔다. 1955년 좌파 재일조선인의 운동 방침이 크게 전환되어 북한이 직접 운동을 지도하게 되자, 조직의 거센 비판을 받고 1958년 10월 20호로 종간되었다. 이후 1959년 6월 김시종, 정인, 양석일 3명이 『진달래』의 정신을 이은 『가리온』을 창간했으나, 이 역시 조직의 압력으로 불과 3호만을 발간하고 중단되고 말았다.

련〉과의 결별 과정에서 남도 북도 아닌 '조선'이라는 민족적 정체성을 '재일한다(在日する)'라는 적극적 의지로 심화하고 변용시켜 나가게 된 이유를 밝혀내는 것이기도 하다. 이는 민족 혹은 국가의 이데올로기적 관념성을 넘어서 '재일'의 독자성과 주체성을 형성해 온 재일조선인 시문학의 역사적 전개를 이해하는 뚜렷한 방향이 될 수도 있을 것이다.

2. 재일조선인의 언어적 정체성과 주체적 시관의 정립

해방 이후 재일조선인들에게 '조선어'는 그들의 민족적 정체성과 생활의 기반을 이루는 가장 기본적인 토대였음에 틀림없다. 이는 '선택'의 문제가 아니라 '필수'적인 요청사항이었고, 식민의 상태를 완전히 씻어내는 '당위'적인 목표이기도 했다. 하지만 해방 이후 재일조선인들에게 이와 같은 명명백백한 언어의식은 갑자기 해방을 맞이한 당혹스러운 현실 속에서 온갖 자괴감과 고통을 안겨주는 자기모순으로 다가왔다. 특히 일제 말 조선어 말살 정책으로 정규적인 학교 교육을 통해 조선어를 배우지 못한 세대들에게는, 해방 이후 일본어의 금지라는 민족적 요구가 침묵을 강요하는 또 다른 억압으로 내면화되지 않을 수 없었다. 결국 당시 재일조선인 대부분이 일본어와 조선어의 이중 언어 현실에서 결코 자유로울 수 없었고, 이러한 언어적 모순과 갈등은 해방 이후 재일조선인 시문학의 형성에 있어서 가장 첨예한 문제를 야기하는 근본적인 원인이 되기도 했다. 식민지 시절 자신의 모습을 '황국소년'에 불과했다고 자조적으로 말했던 김시종에게 이와 같은 일본어와 조선어 사이의 갈등과 혼란은, 그의 시문학이 나아갈 방향을 결정하는 데 있어서 무엇보다도 중요한 과제가 되었다고 해도 과언이 아니다.

> 일본이 패함으로써 조선인으로 되돌아가 소위 '해방된' 국민이 되긴 했으나, 종전이 될 때까지 나는 제 나라의 언어 '아' 자 하나 쓸 줄 모르는 황국소년이었습니다. 그러한 내게, 나라를 빼앗길 때도 되찾을 때도 아무런 관련이 없었던 내게 '이것이 너의 나라다' 하고서 나라가 주어졌습니다. 그 '나라'에 맞닿을 만한 아무 것도 갖추지 못한 내게 말입니다. 무엇보다도 우선 나에게는 조선어, 민족의식을 심화시키고 자각심을 일으킬 만한 모국어가 없었습니다. 간신히 알아들을까 말까 할 정도로, 표준어와는 아주 먼 방언만이 그나마 나의 모어였습니다. 그럼에도 세대적으로는, 시련을 견디어 되살아난 조국의 미래를 짊어진 확실한 젊은이 가운데 한 사람이었던 것입니다.
>
> 그야말로 손톱으로 벽을 긁는 심정으로 제 나라의 언어를 '가나다'부터 배우기 시작했습니다. 덕분에 민족적 자각 또는 제 혈관 속에 감춰져 있어 의식하지 못했던 나라를 향한 마음 등이 마침내 깨우쳐졌습니다만, 그 자각을 위한 노력을 통해서도 원초적인 민족의식을 막아온 일본어라는 언어는 익숙해진 지각을 집요하게 부추겨 사물의 옳고 그름을 일일이 자신의 저울에 올려놓으려 합니다. 사고의 선택이나 가치 판단이 조선어에서 오는 것이 아니라, 일본어에서 분광되어 나옵니다. 빛을 비추면 프리즘이 색깔을 나누듯 이 조선어가 건져집니다. 이렇게 치환되는 사고 경로가 나의 주체를 주관하고 있습니다. 그 흔들림의 근원에 일본어가 뿌리내리고 있습니다.[4)]

"사고의 선택이나 가치 판단이 조선어에서 오는 것이 아니라, 일본어에서 분광되어 나"오는 재일조선인의 언어적 현실에서, '조선어'를 사용하여 글을 쓰고 사고를 해야만 한다는 당위적 명제는 식민의 언어에 갇혀 살았던 자기를 발견하는 고통스러운 순간이었을 것이다. 김시종에게 '일본어'는 자신의 의식을 규정하고 자신의 존재를 인식하는 최초의 언어였으므로, 해방이 되었다고 해서 일본어를 무조건 버리고 글을 쓴다는 것은 사실상 불가능했기 때문이다. 결국 그는 일본어를 쓰면서도 정통의 일본어를 배반하는 이단(異端)의 일본어를 사용함으로써, 일본인의 사유와 의식을 안정적으로 질서화하는 표준화된 일본어의 체계를 의식적으로 깨뜨리고 왜곡하였다. 즉 일본어이면서 엄밀히 말해 일본어라고 할 수 없는, 재일조선인의 실존을 반영하는 새로운 언어를 구사하고자 했던 것이다. 조선어에 전혀 익숙하지 않았던 김시종의 경우와는 조금 다르지만, 당시 허남기, 강순 등의 재일 1세대 시인들이 〈총련〉 결성 이전의 초기 시작 활동에서 조선어가 아닌 일본어로 창작을 했었다는 사실에 비추어 볼 때도, 해방 이후 재일조선인 시문학의 정체성과 조선어의 필연적 일치는 그 당위성에도 불구하고 현실적으로는 불가능한 측면이 많았다는 점을 반드시 기억해야 할 것이다.[5] 김시종의 『진달래』 필화 사건은 이러한 언어적 갈등이 재일조선인 시문학에서 첨예한 쟁점으로 부각된 가장 대표적인 사례였다.[6]

---

4) 김시종, 「내 안의 일본과 일본어」, 『아시아』, 2008년 봄호, 101~102쪽.

5) 이에 대한 자세한 사항은, 하상일, 『재일 디아스포라 시문학의 역사적 이해』, 소명출판, 2011 참조.

6) 재일조선인의 역사를 기술하면서 윤건차는 이때의 상황을 다음과 같이 서술하였다.

재일조선인 좌파 운동은 〈재일조선인연맹(조련)〉과 〈재일조선통일민주전선(민전)〉을 거쳐 1955년 〈재일본조선인총연합회(총련)〉의 결성으로 재일조선인 문학예술운동의 조직적 요구를 강화해 나갔다. 구체적 요구 사항은 크게 두 가지로 정리할 수 있는데, 첫째는 문학의 내용에서 조선적인 것, 애국적인 것(사회주의적인 것), 민족 지향적이며 자주적인 것을 추구하는 것이고, 둘째는 문학의 형식에서 민족어인 우리말과 글로 재일조선인들의 애국적이며 민족적인 감정과 정서, 심리를 반영함으로써 재일조선인들의 지지와 사랑을 받는 동포 교양의 무기로 복무할 것을 원칙으로 하는 것이었다.[7] 이러한 조직의 입장은 재일조선인 시문학에 엄청난 파장을 불러일으켰는데, 무엇보다도 재일조선인 시인들의 일본어 창작이 사상성과 결부되어 민족적 배반으로 단죄되는 극단적인 상황을 가져왔다.[8] 이것은 재일조선인의 언어적 현실을 완전히 무시한 채 오로지

"『진달래』가 시 잡지로서 높은 수준에 도달하게 되는 것은 제13호(1955년 9월) 이후부터라고 한다. 그 시기는 민전을 대신해 공화국·김일성을 추앙하는 조선총련이 결성된 것과 때를 같이한다. 따라서 『진달래』 자체가 조총련의 집요한 공격에 노출되어 간다. 재일조선인 운동의 '노선 전환'으로 조총련 결성이 재일동포들에게 극적인 영향을 주고 있던 상황에서, 문화·예술 방면에서도 '조국'으로의 지향이 강요되어 간다. 시 창작이라는 면에서 보면, '조선인은 조선어로 조국을 노래해야 한다'는 방침이 내려오면서 『진달래』로부터 회원들이 급속히 빠져나간다." 윤건차, 앞의 책, 394쪽.

7) 맹복실, 「재일조선인문학의 주체 확립을 위한 투쟁 – 1955~1959년 평론을 중심으로」, 『조선대학교 학보』 제16호, 1999. 6, 47쪽 참조.

8) 이러한 〈총련〉의 극단적 태도에 대해 김응교는, 당시 문예동은 "자이니치 작가의 일본어 글쓰기는 일본 사회에 편입되는 동화론(assimilation theory)"이라는 점에서, "동화론을 선택한 이민자는 모국에서 가져온 전통가치, 관습, 제도들을 거주국에서 신분상승을 꾀하기 위해서 버린다"고 보았다. 하지만 이들의 일본어 글쓰기는 "일본인 독자를 위한 대중적 영합"은 전혀 없고, "오히려 일본 정부에 대한 저항적

북의 지도노선에 입각한 특정 이념과 조직 강령의 일방적인 복종 강요에 가장 큰 이유가 있었다. 따라서 김시종은 이러한 〈총련〉 조직의 요구에 강력하게 반발하였고, 「정책발표회」(『진달래』 15호), 「인디언 사냥」(『진달래』 16호), 「오사카 총련」(『진달래』 18호) 등의 시를 발표하여 〈총련〉의 지도 방침에 분명한 반기를 들었다.

> 급한 용무가 있으시면/서둘러 가 주세요./총련에는/전화가 없습니다.//급하시다면/소리쳐주세요./총련에는/접수처가 없습니다.//볼 일이 급하시다면/다른 곳으로 가 주세요./총련에는 화장실이 없습니다.//총련은/여러분의 단체입니다./애용해주신 덕분에 전화요금이/쌓여 멈춰버렸습니다.//총련은/오기 쉬운 곳입니다./모두들 그냥 지나가니/접수의 수고는 덜었습니다.//속은 어차피 썩어 있습니다./겉만 번지르르하다면,/우리의 취미로는 딱 입니다./화장실은 급한 대로 쓸 수 있다면 상관없습니다.//그러니 새로운 손님은 초대하지 않겠습니다./그러니 새로운 손님은 보내지 않겠습니다./2층 홀은 예약제입니다./오늘밤은 창가학회가 사용합니다.
>
> —「오사카 총련」 부분[9]

김시종은 "정치주의와 야합하고 아첨하는 형세로 운동을 진행

디아스포라의 항변이 가득 차 있다."고 지적했다. 이는 우리말 글쓰기와 민족주의를 무조건 동일화해서 바라보려 했던 당시 재일조선인 사회의 또 다른 억압과 폭력을 잘 보여준다. 김응교, 「이방인, 자이니치 디아스포라 문학」, 『한국근대문학연구』 제21호, 한국근대문학회, 2010, 139~140쪽 참조.

9) 재일에스닉잡지연구회 옮김, 『오사카 재일 조선인 시지 진달래 가리온』 제4권, 지식과교양, 2016, 173~174쪽.

했"던 재일조선인 문학운동이 "정치주의자들에게는 일종의 만족을 주었"겠지만, "정치주의와 야합한 시의 운명이 어떠한 것인가는 가장 수치스러워할 슬로건 시로 귀착한 다수의 사례가 증명하고 있다"[10)]라고 하면서, 정치적 노선의 전환이 문학의 운명을 일방적으로 결정짓는 〈총련〉의 태도를 강하게 비판했다. 김시종은, 북한 체제의 강화를 목적으로 한 〈총련〉이 지도 노선의 강력한 파급을 위해 "이목이 쏠릴 무언가를 '사상악'의 본보기로 만들어내는 것"이 필요했고, 여기에 걸려든 것이 바로 『진달래』였다고 보았다. 『진달래』에 대한 〈총련〉의 비판은 크게 두 가지였는데, "『진달래』가 무국적주의자의 모임이라는 것"과 "일본어로 일본문학에 몸을 파는 주체성 상실의 무리들"[11)]이라는 것이었다. 「오사카 총련」에서 "없습니다"의 반복은 재일조선인의 일상을 제약하고 규정하는 〈총련〉의 획일화된 사상적 요구에 대한 풍자의 의미를 담고 있다. 조국이 아닌 일본에서 온갖 차별과 멸시를 견디며 살아가는 재일조선인들의 단체임에도 불구하고, 특정한 이데올로기의 강요와 억압으로 누구에게나 "오기 쉬운 곳"이 되기는커녕 "모두들 그냥 지나가"는 유명무실의 단체가 되어버렸다는 사실을 냉소적으로 바라보았던 것이다. 또한 "속은 어차피 썩어 있"고 "겉만 번지르르"한 자기모순으로 인해 재일조선인의 생활과 정서를 하나로 응집시켜야 할 조직이 "새로운 손님"을 맞이하려는 노력을 하지는 않고, 오로지 북한의 지령에 부응하는 재일조선인 사회의 급진적인 변화와

10) 재일에스닉잡지연구회 옮김, 앞의 책, 제5권, 3쪽.
11) 김시종, 윤여일 옮김, 『조선과 일본에 살다』, 돌베개, 2016, 265쪽.

실천만을 강제하는 데 혈안이 되어 있을 뿐이라는 점을 비판했던 것이다. 결국 김시종은 〈총련〉이 일본 내에서 재일조선인이 처한 민족적 차별과 고통의 현실을 적극적으로 대변하는 데 앞장서야 할 조직임에도 불구하고, 재일조선인의 생활과 언어라는 가장 현실적인 문제조차 송두리째 외면하고 오로지 북의 이념과 노선에 맞춰 재일조선인 사회의 무조건적인 변화만을 강요하는 태도를 결코 용납할 수 없었다. 또한 이러한 조직의 횡포와 탄압 아래에서는 재일조선인 시문학이 나아갈 진정성 있는 방향을 찾는다는 것은 사실상 불가능하다고 판단했다. 따라서 그는 "중앙집권제를 공언하며 재일 세대의 독자성을 제거하는 조선총련의 눈꼴사나운 권위주의, 정치주의, 획일주의에 대해" "「장님과 뱀의 억지문답」(『진달래』 18호)이라는 논고로 반대의견을 내세"[12]움으로써 재일조선인 시문학의 정체성과 방향을 독자적으로 정립하고자 했다.

> 나는 일본어로 시를 쓰고 있는 것에 대해 오랜 의문을 품어왔다. 그것은 아마도 '시를 쓴다'는 구체적인 행동 이전의 문제로 민족적 존재 문제였던 것 같다. 조선인이 일본어로 시를 쓴다는 것이 즉 그 시인의 민족적 사상성 결여라 지적당하기 쉬운 점 때문에, 나 스스로 어느새 그것을 하나의 정의로 받아들이게 되었다. 그래서 나는 애써 언어의 의식이라는 것을 시도해 보았지만 '조선의 시' 다운 시는 전혀 쓰지 못했다. 내 번민은 여기서 시작되었다고 해도 좋을 것이다. 왜냐하면 '조선인'이라는 총체적인 것 안에 일개 개

12) 김시종, 윤여일 옮김, 앞의 책, 267쪽.

> 인인 내가 자신이 가진 특성을 조금도 가미하지 않은 채 갑자기 덤벼들었기 때문이다. 나는 그 전에 우선 이렇게 해야 했다. '나는 재일이라는 수식어를 가진 조선인이다.' (중략)
>
> 시를 쓴다는 것과 애국시를 쓴다는 것은 전혀 관계가 없다. 일본어로 시를 쓴다 해서 국어시에 신경 쓸 필요는 조금도 없다. '재일'이라는 특수성은 조국과는 자연히 다른 창작상의 방법론이 여기서 새롭게 제기되어야만 한다고 생각한다. 보기에도 강해보이는/철가면이여./가면을 벗어라!/그리고 햇살을 쐬어라!/그리고 빛깔을 되찾으라![13]

재일조선인의 언어적 실상에 대한 통찰과 이해를 하기보다는 오로지 민족적 이념을 앞세워 언어를 위협하고 통제하는 현실에서, "시를 쓴다"는 행위, 그것도 조선어가 아닌 일본어로 시를 쓴다는 것은 민족적 배반이고 친일적 태도라는 것이 〈총련〉의 경직된 사고였다. 따라서 김시종은 "재일이라는 수식어를 가진 조선인"이라는 자신의 정체성에 대해 더욱 분명한 자각을 해야만 했다. 즉 "'재일'이라는 특수성"이 재일조선인에게 가장 중요한 창작의 방향이 되어야 함에도 불구하고, 민족적 관념에 갇혀 "철가면"을 쓴 상태로는 진정한 의미에서 재일조선인 시문학의 방향을 새롭게 열어나갈 수 없다고 확신했던 것이다. 하지만 이러한 그의 의식은 "유민의 기억에서 벗어날 수 없는 시인의 감성"이라는 회색인의 태도로 지탄받았다. 즉 "조선민주주의 인민공화국 공민으로서 긍지를 부여받은 이 시점에, 유민의 기억으로 연결되는 일체의 부르주아 사

13) 재일에스닉잡지연구회 옮김, 앞의 책, 제4권, 177~190쪽.

상이 우리들 주변에서 일소되어야만 하고, 그렇기 때문에 작열하는 자기내부투쟁이 우리 주변에서 일어나야만 할 것이다. 그때야 말로 시는 선전이고 선동의 무기로써 충분한 효용성을 갖고 우리들의 대열에 되돌아올 것"[14]이라는 관점에서, 김시종의 시적 태도는 〈총련〉의 정신에 맞는 재정립을 강력하게 요구받았던 것이다.[15] 첫 시집 『지평선』과 『진달래』에 발표한 김시종의 시들이 '재일조선인 = 공화국공민'이라는 국가주의 의식에 분명하게 뿌리내리지 못하고, 남도 북도 아닌 재일이라는 유이민의 세계에 침잠해 재일조선인 시문학의 국가주의적 혹은 민족주의적 방향을 부르주아적으로 타락하게 만들었다는 강한 비판에 직면했던 것이다. 따라서 그는 이러한 비판에 맞서는 재일조선인 시론의 올곧은 정립에 주력하게 되는데, 재일조선인 시인으로서 조국을 향한 의식과 시를 쓰는 의식이 어떻게 구별되고 달라야 하는가에 대한 뚜렷한 문제의식으로 재일조선인 시문학의 독자적이고 주체적인 방향을 모색하는 실천적인 노력을 강구해 나갔다.

14) 홍윤표, 「유민의 기억에 대해서－특집 『지평선』 독후감에서」, 재일에스닉잡지연구회 옮김, 앞의 책, 제3권, 204~210쪽.

15) 이러한 비판에 대한 김시종은, "'유민의 기억'이야말로 자신의 창작 근본에 있다고 다시 확인하고 또한 그것을 '일본적 현실' 속에서 재차 문제로 제기하는 것을 자기 문학의 방향으로 강력히 천명"했다. 호소미 가즈유키, 동선희 옮김, 『디아스포라를 사는 시인 김시종』, 어문학사, 2013, 56쪽.

3. 정형화된 의식의 탈피와 재일조선인 시론의 방향

『진달래』 15호(1956. 5. 15.)는 〈김시종 연구 : 김시종 작품의 장과 그 계열 – 시집 『지평선』이 의미하는 것〉이라는 특집을 마련하여 김시종의 시 「정책발표회」, 「맹관총창(盲管銃槍)」 2편과 허남기, 홍윤표, 무라이 헤이시치(村井平七)의 비평, 쓰보이 시게지(壺井繁治), 오카모토 준(岡本潤), 오임준, 고토 야에(後藤やゑ), 오노 교코(小野京子)의 산문을 수록하였다. 여기에서 허남기는 「4월에 보내는 편지」를 통해 자신이 생각하는 '조선'과 김시종이 생각하는 '조선'의 차이를 언급하면서, 김시종의 '조선'에는 "왠지 초라한 음률을 연주하고/왠지 모를 트레몰로가 흐른다"는 점에서 신파적인 태도를 버려야 한다는 점을 강조했다. 그래서 그는 "김시종이여/자네도 지금의 자네에게서/빨리 강하고 씩씩한 자네에게/자네의 지도를 버리고 빠져나오는 것이 좋다네"[16]라는 말로 〈총련〉과 다른 길을 선택한 김시종을 향한 애정 어린 설득의 목소리를 직접적으로 드러낸다. 하지만 이후 김시종의 시적 방향이 〈총련〉의 지도 노선으로부터 완전히 이탈하여 독자적인 시의 길을 걸어감에 따라, 이러한 설득의 목소리는 과격한 비판의 목소리로 급격히 전환된다. 허남기는 「김시종 동무의 일문시집 『지평선』에 관련하여」(『조선문예』 1957년 6월호)에서 "시에 있어서 가장 중요한 것은 우리가 서 있는 발의 위치고 각도에 있다. 자기 발판을 다시 살펴볼 때가 아닐

16) 허남기, 「4월에 보내는 편지」, 재일에스닉잡지연구회 옮김, 앞의 책, 제3권, 196~203쪽.

까?”[17]라고 하면서, 김시종의 시작 태도와 방향이 조국을 등지고 있는 데 대한 신랄한 비판을 서슴지 않았던 것이다. 이러한 허남기의 비판에는 1955년 〈총련〉 결성 이후 북한을 적극 지지하면서 북한에 대한 찬양이나 수령 형상 창조 등 북한문학의 지도 방침에 따른 시 쓰기로 급격한 변화를 시도했던 자신의 태도를 합리화하려는 것과 전혀 무관하지는 않았을 것이다. 그 이전까지만 해도 허남기 역시 〈조련〉 중앙문화부 부부장(1948), 『민주조선』 편집장(1949)을 역임하면서도 일본어로 시를 썼고, 일본어 시집 『朝鮮冬物語(조선겨울이야기)』(1949), 『日本時事詩集(일본시사시집)』(1950), 『화승총의 노래』(1951) 등을 간행하기도 했다. 하지만 허남기는 〈총련〉 결성 이후 〈재일조선인문학회〉 위원장(1957), 〈문예동〉 위원장(1959)을 맡으면서 〈총련〉의 방침에 따라 일본어 시 쓰기를 중단하고 우리말 시 쓰기로 전환했다는 점에서, 재일의 독자성을 특별히 강조하는 김시종의 시관에 대한 전면적인 비판을 하지 않을 수 없는 위치에 놓였던 것이다.

그렇다면 김시종이 무엇보다도 강조했던 재일조선인의 주체적 시관이란 무엇인가? 민족 혹은 국가 이데올로기가 강요하는 시의 정형성, 즉 획일화된 형상적 체계와 이미지는 재일의 삶과 문제의식에는 맞지 않는 것이므로, 재일의 시와 조국의 시는 분명 달라야 한다는 데 그의 주체적 시관의 핵심이 있다. 하지만 〈총련〉의 강령은 너무도 완고해서 김시종과 『진달래』 동인들에게 무조건적인 수용을 강요했고, 결국 그 결과에 승복하지 않은 『진달래』는 강제 폐

17) 맹복실, 앞의 글, 51쪽에서 재인용.

간을 당하고 말았다. 또한 김시종의 세 번째 시집 『일본풍토기Ⅱ』 역시 〈총련〉 조직의 비판을 피하지 못해 원고마저 소실되는 극단적인 상황을 초래하기도 했다. 김시종 스스로 '유서'라는 의미심장한 발언을 하면서 발표했던, 앞서 언급한 「장님과 뱀의 억지문답」에서 그가 무엇보다도 '정형화된 의식의 탈피'라는 과제를 재일조선인 시문학의 주체적 방향으로 강조했던 이유도 바로 여기에 있다. 『진달래』 15호에 발표된 권경택의 「솔개와 가난한 남매」에 대한 비판에는 이러한 그의 시적 지향이 더욱 분명하게 드러난다.

> 오늘도 굶었다/효일이와 여동생 순자는/어둑어둑한 복도 구석에 서서/우울한 얼굴을 하고/신발장을 차고 있다./효일이의 오른쪽 발이 툭 차면/순자의 왼발이 툭하고 찬다.//발견한 것은 효일이다./대단하다!/저렇게 높은 곳에 말이야/효일이가 동상 입은 손으로 가리켰다./순자가 위를 쳐다보자/검은 새가 천천히 움직이고 있다./오빠 저건 솔개네./응, 솔개야./한 마리뿐이라 외롭지 않으려나./외롭지 않을 걸/저렇게 높이 있으니 조선까지 날 수 있을 거야./그럼 날 수 있지./쳐다보는 효일이의 눈이 반짝 빛나고 있다./지켜보는 순자의 볼이 빨갛다.

> (중략) '공감'의 잔해만 눈에 띄는 작품의 전형이라 할 수 있을 것이다. 미리 준비해둔 결론으로 이끌어 가기 위한 스토리에 지나지 않는 것이다. 내게는 이 '가난한 남매'가 조국을 느낌으로써 어려움을 극복하는 과정 등이 너무도 식상한 나머지 입이 떡 벌어지지만 독자들에게는 어느 정도 '공감'을 불러일으킬 만한 재료를 갖추고 있는 만큼 경계하지 않으면 안 된다. 여기에는 주문한대로

'애국심'이 있다. '효일'과 '순자'의 영웅성도 그럴 듯하지만 이런 결식아동을 주제로 한 '작자'의 눈 — 실은 이 '눈'이 문제지만 — '민족성'도 최상이다. 그러니 '대중의 시'라 평가해도 좋은 것일까? 나는 감히 이 작품의 구조에 대해 논하지 않을 수 없다.

이 작품에는 우선 '작자' 자신이 없다고 단정 지어도 좋을 것이다. '결식', '어두운 얼굴', '동상 걸린 손'이라는 '가난'한 조건을 갖추고 있으면서도, 타이틀 또한 「~가난한 남매」로 가져간 의도는 결코 조심성이 없기 때문은 아니다. '어두운 복도에서 어두운 얼굴을 하고 있는' 남매와 '동상 걸린 손'이 분간되는 위치, '작자'의 눈이 있음에도 불구하고, 결식아동에 대한 '작자=선생'의 움직임 — 충동 — 이 조금이라도 개입되어 있는 것일까? 애당초 개입 가능할 리가 없었을 것이다. 그 '결식아동' 중에 '작자'가 끼어드는 순간 '가난한 남매'들의 '애국적 행위'는 중단되어 버리는 것이다.

그것을 위해서는 '바라볼 수 있는 위치'만이 작자가 있을 곳이고, 아이들에게 인형극을 계속하게 하기 위해서는 그만큼의 '거리'가 필요한 것이다. 그렇게 하면 슬픈가? 작자의 눈은 너무도 사정을 잘 알고 있다. 여기에 이 작품이 가진 모순—작자의 위치와 사상의 거리—가 있다.[18)]

시인으로서의 주체적 자의식 없이 미리 '주문'받은 대로 정해진 결론을 따라가는 시 창작의 과정에서 시인의 존재 이유를 찾는 것은 사실상 불가능하다. 시인과 작품의 적정한 거리의 문제는 시 창작에서 상당히 중요한 문제인데, 시인은 '바라볼 수 있는 위치'에

18) 재일에스닉잡지연구회 옮김, 앞의 책, 제4권, 187~188쪽.

서 있어야 하지 시 내부의 사상과 이념 그리고 주제에 어떤 식으로든 깊숙이 개입해서는 안 된다는, 그래서 오로지 〈총련〉의 지도 방침을 설득력 있게 받아쓰는 데 주력해야 한다는 조직의 시관을 도저히 수용할 수는 없었던 것이 김시종의 완고한 생각이었다. 그래서 그는 앞서 보았듯이 "시를 쓴다는 것과 애국시를 쓴다는 것은 전혀 관계가 없다"는 단정적인 어법으로 〈총련〉의 지도 방침에 직접적인 반발을 했고, "'재일'이라는 특수성은 조국과는 자연히 다른 창작상의 방법론이" 새롭게 요구된다는 점을 주장하며 재일조선인 시문학의 주체성과 독자성을 강조하는 방향으로 나아갔던 것이다. 이러한 그의 입장에 대한 구사쓰 노부오(草津信男)의 견해는 김시종이 주장한 재일조선인의 주체성 문제와 시 창작의 관련성을 더욱 분명하게 이해할 수 있게 한다는 점에서 주목된다.

> 문제는 주체성 확립이라는 과제를 둘러싸고 이루어지고 있는 것으로, 이 문제의 올바른 해명 없이 아무리 시를 둘러싼 언어문제, 기법에 대해 운운한들 결국은 유형화된 근원을 이루는 정형화된 의식을 타파하지 못하고 시도 또한 성립할 수 없는 것이다. 재일조선인의 진보한 부분, 공화국 공민이라는 긍지는 고귀하지만, 그것을 휘둘러서는 아무것도 생겨나지 않는다. 여기에 정치 영역과 확실히 구별될 수 있는 문학 독자적인 과제가 있고, 더구나 양자를 관통하는 민족적 자각의 문제가 제기되어지는 것이다. (중략) 조선인이 일본어로 시를 쓰는 것을 둘러싸고 두 편향이 존재하고 있는 것 같다. 하나는 즉시 그곳에서 창작 주체의 민족적인 사상성이 희박함을 골라내는 형식에 빠진 극좌적인 주장이고, 다른 하나는 일본어로 씀으로써 일어나는 내부의 갈등을 코스모폴리타니즘 방

향으로 해소하는 우익적 편향이다. 양자는 모두 공화국 공민이기는 하지만 모국어보다는 일본어로 발상하고 사고해 생활하는 재일조선인의 주체성을 실제에 있어서 부정하는 데서 발생한다.[19)]

재일조선인 시론의 정립에 있어서 무엇보다도 중요한 문제는 "정치 영역과 확실히 구별될 수 있는 문학 독자적인 과제"로, 이것은 민족적 관념이나 국가적 위계를 넘어서 '재일'의 생활과 실존이라는 현실적인 토대에 가장 중요한 바탕을 두어야 한다는 것이다. 일본어 글쓰기를 바라보는 좌우 모두의 편향을 벗어나 일본어로 사고하고 글을 쓰는 데 익숙한 재일조선인의 현실적 상황을 그 자체로 인정하고 수용하는 것이야말로, 재일조선인 시 창작의 실존적 조건이 될 수밖에 없다는 점을 받아들이는 데서부터 재일조선인 시론의 뚜렷한 방향을 찾을 수 있다는 것이다. 그리고 이러한 문제의식을 누구보다도 실천적으로 보여준 시인이 바로 김시종이라는 것이 인용글의 요지이다. 『진달래』 제18호부터 편집위원으로 가담해 『가리온』 창간을 주도했던 양석일(처음에는 본명 양정웅으로 활동) 또한 이러한 입장에서 재일조선인 시문학의 방향을 명확히 제시하고자 했다. 그는 허남기의 시를 비판한 「방법 이전의 서정 – 허남기의 작품에 대해서」에서, "허남기는 그 자신과 가장 친근한 재일조선인의 실체를 노래한 적이 있을까? 재일조선인의 희로애락의 표정, 다양한 희비극을 그 근원적 인간관계에 대하여 쓴 적이 있던

19) 구사쓰 노부오, 「밤을 간절히 바라는 것–『진달래』의 시론 발전과 김시종 시에 관하여」, 재일에스닉잡지연구회 옮김, 앞의 책, 제4권, 324~325쪽.

것일까"[20]라고 말함으로써, 재일조선인의 목소리가 아닌 공화국의 목소리 일변도로 변질되어 가는 허남기를 비롯한 재일조선인 시문학의 자리를 냉정하게 비판했던 것이다. 결국 김시종의 시와 시관은 〈총련〉과는 다른 지점에서 그리고 남한을 지지했던 〈민단〉계와도 전혀 다른 위치에서, 진정한 의미에서 '재일'의 생활과 실존을 담아내는 시론의 방향을 제시했다고 평가할 수 있다. 『진달래』를 이어 창간한 『가리온』은 바로 이와 같은 문제의식을 구체적으로 제시하고자 했던 절박한 의지의 표명이었다.

> 우리들은 문학창조라는 과제를 통하여 정신형성의 도상에 있는 새로운 발언 등을 '주체성 상실'이라는 한마디로 마치 그것이 반조국적 언동인양 싹둑 베어내고 무시하는 정치주의자들과 끝까지 대립한다. 우리들은 이 새로운 문제제기를 『가리온』에서 전개해 나아갈 것이다. 동인들의 문제의식을 서로 공유하면서 혁명적인 방법에 가까이 가기 위한 상호비판을 소홀히 하지 않을 것이다. 우리들은 두 번 다시 실패를 반복하고 싶지 않다. 정치주의에 무비판적으로 끌려 다녔던 자신을 혐오한 나머지, '조선인'이라는 자의식도 애매해졌던 한 때의 진달래에 대해 우리들은 냉철한 비판을 가하고 있다. 조국귀환문제가 현실문제가 된 오늘날, 새삼스럽게 이 잡지를 창간하는 것을 동포들은 결코 간단히 받아들이지 않을 것이다. 그 요인이 무엇인가와는 별도로, 우리들부터가 그 오해에 담긴 위구심을 거듭 인정하는 것이다. 그렇지만 언젠가는 우리들의 이러한 작업이 미래의 조선 문학에 하나의 초석이 될 것을 의심

20) 재일에스닉잡지연구회 옮김, 앞의 책, 제5권, 50쪽.

치 않는다.

사회주의 국가건설을 향해 돌진하고 있는 조국, 조선민주주의인민공화국의 혁명적인 모든 사업의 성공을 『가리온』은 기원한다.[21)]

인용한 『가리온』 창간사에서 알 수 있듯이, 당시 김시종에게 '조선'은 남한이 아닌 북한을 의미하는 것에 가까웠으며, 사회주의 국가건설을 지향하는 북한의 이데올로기를 지지했음에 틀림없다. 〈총련〉과의 대립과 『진달래』의 강제 폐간에도 불구하고 김시종은 여전히 북쪽의 혁명 정책과 방향을 지지했던 것이다. 그러므로 이러한 그의 문학적 입장 표명 그 자체를 두고 변절의 누명을 덧씌우는 것은 결코 타당하지 않다. 다만 그는 문학적인 것과 정치적인 것의 차이와 구별을 주장했던 것이고, 그 무엇보다도 생활인으로서의 재일조선인의 현실을 외면하지 않는 것이 재일조선인 시문학의 독자성과 주체성의 올바른 방향이라고 보았던 것이다. 그렇다고 해서 그가 재일조선인 시문학에서 이념적이고 민족적인 부분에 대해서 무조건적으로 부정하거나 외면하고 있는 것은 결코 아니었다. 인용문에서 볼 수 있듯이, 그가 "'조선인'이라는 자의식도 애매해졌던 한 때의 진달래에 대해 우리들은 냉철한 비판을 가하고 있"음을 결코 간과해서는 안 되는 것이다. 다시 말해 그의 시론적 태도가 이념을 벗어난 지점에서 발생한 것이 아니라, 이념과 생활이 실제적으로 결합되어 진정으로 재일조선인의 삶과 현실을 대변하는 시적 목소리가 되기를 바라는 데서 이루어진 것임을 명확하게

21) 재일에스닉잡지연구회 옮김, 앞의 책, 제5권, 4~5쪽.

보여주는 것이다. 이는 재일조선인 시문학이 남과 북 어느 한쪽만을 강조하거나 경시하는 일방적 태도로 관철되어서는 절대 안 된다는 것이고, 일본 내에서 살아가는 재일조선인의 현실적 처지와 조국 북한의 처지는 전혀 다르다는 점을 인정할 것을 거듭 강조하고자 한 것으로 이해할 수 있다. 그럼에도 불구하고 이후 〈총련〉 조직의 통제와 탄압은 더욱 노골화되었고, 김시종뿐만 아니라 여러 시인과 소설가들이 〈총련〉을 탈퇴하여 독자적인 노선을 확립하는 지독한 단절의 결과를 초래하고 말았다. 재일조선인 시문학에서 김시종의 시사적 위치는 바로 이러한 단절과 대립의 경계에서, 재일조선인의 독립적이고 주체적인 자리를 모색하는 진지한 자기 성찰의 과정이었다는 점에서 아주 특별할 수밖에 없는 것이다.

4. 맺음말

앞서 논의했듯이 『진달래』는 일본 공산당의 지령 하에 조선인 공산당원을 지도하는 문화정책의 일환으로 창간되었고, 그 중심에는 김시종이 있었다. 비록 14호까지는 철필로 긁은 등사본 형태의 조악한 잡지[22)]였지만, 식민과 분단의 상처를 온전히 짊어지고 살아야 했던 재일조선인의 실존과 생활을 담아내는 의미 있는 실천의 장이 되기에 충분했다. 그런데 1955년 〈총련〉 결성 이후부터

22) 『진달래』와 『가리온』에 발표된 김시종의 글 목록과 판권 등의 서지사항에 대해서는 첨부한 〈표1〉과 〈표2〉를 참조할 것.

잡지 내용에 대한 간섭은 물론이거니와 창작 방법에 대한 지도방침 하달 등 획일화된 문예정책을 강요당하면서 『진달래』의 자율성과 재일조선인 시문학의 주체적 방향은 크게 훼손되지 않을 수 없었다. 물론 창간 당시 공산당 하부조직으로서 반미와 반요시다 그리고 반이승만이라는 이데올로기적 성격을 직접적으로 표명하는 선전선동적 특성을 일정하게 드러냈던 것은 사실이지만, 호를 거듭해가면서 이러한 이념과 정치의 문제보다는 재일조선인으로서의 생활의 문제에 더욱 집중함으로써 갈등의 골은 더욱 깊어만 갔다. 무엇보다도 '재일'의 현실에 주목한 김시종에게 이와 같은 이념의 일방적 강요와 획일화된 창작 방법의 하달은 재일조선인으로서의 자기 정체성을 무시한 폭력의 방식으로 받아들여지지 않을 수 없었다. 이에 김시종은 20호를 끝으로 『진달래』 폐간을 불사하면서 맞서 싸웠고 『가리온』을 새로 창간하여 재일조선인 시문학의 주체성을 지키려는 확고한 입장을 고수했다.

재일조선인 시문학에서 세대의 차이는 문학적 지향의 차이를 분명하게 구분하는 지표가 되고 있다. 재일 1세대와 2세대가 보여주었던 민족적 주체성의 확립과 일본의 재일조선인 차별에 대한 저항 그리고 분단의식과 통일의식을 구체적으로 형상화한 비판적 리얼리즘의 양상은, 재일 3세대 이후에 이르러서는 관념적이고 당위적인 차원에서 해석되고 이해되고 있을 뿐 자신들의 문학적 정체성을 구성하는 중요한 근거로 내면화되고 있지는 않다. 지금 '재일'의 실존적 조건은 민족과 국가 그리고 이념의 차원에서 접근할 문제가 아니라, 일본에서 살아가는 생활인으로서의 문제로 바라보는 것이 더욱 절실한 과제라고 할 수 있기 때문이다. 김시종이 강

조하는 '재일한다(在日する)'의 의미는 바로 이러한 생활 세계적 현실에서 바라본 재일조선인의 정체성에 대한 근본적 고민을 담아내고 있으며, 그의 시가 지향하는 재일조선인 시론의 주체적 방향 역시 이와 같은 뚜렷한 자기성찰의 결과라고 할 수 있다. 이런 점에서 『진달래』 필화 사건은 남과 북으로 이원화된 조국의 상황과는 달리, 남과 북 그리고 일본이라는 세 지점을 일정하게 공유하고 있는 재일조선인 시문학의 정체성을 형성하는 중요한 출발점이었다. 그리고 이를 선도한 김시종의 시 의식은 진정한 의미에서 재일조선인 시문학의 주체적인 위치를 정립하기 위한 의미 있는 저항이었다고 평가할 만하다. 김시종의 투쟁으로부터 비로소 '재일'이라는 독립적이고 주체적인 재일조선인 시문학의 자리가 형성되기 시작했고, 과거의 역사에 대한 재현을 넘어 현재와 미래를 아우르는 재일조선인 시문학의 연속성을 확보하는 중요한 장치가 마련되었다고 해도 과언이 아니다. 이제는 이념적이고 역사적인 당위성만을 갖고 재일조선인 시문학을 말하는 것은 시대착오적인 것이 되지 않을 수 없다. 그렇다고 해서 민족적 관념이 재일조선인 시문학의 시대정신과 완전히 무관하다고 단정 지을 수도 없다는 점에서, 재일조선인 시의 현재와 미래는 아주 복잡하고 중층적인 접근과 해석이 필요하다. 이런 점에서 김시종과 『진달래』는 재일조선인 시문학의 내용과 형식을 진지하게 성찰함으로써 남과 북 어느 한 쪽으로 치우치지 않는, 그래서 '재일'의 독자성을 올곧게 견지하는 주체적인 시론의 방향을 제시해 주었다는 점에서 남다른 의의가 있다고 평가할 수 있다.

〈표 1〉『진달래』 소재 김시종 글 목록

호수	제목	장르	발행년원일	판권	비고
1	창간사	산문	1953. 2. 16.	발행 겸 편집 김시종	
	진달래	시			
	아침 영상 – 2월 8일을 찬양하다	시			
	편집후기	산문			
2	사라진 별 – 스탈린의 영혼에게	시	1953. 3. 25.		
	편집후기	산문			
3	개표	시	1953. 6. 22.		
	쓰르라미의 노래	시			
	편집후기	산문			
4	품속 – 살아계셔 주실 어머니에게 바치며	시	1953. 9. 1.		
	타로	시			
	편집후기	산문			
5	마쓰가와 사건을 노래하다 – 일본의 판결, 마쓰가와 판결 최종일을 앞두고	시	1953. 12. 1.		
	사이토 긴사쿠의 죽음에	시			
	1953년 12월 22일	시			
	편집후기	산문			
6	올바른 이해를 위하여	산문	1954. 2. 28.		심근증으로 입원
	세모	시			
	한낮	시			
	편집후기	산문			
7	신문기사에서	시	1954. 4. 30.		
	편집후기	산문			
8	처분법(9호 재수록)	시	1954. 6. 30.	발행 홍종근(홍윤표) 편집 김시종	
	편집후기	산문			

9	지식	시	1954. 10. 1.	발행 홍종근 편집 박실	
	묘비	시			
	남쪽 섬 –알려지지 않은 죽음	시			
	분명히 그런 눈이 있다	시			
10	어?	시	1954. 12. 25.	발행 홍종근 편집 정인	
11	당신은 이미 나를 조종할 수 없다	시	1955. 3. 15.		
12			1955. 7. 1.	발행 박실 편집 정인	
13	권경택의 작품에 대하여	평론	1955. 10. 1.		
	반대 또한 진실이다	시			
	진화적 퇴화론	시			
14			1955. 12. 30.		〈지평선〉 발간
15	정책발표회	시	1956. 5. 15.		김시종 특집
	맹관총창	시			
	편집후기	산문			
16	자서	산문	1956. 8. 20.	발행 박실 편집 홍윤표, 김시종, 조삼룡, 김인삼	
	내 작품의 장과 '유민의 기억'	산문			
	하얀 손 – 오르골이여, 너는 왜 한 소절의 노래밖에 모르느냐?	시			
	인디언 사냥	시			
17	로봇의 수기	시	1957. 2. 6.		
18	오사카 총련	시			
	맹인과 뱀의 입씨름 – 의식의 정형화와 시를 중심으로	평론	1957. 7. 5.	발행 홍윤표 편집 양정웅, 김인삼, 김화봉, 정인	

19	개를 먹다	시	1957. 11. 10.	발행 홍윤표 편집 양정웅, 김인삼, 김화봉	
	비와 무덤과 가을과 어머니와 – 아버지여, 이 정적은 당신의 것이다	시			
20	짤랑	시	1958. 10. 25.	발행 정인 편집 양석일	
	다이너미즘 변혁 – 하마다 치쇼 제 2시집이 의미하는 것	평론			

〈표 2〉『가리온』 소재 김시종 글 목록

호수	제목	장르	발행년월일	판권
1	종족검정	시	1959. 6. 20.	대표 김시종 편집동인 양석일, 정인, 권경택
	의안	산문		
	주체와 객체 사이	산문		
2	나의 성 나의 목숨	시	1959. 11. 25.	
	편집후기	산문		
3	엽총	시	1963	

07

타자, 역사, 일본어를 드러낸다

김시종 『장편시집 니이가타(新潟)』를 중심으로

오세종

── 그 정도로, 소리를 내거나 무언가, 존재가 알 수 있도록 하는 것입니다.[1)]

1. 들어가며

최근, 김시종에 관해서는 호소미 가즈유키(細見和之)가 그 시에 입각해 독해한 책을 냈고, 아사미 요코(淺見洋子)도 박사 논문에서 이 시인의 시를 넓은 시야에서 논했다. 또한 잡지 『논조(論潮)』는 제6호(2014)를 김시종 특집호로 냈다. 이 특집은 구체적인 작품 연보 및 시인의 인터뷰나 시 작품, 그리고 김시종에 관한 각종 논고를 게재하고 있어서 자료적으로도 높은 가치를 갖는 한 권의 책으로 나와 있다. 그럼에도 『니이가타』에 대해서 말하는 것은 대단히 어렵다. 본고는 이 시집 전체를 부감(俯瞰)하는 것이나, 그 의의를 깊이 파고 들어가는 것은 하지 않고, 「드러내다」 「우키시마마루(浮島丸)」 「지렁이」 「일본어를 향한 보복」에 초점을 맞춰서 『니이가타』를 읽기 위한 시점을 제공하고자 한다.

2. '드러내다'

김시종은 피차별 부락 출신의 학생이나 재일조선인 학생이 다수

1) 인터뷰 金時鐘·姜順喜 「시가 생성할 때(詩が生成するとき)」에서의 강순희(姜順喜)의 발언.(『論潮』 第六號, 論潮の會, 2014, 24쪽)

재적하고 있는 효고현립 미나토가와고교(兵庫縣立湊川高校)에서 교편을 잡았었다. 일본의 공립학교에서 처음으로 정규과목으로 조선어를 가르친 교원이었다. 그 경험은 에세이 「드러나게 되는 것과, 드러나게 하는 것(さらされるものと、さらすものと)」(1975년)[2)]에 쓰고 있는데, 다음과 같은 인상 깊은 장면을 읽을 수 있다.

> 돌아가는 길, 우물거리는 목소리가 나서 조문연(조선문제연구부) 문을 열었다. 당시 4년생이었던 (재일조선인) K 군이 어깨를 떨면서 울고 있다. 그는 나를 보자마자, 미친 것처럼 달려들며,
> "어째서 이렇게 모욕을 당하는 사람이 되야 합니까!"
> 하고 말하며, 내 가슴을 쳤다. 어린이와 같은 흐느낌이었다. 까닭없는 눈물이 흐를 때도, 사람에게는 있다. K를 안은 채 나는 아무런 말도 하지 않았다. 한없이 넘쳐흐르는 것을 닦지 않았나. 모욕을 당하는 사람이 된 것이 아니다. 드러내야 하는 것을 서로 드러내고 있는 것이다.[3)]

자신의 민족 출신을 명확히 밝히는 것을 피하는 재일조선인은 많다. 또한 현재 일본에서는 이른바 '헤이트 스피치(hate speech)'

2) 역자 주: 김시종 시인의 글에서 "さらす"라는 용어는 중요한데, 한국어로 옮기기가 매우 어려운 말이다. 이 논문에서도 "さらす"라는 용어는 빈번히 나오는데 그때마다 문맥에 맞춰서 "모욕을 주다" 혹은 "드러내다"로 해석했다. 특히 이 논문의 핵심어 중 하나인 김시종 시인의 "서로 드러내다(さらしあう)"라는 것은 오세종에 따르면, (1) 일본(인)의 식민주의를 드러내는 행위. (2) (재일)조선인 속에 남아있는 식민주의도 드러내는 행위. (3) 역사의 흐름 속에서 불가시화당한 사람이나 사건을 가시화하는 행위(예를 들면 윤동주 같은 사람)로 이해할 수 있다고 하고 있다.

3) 金時鐘, 「さらされるものと、さらすものと」, 『「在日」のはざまで』, 平凡社ライブラリー, 2001, 319쪽.

라는 이름의 민족차별 바람이 세차게 불고 있어서, 출신을 밝히는 것이 곤란함을 수반하는 경우가 많다. 이는 개별적이고 구체적일 차별뿐만 아니라, 일본정부가 일관해서 민족교육을 보장하지 않는 것에 보이는 것처럼 구조화된 차별이, 일본 사회에 뿌리 깊이 남아 있기 때문이다. "모욕을 당하는 사람이 된 것이 아니다. 드러내야 하는 것을 서로 드러내고 있는 것이다"라는 말은, 한편으로는 그러한 일본(인)의 사고나 감성, 제도의 근저에 잔존하는 식민주의를 감히 드러내는 것을 요청하는 것이다. 또 한편으로 김시종이 식민지기에 황국소년(皇國少年)이었다는 것에 입각한다면, 이 발언은 조선인 자신이 끌어안을 수밖에 없었던 식민주의적인 사고와 마주 보고 그것을 대상화할 것을 요청하고 있는 것이기도 하다.

환언하자면, "서로 드러내고 있는 것이다"라는 것은, 일본인과 조선인이 자기 자신의 사상과 감성의 근저에 잔존하는 식민주의와 마주 보고, 상호 간에 그것을 극복해 가는 것을 통해서 이른바 벌거벗은 신체를 서로 드러내놓을 것을 명하는 논리적인 발언이라고 하겠다. 관념적으로 계층화된 '일본인'과 '조선인'의 관계도, 그러한 상호행위를 통해 재구축되게 될 것이다.

오늘날의 이른바 3·11 동일본대지진 이후 일본의 사상적 사회적 상황에 이 "서로 드러내는" 사상을 대면(對面)시킨다고 하면, 그 본의가 더욱 명확히 보인다. 그것은 현재 일본의 사상적 상황을 새롭게 다시 묻는 계기가 된다.

미야자와 쓰요시(宮澤剛)는 3·11 이후 "'무방비인 생(生)'을 버리고 '일본국민'으로 탈바꿈할 것이 요구되고 있는 지금, 용이하게 그것에서 새어 나오게 된 존재"야말로 "현대의 메이저리티(다수파)"

가 아닌가라고 말하고 있다.[4)]

"무방비인 생"이라 함은 사회 내부에서 포섭되면서도 적도 같은 편도 아닌 존재자, 그러므로 살해돼도 죽게 내버려 둬도 그 죄를 묻지 않는 영역에 존재하는 자들을 말한다. 예를 들면, 그것은 일상적인 피폭의 위험에 노출돼 있으면서도, 적절한 보장이나 보호를 받지 못하고 있는 '후쿠시마 사람들'이다.

미야자와가 '메이저리티' 내실이 변질했다고 하는 것은 3·11 이후, 그러한 영역은 후쿠시마에만 한정 되지 않게 되고 있기 때문이다. 이것은 종래의 '마이너리티/메이저리티'라는 구도가 인식으로서는 불충분하다는 것이기도 한다.

미야자와의 주장에 일정 정도 수긍할 수 있다. 하지만, 위태로움이 있는 것도 확실하다. 미야자와가 말하는 것과 같이, '메이저리티'가 설령 "새어 나오게 된" 자들이라 하더라도, 그/그녀들은 제도상, 교육을 보장받고 있으며, (일상적인) 투표에도 참가할 수 있고, 또한 민족차별적인 "죽여라"라고 하는 헤이트 스피치에 노출될 일도, 실제로 습격을 당하지도 않는다. 즉, '일본국민'에서 "새어 나오게 된", "무방비인 생"이라는 것에 모욕적으로 드러나는 자가 대폭적으로 늘어났다 하더라도, 그 "노출된 생" 아래에는 그보다 더한 "무방비인 생"에 적나라하게 노출된 사람들이 있다.

또한 '메이저리티'로부터 "새어 나오게 된 존재"를 '서벌턴'으로 환치하기까지는, 한 걸음 더 필요한 것으로 보인다. 그렇게 된 경

4) 宮澤剛, 「フクシマ以後に金時鐘の詩を讀む」, 『論潮』 第六號, 論潮の會, 2014, 68쪽.

우, '3·11' 이전에 마이너리티, 디아스포라, 서벌턴 등으로 간주돼 왔던 사람들과의 차이를 보기 어렵게 만들어서, 은폐할 위험성마저 있을 것이다.

물론 미야자와도 이러한 문제를 주의 깊게 생각하고 있으며, 그가 말하는 메이저리티/마이너리티라는 사고의 틀에도 일정 부분 유효성을 인정할 수 있다. 또한, 확실히 새어 나오게 된 사람들이 존재하고 있고, 3·11 이후 메이저리티/마이너리티라는 구조가 성립하기 힘들게 보이는 것도 사실이다. 하지만 그렇다 하더라도 미야자와의 메이저리티 규정에는 문제점이 남아있다고 생각한다. 이 점을 에세이 「드러나게 되는 것과, 드러나게 하는 것」으로 돌아가면서 좀 더 명확히 해보고 싶다.

김시종은 이 에세이를 일본의 교육기관에서 조선어로 배우는 것의 의미를 묻는 형태로 시작해, 착임 인사에서 조선어를 배우는 것의 의미를 윤동주와 결부시켜 말하고 있다. 그리고 그것이 일본인 학생의 '저항'에 조우했던 장면이 나오고, 그리고 전술한 인용이 나오고, 그 직후 다시 윤동주 이야기를 꺼내는 흐름에 주목해 봐도 좋을 것이다. 계산된 윤동주 소개이기도 한 것이다. 소개라고 하기보다, 도시샤대학(同志社大學)에 유학하고 있었을 때 치안유지법으로 구속돼 옥사한 윤동주를, 일본에서 거의 제일 처음 소개한 것이 김시종이었다는 것을 생각해 낸다면,[5] 이 에세이는 윤동주를 역사

5) 金時鐘, 「"붐"의 그늘에("ブーム"のかげに)」(一九七二年) "윤 선생은 어떠한 의미인지는 모르지만, 큰 소리로 무언가를 부르짖으면서 절명(絕命)했다" (……) 아아 이 일본과 조선. / 분명히 들렸을 '말'이, 허공으로 사라질 수밖에 없었던 과거의 일본에서의, 닫혀진 조선어."(「"붐"의 그늘에서」, 一〇七頁)

의 암흑 속으로부터 부상시키려는 시도였다고 해도 좋을 것이다.

> K 군이여. 생각이라도 해 보시게. 자네들이 '조선어'와 마주친 것만으로, 조선인이 떨리는 것이다. 같은 떨림이더라도, 환희의 떨림이 있다는 것도 알아주시게. (중략)
>
> 누구도 들으려 하지 않았던 '윤동주'가 죽기 직전에 내지른 외침을, 어쩌면 거기에서 들을 수 있을지도 모르네.[6)]

요컨대, 식민주의의 잔재와 마주보는 것을 요구하는 "드러내야 하는 것을 서로 드러내고 있는 것"이라 함은, 비대칭적인 관계성 아래 불가시화(不可視化)된 사람이나 사건을 부상시키는 시도이기도 한 것이다. 여기서 미야자와의 논의가 갖고 있는 문제점을 다른 말로 되풀이한다면, "새어 나오게 된" 사람들을 '메이저리티'라고 간주하는 것은, 그 '메이저리티' 내부의 '마이너리티'를, 즉 비대칭성 안에 있는 타자를 은폐할 위험성을 내포시키고 있는 것이 된다. 여기에 있어서 미야자와가 시도하는 김시종의 읽기는 근본적인 부분으로 김시종의 사상과 엇갈리는 염려가 있다.

3. '우키시마마루(浮島丸)' – 부상하는 타자(他者)

"드러내야 하는 것을 서로 드러내고 있는 것"이라고 하는 김시

6) 金時鐘, 「さらされるものと、さらすものと」, 319~320쪽.

종의 사상은, 이처럼 타자의 부상(浮上)과 밀접한 관련을 맺고 있으며, 이 관점에서 『니이가타(新潟)』를 읽을 수 있다. 예를 들어, '지렁이'를 시작으로, 표범, 번데기, 나방 등으로 '내'가 변신하면서, 자신을 역사적 문맥, 사회적 상황 속에 드러낸다고 하는 이 시집의 방법에도 그것은 나타나고 있기 때문이다. 또한 일본이라는 장소에 머물면서, "숙명의 위도"인 38선을 넘으려고 하는 것, 즉 남(南)에도 북(北)에도 치우치지 않고 "재일하는(在日する)" 것을 선택하는 것 또한, 일본과 남북조선의 틈에서 자신을 드러내 가는 것이 된다. 물론 그것만이 아니라, 김시종 자신이 빨치산으로서 참가한 제주 4·3봉기나 일본에서의 조선전쟁 반대 투쟁, 고삽(苦澁)에 가득 찬 '귀국' 운동에 대한 저항적 자세를 제시하는 등, 자신의 경험을 직접적으로 시의 언어로 새겨 넣고 있는 것도, 드러낸다고 하는 행위로서 읽을 수 있다.

특히 『니이가타』에서 "드러낸다"는 시도를 상징적으로 보여주는 현상으로서, '우키시마마루(浮島丸)'라는 배를 들 수 있다. 우키시마마루는 전시중(戰時中)에는 함포(艦砲)가 장비된 일본군 감시선이었는데, 전쟁 종결 직후 1945년 8월 24일 도후쿠 지방(東北地方)에 징용됐던 조선인을 귀국시키기 위해서 이용된 배다. 아오모리현(青森縣) 오미나토항(大湊港)에서 부산으로 직행할 예정이었다가, 어째서인지 도중에 들른 마이즈루항(舞鶴港)에서 불가사의한 폭파를 당해 침몰했다. 이른바 '우시키마마루 사건'이다.

막다른 골목길인	袋小路の
마이즈루만을	舞鶴湾を

엎드려 기어	這いずり
완전히	すっかり
아지랑이로	陽炎に
뒤틀린	ひずんだ
우키시마마루가	浮島丸が
어슴새벽.	未明。
밤의	夜の
아지랑이가 돼	かげろうとなって
불타 버렸다.[7]	燃えつきたのだ。

'陽炎(요엔, 아지랑이)'는 '가게로우(かげろう)'라고도 읽는다. 이것은 봄에 일어나는 현상으로 지면에서 올라오는 불꽃과도 같은 대기의 흔들림이며, 또한 새벽녘을 밝히는 빛이기도 하다. '봄'이나 '새벽녘' 등 '해방' '자유'라는 뜻의 함의(connotation)를 갖고 있다. 하지만 읽히는 대로, 다 불타버린 이 배는 새벽녘과 스스로를 바꾸기라도 하듯이, 암흑으로 가라앉는다. 그런 의미에서, 아직도 오지 않는 봄('미명')이 암시하고 있으며, '봄'이라는 의미를 다시 묻고 있는 것이기도 하다. 그것만이 아니라 이것은, 본고의 문맥으로 바꿔 말하자면, 비대칭적으로 불가시화된 공간에 이 배가 가라앉은 것이라는 의미이기도 하다.

이 우키시마마루는, 1954년에 이이노중공업주식회사(飯野重工

7) 金時鐘, 『長篇詩集新潟』, 構造社, 1970. 인용은 김시종, 『원야의 시(原野の詩)』, 立風書房, 1991, 382쪽으로부터. 이하, 김시종, 『니이가타』의 인용은 모두 『원야의 시』로부터이며, 인용 후에 숫자만을 표시한다. 또한 한국어번역은 곽형덕 옮김, 『김시종 장편시집 니이가타』, 글누리, 2014부터(92쪽).

業株式會社)가 인양하게 된다.

흐릿한 망막에 어른거리는 것은	澱んだ網膜にぶらさがってくるのは
삶과 죽음이 엮어낸	生と死のおりなす
하나의 시체다.	一つのなきがらだ。
도려내진	えぐられた
흉곽 깊은 곳을	胸郭の奥を
더듬어 찾는 자기의 형상이	まさぐり当てた自己の形相が
입을 벌린 채로	口をあいたまま
산란하고 있다.	散乱している。
역광에	逆光に
높이높이	高高と
감겨 올라간 원념이	巻き上げられた怨念が
으르렁대는	稔りたてる
샐비지 윈치에	サルベージのウインチに
거무스름한	黒ずんだ
해저의 물방울을	海底のしずくを
떨어지게 할 때까지.	したたらすまで。
되돌아오는	逆戻る
거룻배를 기다리는 것은	はしけを待っているのは
허공에 매달린	宙吊りの
정체 없는	正体のない
귀로다.	家路だ。(pp.418-9=124-5)

『니이가타』에 있어서 끌어 올려진 우키시마마루는 귀향하는 도중에서 세상 떠난('정체 없는 귀로다') 매달려진 유체(遺體)처럼 보인

다는 것('하나의 시체다(一つのなきがらだ)')고 시인의 눈에 포착된 것은 주목해도 좋다. 그것은 불가시화된 타자를 "드러낸다"라는 행위는, 산 자만이 아니라 특정하기 곤란한 사자(死者)들에게도 적용되기 때문이다.

그러면 이 곤란함 속에서 김시종은 어떻게 "드러내"려고 하는가? 그것은 "뼈"를 고향으로 가져가려고 귀향의 길 위에 있는 배를 다시 움직이게 하려고 이다.

『니이가타』에서 '우키시마마루'가 조선인의 일본으로의 연행, 징용된 곳에서의 노동, 해방의 도래, 귀향, 폭파라고 하는 일련의 사건을 수반해 그려내고 있고, 또한 '우키시마마루'라고 하는 형상은, '떠오르는 섬(「浮」く「島」)'으로서 침잠과 부상이라는 이미지를 원래부터 환기시킨다. 이 배는 단순히 상기되는 과거의 대상인 것만이 아니라, 역사적 사건의 운반자로서의 역할을 하고 있다는 것이다. 그렇다고 한다면 이 배를 "드러낸다"는 것은, 그러한 이중의 역할을 반복해서 하기 위해 계속 부상시켜, 사자들을 귀향시키려 하는 것이 된다. 『니이가타』의 "드러낸다"는 것의 행위는, 그러한 곤란한 반복을 통해 타자를 부상시키는 행위로서 파악할 수 있는 것이며, '우키시마마루'는 것을 상징적으로 체현하고 있는 형상인 것이다.

4. '지렁이' – 복수화하는 자신과 드라마

폭파로 가라앉아, 다시 폭파로 부상하는 배, 그것이 '우키시마마루'라는 이름이라는 것, 그리고 귀향(歸鄕)하는 길 위에 있으면서 그곳에 머물러 서있던 것, 그것은 김시종에게 상당한 시사점을 남겼으리라 생각한다. 일본에 머물러 있으면서 "숙명의 위도"인 38선을 넘으려고 하는, 그 자기 자신의 결단의 구체적 형상으로서 '우시키마마루'를 보았을 것이기 때문이다. 그런 의미에서 '우키시마마루'는 김시종(혹은 '나') 자신이다. '우키시마마루'와 '내'가 겹쳐진다고 한다면, 그 배가 체현하는 죽음 자들도 또한 김시종일 것이다. 그러므로 "드러낸다"는 행위는 이처럼 타자가 되려는 시도이기도 한다. 그 점에 관해서 김시종은 『니이가타』 출판 직후에 있었던 좌담회에서 흥미 깊은 발언을 남기고 있다.

> 나도 단일한 자신이 아니며, 몇 사람의 '자신'을 동시적으로 발양(發揚)하려고 부심했었으며, 조선인이 갖는 냉엄한 몇 가지의 객관적 사실과, 사적인 몇 가지 기억의 굴절을 동시적으로 짜맞추는 것으로, 언어의 '드라마'를 의식했습니다.[8)]

『니이가타』에는 '나' 외에, '소년' '노인' '아버지' '소녀' '여자' '그놈'이라는 다수의 존재가 등장한다. 거기에 '죽은 자'나 '뼈', 혹은 '내'가 변신하게 되는 동물이나 곤충도 포함할 수 있다면, 그 수는 상당히 늘어난다. 하지만, 인용에서 "'자신'"이라고 낫표가 달려 있는 것으로도 알 수 있듯이, 『니이가타』는 다양한 존재자를 단순히 묘사하는 것뿐만 아니라, 타자가 자신인 것처럼 '자신'을 그려

8) 小田實·金時鐘·高史明·柴田翔·眞繼伸彦, 「〈討論〉ことばと現實」, 『人間として』 第7호, 筑摩書房, 1971.9, 108쪽.

낸다. 그것은 '우키시마마루'가 '죽은 자'이며, '나'이기도 하다는 식이다. 이 시집의 중심적 방법은 '내'가 '지렁이'나 '번데기' 등으로 변신하는 것이며, 그것은 실로 김시종 자신이 역사적 타자를 부상시키는 '배'가 되려고 하는, 즉 '자신'을 다중화시키는 것이라고 봐도 무방할 것이다.

『니이가타』에서 '자신'이란, 이러한 역사의 흐름 가운데 침잠하고 있는 자들을, 자신을 다중화시키면서 '발양'시키려고 하는 구조를 지니고 있다. 그로부터 "동시적으로 발양"이라는 부분의 "동시적으로"란, 자신이 자신인 채로 머무르는 동시에 타자이려고 하는 것을 의미하는 것이며, '발양'이란 '드러낸다'는 것과 이어지는 어구라고 할 수 있다. 이 구조에 있어서 『니이가타』는 자신을 강도 높게 그리고 있다고 해도, 이는 자기표현이라고 하기보다, 부상시켜야 할 타자를 그리는 '타자 표현'의 시집이라 하겠다.

덧붙여서 자신의 다중화(多重化)란, 역사적 사건의 다중화이기도 하다. 앞선 인용에서 "조선인이 갖는 냉엄한 몇 가지의 객관적 사실과, 사적인 몇 가지 기억의 굴절을 동시적으로 짜맞추는 것으로, 언어의 '드라마'를 의식했다"라고 하고 있다. 이는 객관적 사실과 자신의 기억이나 추상적 사념(思念)을 짜맞춰 추상적이기도 하고 구체적이기도 한 '드라마'를 구축한다는 뜻일 것이다. 이것이 올바르다고 한다면, 김시종의 '자신'이 '타자'와 구분하기 힘들게 뒤엉켜 있는 것처럼, 여기서 말하는 '드라마'도 또한 복수적인 것이 될 수밖에 없다.

'드라마'가 복수화 된다는 것은, 자신이 타자이기도 한 것처럼, 하나의 사건을 묘사하는 것이 결과적으로 다른 사건으로 결부되는 것, 혹은 겹쳐지는 것이라고, 당면한 지금 규정해 두고 싶다. 『니이가타』가 지니는 드라마의 복수성을, 하나의 시도로서 (내가 현재 살고 있는) 오키나와에서 일어났던 미군과의 전투, 그 과정에서 발생한 조선인 학살과 관련시켜 본다면 조금은 명확해질지도 모르겠다.

사이판이 함락당한 후, 일본 제국은 오키나와를 '본토방위'를 위한 요충지로 위치 시켜, 1944년 무렵부터 많은 조선인 '군부'와 '종군위안부'를 연행해 왔다. 그 무렵, 사람들이 강제적으로 모집됐을 뿐 아니라, 감언에 속아서 많은 조선인이 자신의 의도와는 달리 오키나와로 연행당했다. 조선인 '군부'는 군사물자의 운반이나, 사령부가 쓰기 위한, 특공정(特攻艇)을 숨겨두기 위한, 혹은 병사들이 몸을 숨기기 위한 동굴을 굴착하는 것에 동원됐다. 여성들은 성적 노예로 취급됐다.

이처럼 끌려온 많은 조선인들이었지만, 미군이 상륙하기 시작하자 근거도 없는 채로 적의 스파이라고 간주당해, 많은 이들이 학살됐다. 구메섬(久米島) 대장(隊長)이었던 가야마 다다시(鹿山正)가 낸 통달에는 다음과 같이 적혀있다.

> 적 '스파이'의 잠입은, 아군인 것처럼, 공공연하게 오지 않는다는 것은 당연하다고 해도, 어떠한 방법에 의해, 언제 침입하는지도 모르고…"[9]

"스파이 공포증"에 사로잡혀 있었던 것인데 이러한 공포증이 일

9) 大島幸夫, 『新版沖縄の日本軍－久米島虐殺の記録』, 新泉社, 1982, 72쪽.

으킨 처참한 사건 가운데, 구메섬 조선인학살사건(久米島朝鮮人虐殺事件)이 있다. 오키나와전 이전부터 구메섬에서 생활하고 있던 ‘다니카와 노보루(谷川昇)’ 즉 구중회(具仲會)를 “미국의 스파이를 하는 조선인”이라고 해서, 그의 일본인 아내와 다섯 아이들마저 일본군 병사가 학살한 사건이다. 오키나와 전투 때 구중회처럼 스파이라는 이유로, 혹은 군규(軍規)를 위반했다는 명목으로 살해된 조선인들이 많이 존재하며, 이는 증언을 통해서도 확인됐다. 살해된 사람들은 바닷가나 바다에 내버려졌다. 바다에 버려진 자들은 수일 후에, 도카시키섬(渡嘉敷島), 자마미섬(座間味島), 미야코섬(宮古島) 등의 해안에 사체로 밀려왔다. 군부 동료나, 같은 식으로 ‘우군’(=일본군)에 살해당한 오키나와 사람들의 유족들은 자신들도 살해당할 것을 두려워해,[10] 해안으로 밀려온 사체를 좀처럼 거둘 수 없었다고 한다.

납죽 엎드려	這いつくばり
웅크린	うずくまり
아버지의 집단이	父の集団が
난바다로	沖へ
옮겨진다.	運ばれる。
날이 저물고	日が暮れ
날이	日が
가고	たち

10) 물론 오키나와 출신의 병사가 조선인을 살해한 경우도 있었다.

추가 끊어진	錘の切れた
익사자가	水死人が
몸뚱이를	胴体を
묶인 채로	ゆわえられたまま
무리를 이루고	群れをなして
모래사장에	浜に 見境をもたぬ
밀어 올려진다.	打ち上げられる。
남단의	南端の
들여다보일 듯한	透けるような
햇살	陽射しの
속에서	なかで
여름은	夏は
분별할 수 없는	見境をもたぬ
죽은 자의	死人の
얼굴을	顔を
비지처럼	おからのように
빚어댄다.	捏ねあげる。
삼삼오오	三三五五に
유족이	遺族が
모여	集まり
흘러 떨어져가는	ずり落ちる
육체를	肉体を
무언 속에서	無言のうちに
확인한다.	たしかめる。(pp.389-91=98-100)

제주도에서는 1948년 11월 초순 무렵부터 초토화 작전이 시작

된다. 그 과정에서 한국군·경토벌대(韓國軍·警討伐隊)는 무장세력이나 일반 도민에 대해, '수장(水葬)'이라고 그들이 불렀던 학살 행위를 자행해, 무수한 희생자를 만들어 낸다. 유체를 앞바다에 버리는 것만이 아니라, 여러 명을 한꺼번에 끈으로 묶어서, 배 위에서 산채로 밀어서 떨어뜨렸다. 인용한 시구는 연행돼 바다에 밀려 떨어진 '아버지', 그것을 목격한 아이, 며칠 후 바닷가에 밀려온 '죽은 사람', 그리고 유체를 몰래 확인하러 간 '유족'들의 모습을 포착한 부분이다.

"비지처럼/빚어"진 죽은 자들이 갖는, 누군지 확정하기 곤란한 얼굴은 역설적으로 무수히 죽은 자들의 얼굴이기도 하다. 때문에 4·3사건의 '아버지'와, '구중회'를 포함한 많은 피해자들은 이 시의 언어 가운데 섭쳐져 있기도 한 것이다. 그로부터 '유족'들도 또한, 그 무수한 '보편적'인 '죽은 자'들을 자신의 한 일가로서 확인하고, 껴안은 사람들로 변화된다. 『니이가타』에는 이처럼 하나의 역사적 사건에 대한 묘사가 다른 역사를 환기시키고, 연결돼 간다.

또한 오키나와 전투가 있었을 때 조선인이 판 구덩이나 호(壕)[동굴]에 주목한다면, 그것은 '갱도'로서 제주도로 연결되고 있다고 생각한다.

1945년 6월 오키나와 함락을 전후로 한 무렵, 일본 제국은 제주도로 미군이 상륙작전을 펼치는 것이 1945년 10월 무렵으로 예상하고,[11] 이 섬을 "대미결전 최후의 요새"로 위치시켰다.[12] 결전에

11) 文京洙他譯, 『済州島四·三事件』 第一巻, 新幹社, 1994, 34쪽.
12) 文京洙他譯, 위의 책, 34쪽.

대비해, 어승생악 일대에 미로와도 같이 둘러친 갱도와 동굴이 준비돼, 미군이 상륙하게 되면 주민을 산속으로 데려갈 예정이었다.[13] 이러한 것을 생각해 보면, 제주도에서의 '집단자결' 명령도 가능성이 있었던 것이며, 일본의 무조건항복이 2, 3개월 늦었다면 이 섬도 '제2의 오키나와'가 됐을 가능성이 높았다. 다른 한편으로 이러한 '갱도'는 4·3사건 때 빨치산이나 도민이 숨을 수 있는 장소가 되었다. 그렇게 오키나와와 제주도 각각의 구덩이나 참호는 차이를 수반하면서도 역사적 문맥이나 사건의 공통성이라는 측면에서 '갱도'로 연결돼 있는 것이기도 하다.

실은『니이가타』모두(冒頭)에 그려져 있는 것도 '갱도'이다.

눈에 비치는	目に映る
길을	通りを
길이라고	道と
속단해서는 안 된다.	決めてはならない。
아무도 모른 채	誰知らず
사람들이 내디딘	踏まれてできた
일대를	筋を
길이라	道と
불러서는 안 된다.	呼ぶべきではない。
바다에 놓인	海にかかる
다리를	橋を
상상하자.	想像しよう。

13) 文京洙他譯, 앞의 책, 21쪽.

지저(地底)를 관통한	地底をつらぬく
갱도를	坑道を
생각하자.	考えよう。
(중략)	
인간의 존경과	人間の尊厳と
지혜의 화가	知恵の和が
빈틈없이 짜 넣어진	がっちり組みこまれた
역사에만	歴史にだけ
우리들의 길을	ぼくらの道は
열어두자.	あけておこう。

그곳을 통과하지 않으면 안 된다. そこを通らなければならない。

(pp.305-7=21-2)

이 이상 존엄이 짓밟히는 일 없이, 인간으로서의 부활을 향하는 길인 '갱도'. 그 길은, 읽는 그대로 자연적으로 생긴 것이 아니라, '존엄'과 '지혜'가 필요하다고 하고 있다. 그것은 전술한 것처럼 '갱도'는 특공정 비닉(特攻艇秘匿)을 위한 동굴, 빨치산 잠수장소, 일본군 사령부가 있었던 비밀의 동혈(洞穴), 주민을 몰래 학살하기 위한 현장처럼, 마이너리티의 갱도이기도 하고 메이저리티의 갱도이기도 하며, 좋거나 나쁘거나 다양한 것을 위한 것이다. 그러므로 "우리들의 길"을 만들려면, 자연의 흐름에 맡기는 것이 아니라, 의식적으로 굴착할 필요가 있는 것이다.

하지만 그것이 용이한 것이 아니라는 것은, 다음에 인용하는 시구로부터도 읽어낼 수 있다. "내" 변신형태의 하나인 '지렁이'가 "피를 번져가며" 파서 전진하는 '길'이야말로, 실로 여기서 말하는

'갱도'이기 때문이다.

아크등을	アーク灯に
무서워하며	おびえ
지층의 두께에	地層の厚みに
울었던	泣いた
숙명의 위도를	宿命の緯度を
나는	ぼくは
이 나라에서 넘는 거다.	この国で越えるのだ。
자기 주박의	自己呪縛の
밧줄 끝이 늘어진	綱のはしがたれている
원점을 바라며	原点を求めて
빈모질 동체에 피를 번지게 하고	貧毛質の胴体に血をにじませ
몸뚱이채로	体ごと
광감세포의 말살을 건	光感細胞の抹殺をかけた
환형운동을	環形運動を
개시했다.	開始した。(pp.318-9=33)

전술한 것처럼 "드러낸다"라는 행위가 역사적 타자의 부상을 시도하는 것이라면, '내'가 변신한 '지렁이'가 행하는 피투성이 굴착이란, "숙명의 위도" 즉 38선을 일본에서 넘는 것의 곤란함을 나타내는 것만은 아니다. 「드라마」에 착안한다면 밤[夜] 측에 깊이 가라앉은 역사적 타자를 파내서, 그것으로 변신하려고 하는 행위로서, 또 다양한 '갱도' 앞에도 있는 역사에 파묻힌 사건도 동시에 발굴해 내는 것으로서도 해석할 수 있다. 그렇게 "지렁이"를 비밀의

'갱도'의 굴착을 하면서 타자와 다른 사건을 결부시켜 다중화하려고 하는 동물로 규정할 수도 있다.

『니이가타』는 특정적 타자나 사건을 직접적으로 그려내고 있을 뿐만은 아니다. 지금까지 살펴봤듯이 『니이가타』에서 하나의 사건이나 한 명의 타자를 그리는 것은, 그것이 나타나는/나타나지 않는, 그 경계에 잠재한 상기되는 것을 기다리는 무수히 다른 사건이나 타자에 접촉하는 것이기 때문이다. 그러므로 그려지고 있는 하나의 사건이나 '자신'은, 많은 무한정적인 역사적 사건이나 타자를 수반하고 있으며, 그러므로 '자신'이나 '드라마'는 다중화해 간다. 그러므로 그 무한정한 역사에서 부상시켜야 할 것을 찾아내려고 땅을 파며 앞으로 나아가는 '지렁이'는, '자신'이나 '드라마'를 다중화해 가는 형상으로서 존재하는 것이다.

5. '일본어를 향한 보복' – 드러나는 일본어

앞의 인용 "조선인이 갖는 냉엄한 몇 가지의 객관적 사실과, 사적인 몇 가지 기억의 굴절을 동시적으로 짜맞추는 것으로, 언어의 '드라마'를 의식했습니다"에 다시 한번 되돌아가 보자. "언어의 '드라마'"라는 것은 장면을 그리는 것이 아니라, 언어 자체를 다이내믹하게 재포착한다는 의미도 있기 때문이다.

김시종은 드러내야 할 것을, 일본어를 통해서 드러내 왔다. 그것이 1950년대 잡지 『진달래(チンダレ)』 지상에서 논쟁을 불러일으켜, 조선인 조직으로부터, 또한 조선민주주의인민공화국으로부터

도 비판을 받게 되었다. 하지만 당시 벌써 김시종은 일본어를 이용한다는 것에 현실 생활이나 각기 사람들의 감성이나 조선인 내부에 침투하고 있는 일본(어)적인 감성을, 안쪽에서부터 다시 포착해서 극복해 간다고 하는 행위라는 적극적인 의미를 부여하고 있었다. 후에 그것은 "일본어를 향한 복수"라고 불리게 된다. "복수"란 것은 식민지기에 몸에 익힐 수밖에 없었던 일본어를 반쯤 폭력적으로 사용하는 것으로 이화(異化)시키는 것이다. 하지만 그것은 언어의 파괴나 해체가 목적이 아니라, 일본어를 쓰며 이화하는 그 후에 이뤄지는 "민족적 경험의 공유"를 지향한다는 의미다.[14)]

『니이가타』에 있어서도 일본어를 통해서 역사적 타자를 부상시키는 것이 이 시집의 목적이 하나이다. 이 점에 관해서 미야자와 쓰요시는, '지렁이'가 '갱도'를 파는 행위란 일본어를 파는 행위이기도 하다고 지적하고 있다.

> '갱도' 이미 일본어에 축적돼 있다 (중략) '함의'로서의 '줄기'를 거부하고, 아무 것도 없는 '지저'에 자력으로 만들어진 '길' (중략) 인 것이다. (중략) 그곳에는, 일본어의 틀 안에서 '자유'가 아니라, 그 틀에서 도망친 '자유'도 아니고, 일본어라는 틀 및 그 안쪽에 둘러친 '줄기'와 싸우는 자유가 있다.[15)]

14) 김시종 "저에 관한 한, 일본어로 본전을 뽑지 않고서는 절대로 일본어를 버릴 생각이 들지 않습니다. 그것은 바꿔 말하면 일본인에 대한 복수를 하려는 것이기도 합니다만, 복수란 것은 적대 관계가 아니라, 민족적 경험을 일본어라는 광장에서 서로 나누는 것이라는 의미에서의 복수입니다." 金時鐘, 鄭仁他「在日朝鮮人と文學－詩誌「チンダレ」「カリオン」他―」, 犬飼, 福中編『座談 關西戰後詩史 大阪篇』, ポエトリー·センター, 1975, 120쪽.

대단히 날카로운 지적이라고 생각한다. "일본어에 함축된 함의"란 것은, 예를 들면 '봄'이 만남과 헤어짐을 함의하고, '사쿠라'가 아름답게 꾸민 죽음을 함의한다는 것이다. 미야자와의 지적은, 김시종의 시는 그러한 '함의'의 네트워크를 잘라내는 것이고, 거기부터 보면 '지렁이'의 굴착이란 그 절단 및 새로운 네트워크의 구축이라는 은유이기도 한다.[16)]

미야자와는 근년, 그러한 '갱도'에 대해 자신이 행한 분석을, "자신[≒일본인]을 일반적인 메이저리티에, 김시종을 단독자로 간주하는 사고의 밑바탕"이 됐다고 되돌아보고 있다.[17)] 하지만 미야자와가 말하는 메이저리티/단독자라는 이분법에 대해서는 본고 제1절에서도 지적한 문제하고도 관련되지만 약간의 의문점이 남는다.

식민지에서는 일반적으로, 종주국의 언어(예를 들어 일본어)가 능숙해질 정도로, 그것이 강제되었다고 하더라도, 피지배 쪽의 사람에 대해서도 언어에 대해서도 차별을 내면화해 간다. 김시종이 일본어를 이해하지 못하는 어머니에 대해서, 일본어로 "메시(밥)" "미즈(물)"를 달라고 했다는 에피소드에도 이는 나타나 있다. 즉 언어의 선택이란 그것이 강제된 선택이라고 해도, 자신의 실존을 규정

---

15) 宮澤剛, 「金時鐘の詩を讀む－讀むことの「自由」と書くことの不「自由」」, 『日本近代文學』 제69집, 197쪽.

16) 이러한 관점에서 보자면, 현선윤(玄善允)이 도쿄 방언/오사카 방언이라는 틀에서 김시종의 일본어를 논한 것은 상당히 문제가 있다. '국어'로 화(化)한 일본어를 암묵리에 전제하게 되기 때문이다. 玄善允, 「ヂンダレ論爭」, 覺え書き－再考に向けてのメモ」, 『論潮』 第六號, 論潮の會, 2014, 169~171쪽.

17) 宮澤剛, 「フクシマ以後に金時鐘の詩を讀む」, 68쪽.

하는 것이기도 하며, 경우에 따라서는 강제당한 언어와 일체화해 가며 다른 사람과 우열을 결정하려고 하는 식민주의적 사고로 이끌어 간다.

메도루마 슌(目取眞俊)의 작품 『물방울(水滴)』에는, 주인공인 '도쿠마사(德正)'의 부풀어 오른 다리에서 떨어지는 물방울을, 매일 밤 핥아 마시러 오는 망령 병사들이 등장한다. 그 가운데 도쿠마사가 전쟁 중에 죽게 내버려 둔 '이와미네(石嶺)'도 있다. 어느 날 밤, 이와미네가 홀로 나타나, 원하는 만큼 도쿠마사의 다리를 빨아들인 후에, 말끔한 일본어로 "고마워. 겨우 갈증이 풀렸다네"라는 말을 남기고 사라진다. 오키나와 출신 병사인 이와미네가 남긴 마지막 말이 '류큐어'가 아니라, 말끔한 일본어였다는 것, 그리고 아마도 그 말로 밖에는 치유될 수 없었다고 생각할 때, 전율할 수밖에 없다. 이와미네는 이 표준어로 병사로서의 아이덴티티를 형성했던 것이겠고, 그러므로 병사로서의 치유도 또한 표준어로 이뤄질 수밖에 없었던 것이기 때문이다. 이것은 죽어서도 또한 메이저리티의 언어에 구속된다는 것이기도 하다.

혹은 오키나와전투 때 조선인이 '우군'에게 스파이 혐의 등으로 살해된 것으로 이야기를 돌리자면, 죽음을 당하기 직전, '군부'들은 "우리들은 일본인이다" "천황폐하 만세"라고 일본어로 외쳤다고 하는 증언이 남겨져 있다. 물론 살아남기 위한 방책이기도 했을 것이다. 하지만 다른 한편으로 "우리들은 일본이다" "천황폐하 만세"라는 외침은, 이와미네가 그랬던 것과 마찬가지로, 자신을 형성하는 언어로서도 기능할 뿐 아니라, 보다 우위에 있는 언어로서 일본어를 자리매김하는 것은 아니었겠는가.[18)]

이처럼 메이저리티의 언어는 구속성이 강한 것이다. 덧붙여서 그 구속력은 메이저리티만이 아니라 마이너리티도 내놓는 것이기도 하다. 『니이가타』에는 다음과 같은 장면에서 대사가 나온다.

기다려……	マテエ……
나는 —— 관둘래 ——	オレア——ヤメヤア——
조센[朝鮮]	チョウセン
관둘래——!	ヤメヤア——！(p.335=47)

배경은 6·25전쟁이 한참일 때 일본. 하청에 하청으로 나사를 만드는 조선인 가정이 있다. 하지만 그 나사는, 폭탄의 부품이 돼 조선반도를 폭격할 때 사용되는 것이다. 그 때문에 조선인 조직의 사람이 그 일을 그만두라고 설득하러 온다. 다만, 설득이 실패로 끝났을 때, 조직 사람들은 공장을 파괴하고 사라진다. 하지만, 공장의 파괴는 생활의 파괴이기도 했기에, 공장 주인이 인용된 말을 뱉어내는 것이다.

"조센/관둘래"라는 것은 여러 개의 뒤틀림을 안고 있다. 하나만 지적해 두자면, 조선인이 이용하는 일본어를 통해서 "조센"이 부정적이니 단어로서 언어에 등록된 것을 들 수 있다. 이는 "조센"이란

18) 더욱이 조선어 관점에서 다른 예를 들어보자면, 김시종은 황국소년이었던 자신이 조선인으로 돌아가는 계기가, 아버지로부터 이어받은 '조선어' 노래 〈클래멘타인의 노래〉였다고 종종 술회하고 있다. 하지만 정지영(鄭智泳) 감독의 『남영동 1985』(2012)에는 주인공 김종태를 콧노래를 부르며 고문하는 치안 본부의 사람이 등장하는데, 그 콧노래가 〈클래멘타인의 노래〉이다. 즉, 김시종에게 민족적 아이덴티티를 되돌려 놓은 노래, 고문의 노래로서 반전(反轉)당하고 있는 것이다.

단어가 메이저리티가 아니라, 마이너리티에 의해서도 계속적으로 억압을 받는 것이며, 결과적으로 조선인으로서의 '내'가 자기 자신을 일본어의 밑바닥으로 가라앉히는 것이기도 하다.

미야자와가 지적하고 있듯이, 김시종 시의 언어에 독특한 특징이 있는 것은 틀림없다. 하지만 그 단독적인 언어는 항상 위기와 서로 등을 맞대고 있는 것이기도 하다. 김시종의 언어의 '단독성'도 아내로부터의 소실의 위기에 노출돼 있지 않다고는 단언할 수 없다.

그렇기 때문에 김시종은 "일본어를 향한 복수"를 제창한다. 즉 일본어 아래로 가라앉은 타자를 부상시켜 '공유'하는 것이 그 노리는 바일 때, 그 '복수'라는 행위는 '우키시마마루'나 '지렁이'의 '드러내다'라는 운동과 연속되어 가는 것만이 아니라, 마이너리티마저 행사해버리는 일본어의 구속력을 해제하려고 하는 것이기 때문이다. 그런 의미에서 김시종의 일본어는 위험을 수반하면서, 서로 드러내기 위해, 드러나 있는 것이다.

『니이가타』의 마지막 일절은, 해석이 곤란한 부분이다. 이 '사내'란 누구인가, 혹은 무엇인가.

해구에서 기어 올라온	海溝を這い上がった
균열이	亀裂が
궁벽한	鄙びた
니이가타	新潟の
시에	市に
나를 멈춰 세운다.	ぼくを止どめる。

불길한 위도는	忌わしい緯度は
금강산 벼랑 끝에서 끊어져 있기에	金剛山の崖っぷちで切れているので
이것은	このことは
아무도 모른다.	誰も知らない。
나를 빠져나간	ぼくを抜け出た
모든 것이 떠났다.	すべてが去った
망망히 번지는 바다를	茫洋とひろがる海を
한 사내가	一人の男が
걷고 있다.	歩いている。(pp.475-6=178)

위에서 "뜨"는 "섬"인 '우키시마마루"를 상기시키는 대상으로서만이 아닌, 드러내야 할 역사적 사건을 운반하는 '배[舟]'라고도 말했다. 그런 것을 통해 대조해 보자면, '지렁이'의 (언어의) 굴착을 거쳐서 부상하는 김시종의 일본어도 또한, 하나의 '배'일 것이다. 그렇다면 '내' 분신이기도 한 이 '사내'도 또한 하나의 '배'이며, 드러나기 위해 정시(呈示)된 김시종의 일본어의 모습은 아니겠는가.

생각해 보면, "거대한 불침전함(不沈戰艦)"(야하라 히로미치[八原博通] 대좌의 수기)으로 여겨졌던 오키나와도, 대미 결전 최후의 요새로 또한 "빨갱이의 섬"으로 간주됐던 제주도도, 소생시켜야 할 사자(死者)들이 있는 한 '배'가 필요하다. 일본과 조선 사이의 배에는 '우키시마마루'만이 아니라, '쓰시마마루(對馬丸)'나 '말레이고(マレー號)', 뿐만 아니라 다른 '배'와 같이 가라앉는 무수한 사자들이 떠돌고 있다.

『니이가타』는 이러한 많은 —— 그 일부는 시적 언어가 되고,

또한 많은 부분은 앞으로 될지도 모르는, '배'들에 의해 구성되었고, 스스로도 침잠과 부상을 반복하는 '배'이다. 아마도, 곽형덕에 의한 번역도 또한, 『니이가타』라는 '배'를 한국어로 소생시키면서, 그 자신이 새롭게 부상한 '우키시마마루'일 것이다. 타자와 만나기 위해, 스스로도 타자로서 계속해서 드러나는, 배로서.

[곽형덕(郭炯德) 옮김]

08

재일조선인 김시종의 『장편시집 니이가타』의 문제의식

분단과 냉전에 대한 '바다'의 심상을 중심으로

고명철

1. 문제적 시집, 『니이가타』

최근 한국에서 디아스포라 문학에 대한 관심이 증폭되면서 재일조선인[1] 문학에 대한 연구의 일환으로 김시종을 주목하기 시작한 것은 때늦은 감이 없지 않다.[2] 그의 시선집 『경계의 시』(유숙자 역, 소화, 2008)가 한국어로 번역된 이후 그의 개별 시집 중 『니이가타』(곽형덕 역, 글누림, 2014)가 처음으로 완역됨으로써 그의 시세계에 대한 연구와 비평의 의욕을 북돋우고 있다. 사실, 『경계의 시』에서는 장편시집으로서 『니이가타』의 전모가 아닌 2부만 소개됨으로써

1) '재일조선인'이라는 명칭 외에 '재일 한국인', '재일 코리안', '재일 동포(혹은 교포)', '자이니치(在日)'라는 명칭이 병행하여 그 쓰임새에 따라 자의적으로 사용되고 있다. 필자는 그들의 역사적 존재를 고려하여, '재일조선인'이란 명칭을 사용하기로 한다. 여기에는 "국적에 관계없이 조국의 분단 구도 자체를 부정하며 그 어느 면의 정부 산하 단체에도 가담하지 않고 통일된 조국을 지향하는 사람들도 적지 않다. 따라서 재일조선인이란 냉전적 사고방식에서 벗어나 국적을 초월해 있으면서 일본에 살고 있는 한민족을 총칭하는 용어"(한일민족문제학회 편, 『재일조선인 그들은 누구인가』, 삼인, 2003, 216쪽)인바, "역사적 개념으로서는 역시 '재일조선인'으로 부르는 것이 정확하다고 생각"(윤건차, 박진우 외 역, 『교착된 사상의 현대사』, 창비, 2009, 163쪽)되기 때문이다.

2) 그동안 한국에서 소개된 김시종 시세계에 대한 연구는 다음과 같다. 호소미 가즈유키, 「세계문학으로서의 김시종」, 『지구적 세계문학』 4호, 2014년 가을호; 후지이시 다카요, 「장편시 『니이가타』를 니이가타에서 읽다」, 『제주작가』, 2014년 여름호; 오세종, 「『니이가타』를 읽기 위해」, 『제주작가』, 2014년 여름호; 호소미 가즈유키, 『디아스포라를 사는 시인 김시종』(동선희 역), 어문학사, 2013; 하상일, 「이단의 일본어와 디아스포라적 주체성」, 『재일 디아스포라 시문학의 역사적 이해』, 소명출판, 2011; 고명철, 「식민의 내적 논리를 내파하는 경계의 언어」, 『지독한 사랑』, 보고사, 2010; 유숙자, 「'틈새'의 실존을 묻는다」, 『경계의 시』 해설, 소화, 2008; 유숙자, 「민족, 재일 그리고 문학」, 『한림일본학연구』 제7집, 2002; 유숙자, 「재일 시인 김시종의 시세계」, 『실천문학』, 2002년 겨울호; 마쓰바라 신이치, 「김시종론」, 『재일한국인문학』(홍기삼 편), 솔, 2001; 호소미 가즈유키, 「세계문학의 가능성-첼란, 김시종, 이시하라 요시로의 언어체험」, 『실천문학』, 1998년 가을호.

『니이가타』를 총체적으로 이해할 수 없는 한계가 있었다. 이 글의 본론에서 상세히 논의되겠지만, 『니이가타』는 제주 4·3사건의 복판에서 생존을 위한 도일(渡日) 이후 일본 열도에서 재일조선인으로서 삶을 사는 김시종의 문제의식이 장편시로 써졌다. 이제 『니이가타』의 전모가 완역됨으로써 『니이가타』는 일본 시문학 영토에서만 논의되는 게 아니라 한국 시문학의 또 다른 영토에서 논의의 새로운 장을 마련하였다.

그렇다면, 김시종에게 시집 『니이가타』(1970)는 어떤 존재일까. 그리고 우리는 『니이가타』를 어떻게 읽어야 하며, 그래서 무엇을 읽을 수 있을까. 일본어로 써진 『니이가타』를 이미 연구한 호소미 가즈유키는 "일본 땅에서 고국을 남북으로 분단하는 북위 38도선을 넘는 것이 김시종의 이후 생애의 테마가 되고, 동시에 『장편시집 니이가타』의 근본 모티브"[3]라는 데 초점을 맞춰 『니이가타』를 매우 꼼꼼히 분석하였는가 하면, 오세종은 김시종의 시세계의 근간을 이루는 일본 시문학 고유의 이른바 '단가적(短歌的) 서정'을 김시종이 극복하는 것에 주목함으로써 김시종을 서구 '현대사상'의 계보와 연관성을 이루는 것으로 해명하였다.[4] 그리고 후지이시 다카

3) 호소미 가즈유키, 『디아스포라를 사는 시인 김시종』(동선희 역), 어문학사, 2013, 104쪽.

4) 호소미는 오세종의 이 같은 연구 성과(『リズムと敍情の詩學-金時鐘と'短歌的敍情の否定'』, 生活書院, 2010)를 주목한다. 다만, 호소미가 "『니이가타』를 '현대사상'의 한 예증으로 삼을 것이 아니라 『니이가타』에서 우리의 현대사상을 직조하는 것, 우리는 어렵더라도 이를 지향해야 하지 않을까"(호소미 가즈유키, 위의 책, 106쪽)라는 행간에 녹아 있는 비판의 핵심은 매우 유효하다고 생각한다. 그래서일까. 호소미의 매우 적실한 비판 이후 오세종은 최근에 발표한 그의 「『니이가타』를 읽기 위해」(『제주작가』, 2014년 여름호)에서는 김시종을 서구 현대사상의 한 사례로서 초점

요는 전후 일본에서 그 기반이 소실된 장편서사시가 김시종의 『니이가타』에서 김시종 특유의 리듬과 역사의식으로 태어나 "일본 현대서사시의 부활이기도 하다"[5]고 『니이가타』의 존재를 매우 높게 평가한다.

이처럼 『니이가타』에 대한 일본 연구자들의 논의는 일본 시문학사의 측면에서 초점을 맞춘 것이다. 그런데 번역된 『니이가타』를 읽는 것은 그들의 시좌(視座)에서는 온전히 볼 수 없는, 그래서 그들의 시계(視界)로는 온전히 이해하기 힘든 것을 탐침하는 작업이다. 왜냐하면 그들의 치밀한 분석이 『니이가타』의 시적 주체들을 '재일조선인=얼룩'[6]에 대한 현상학적 접근으로만 수렴시키는 것은 『니이가타』의 부분적 진실을 해명하는 데 그치고 있기 때문이다. 물론, 일본 시문학의 영토 안에서 이 문제의식을 해명하는 것은 매우 중요하다. 일본 사회에서 비국민(非國民)의 억압적 차별을 받는 재일조선인은 '얼룩'과 같은 존재라는 점에서 이것에 대한 시적 이해는 절실한 과제다. 하지만, 우리는 이러한 논의를 일본 시문학의 경계 바깥에서 또 다른 시계(視界)로 주목할 필요가 있다. 그것은 김시종의 전 생애를 관통하고 있는 핵심적 문제의식인

을 맞추는 게 아니라 재일조선인으로서 김시종이 구축한 시사상(詩思想)의 시적 고투를 펼치고 있는 것에 주목한다.

5) 후지이시 다카요, 「장편시 『니이가타』를 니이가타에서 읽다」, 『제주작가』, 2014년 여름호, 44쪽.

6) 김시종의 시집 『화석의 여름』(1998)에 수록된 시 〈얼룩〉은 재일조선인의 삶을 단적으로 표상하는 것 중 하나다. 가령, "얼룩은/규범에 들러붙은/이단(異端)이다/선악의 구분에도 자신을 말하지 않고/도려낼 수 없는 회한을/말(언어) 속 깊숙이 숨기고 있다"(〈얼룩〉 부분, 『경계의 시』, 소화, 2008, 159쪽)

'분단과 냉전을 극복'하는 그의 시적 고투에 초점을 맞추는 것이다. 여기에는 김시종의 역사적 트라우마인 '한나절의 해방'[7]의 역사적 실존의 감각으로부터 잉태한 자기혼돈이 그의 삶에 찰거머리처럼 들러붙어 있는 것과 무관하지 않다. 그는 일본 제국의 충실한 황국소년(皇國少年)으로서 제국의 번영을 자명한 것으로 간주해왔으나 그 일본 제국은 또 다른 제국인 미국에 패함으로써 그가 겪은 충격은 몹시 큰 것이었다. 특히 해방공간에서 미군정에 의한 친일파의 재등용은 일본 제국의 낡고 부패한 권력의 귀환이었고, 설상가상으로 제2차 세계대전 이후 재편되는 아시아태평양 질서의 틈새 속에서 미국과 소련으로 분극화된 한반도의 분단은 청년 시절의 김시종을 반미제국주의의 혁명운동에 동참하도록 하였다. 그 과정에서 제주의 4·3사건 와중에 그는 목숨을 건 도일(渡日)을 하였고, 재일조선인으로서 일본공산당에 입당하여 반미제국주의 혁명운동과 재일조선인 조직활동을 활발히 전개하였으나, '재일본조선인총연합회'(약칭 조총련)의 교조주의적 경직성에 직면하여 조총련을 탈퇴하였다. 이후 김시종은 말 그대로 재일조선인 작가 양

7) 김시종은 재일조선인 작가 김석범과 좌담을 나누는 자리에서 그에게 찾아온 해방의 그날, 그 충격을 '한나절의 해방'이라고 고백한다. "8월 15일이 해방의 날이라는 건, 저의 경우는 엄밀히 말하면 한나절의 해방이지요. 오전 내내 저는 제국, 황국소년이었어요. 되살아났다는 조국도 8월 15일 오전 중에는 아직 식민지통치하에 있었습니다. (중략) 정말 정오에 이르러서도 저의 그림자는 발밑에 머물러있었습니다. 자신을 생각할 때, '南中을 품은 남자'라고 생각합니다. 남중이라는 것은 해가 바로 위에 왔을 때, 정오지요. 정오에도 그림자는 발밑에서 북면으로 그림자를 만듭니다. 그러니까 8월 15일 하루 전부가 저의 해방이었던 게 아니라 엄밀히는 오전 내내는 황국소년이었던 저였어요."(김석범·김시종, 『왜 계속 써왔는가 왜 침묵해 왔는가』, 문경수 편, 이경원·오정은 역, 제주대학교출판부, 2007, 163쪽)

석일의 적확한 표현처럼 "남북조선을 등거리에 두고 자기검증을 시도"[8]한다.

여기서, 우리에게 시집 『니이가타』가 문제적인 것은 유소년 시절(10대)과 청년 시절(20대), 그리고 성인 시절(30대)에 이르는 김시종의 시대경험이 그의 "무두질한 가죽 같은 언어"[9]를 육화시켰고, 김시종 특유의 식민제국의 언어를 내파(內破)하는 '복수(復讐)의 언어'[10]로써 분단과 냉전의 질곡을 넘는 시적 고투를 펼치고 있다는 점이다. 이것은 제국의 지배(舊제국주의인 일본과 新제국주의인 미국) 아래 식민주의 근대를 경험하며 그 자체가 지닌 억압과 모순 속에서 반식민주의의 시적 실천을 수행하는 김시종의 시문학이 일본

8) 유숙자, 「재일 시인 김시종의 시세계」, 『실천문학』, 2002년 겨울호, 138쪽.

9) 김석범, 앞의 책, 130쪽.

10) 김시종은 기회가 있을 때마다 그의 일본어에 대한 자의식을 뚜렷이 드러낸다. 그 핵심은 재일 시인으로서 일본을 위한 맹목적 동일자의 삶을 완강히 거부하고, 오랜 세월 아시아의 식민 종주국인 일본 사회에 내면화된 식민 지배의 내적 논리에 균열을 냄으로써 마침내 그 식민 지배의 권력을 내파(內破)하는 것이다. 김시종의 시적 언어와 일상어는 이와 같은 원대한 과제를 해결하기 위해 일본 사회 내부에서 힘든 싸움을 벌이고 있다. 그리하여 그의 일본어는 아직도 일본 사회의 밑바닥에 침전돼 있는 식민 지배의 권력을 겨냥한 것이자, 자칫 일본 사회의 내적 논리에 그가 내면화될 것을 냉혹히 경계하는 자기결단의 '복수(復讐)의 언어'이며, '원한(怨恨)의 언어'인 셈이다. 필자는 김시종의 이러한 측면에 초점을 맞춰 김시종의 시선집 『경계의 시』를 분석한 바 있다(고명철, 「식민의 내적 논리를 내파하는 경계의 언어」, 『지독한 사랑』, 보고사, 2010). 김시종의 이 언어적 특질에 대해 일본의 평론가는 다음과 같은 예리한 통찰을 보인다. "잔잔하고 아름다운 '일본어'임과 동시에 어딘지 삐걱대는 문체라는 생각이 든다. 장중하면서도 마치 부러진 못으로 긁는 듯한 이화감이 배어나오는 문체. (중략) 만일 '포에지'라는 개념이 단순히 시적(詩的) 무드라는 개념을 넘어 지금도 시인 개개인의 언어의 기명성(記名性)의 표상으로 통용된다면 이 어딘지 삐걱대는 문체를 통해 이면으로 방사(放射)되고 있는 것을 일본어에 의한 일본어에 대한 '보복(報復)의 포에지'라 부를 수도 있을 것이다."(호소미 가즈유키, 「세계문학의 가능성」, 『실천문학』, 2002년 겨울호, 304~305쪽)

시문학의 경계 안팎에서 보다 래디컬한 시세계를 구축하고 있음을 보여준다.

우리는 김시종의 이러한 문제의식을『장편시집 니이가타』에 나타난 '바다'를 중심으로 살펴보고자 한다.

2. '신(新)제국-달러문명'의 엄습

김시종의 삶과 시에 드리운 제국의 식민지 근대의 빛과 어둠은 바다의 심상과 긴밀히 연관돼 있다. 얼핏 볼 때, 광막한 바다가 주는 평온함과 무경계성은 상호교류와 호혜평등의 어떤 원리를 품고 있지만, 역사상 제국의 권력들은 바다를 그들의 정치경제적 이해관계의 각축장으로 전도시켜왔다. 우리의 경우도 예외가 아니다. 김시종은『니이가타』에서 구(舊)제국인 일본을 대신하여 신(新)제국인 미국의 엄습을 예의주시한다.

오오 고향이여!
잠을 취하지 못하는
나라여!
밤은
동면으로부터
서서히
밝아오는 것이 좋다.
천만촉광(千萬燭光)
아크등(ark light)을 비추고

백일몽은
서면으로부터
바다를 건너
군함이 찾아왔다.
긴 밤의
불안 가운데
빛에 익숙하지 않은
우리들의
시계(視界)에
눈부시기만 한
달러문명을
비추기 시작했다.
내 불면은
그로부터 시작됐다.[11)]

―〈제1부 간기(雁木)의 노래 1〉 부분

김시종의 불면은 "서면으로부터/바다를 건너/군함이 찾아왔다."는 것과 무관하지 않다. 그 군함은 "천만촉광/아크등(ark light)"의 조도(照度)를 비추는데, 기실 그 아크등은 "우리들의/시계(視界)에/눈부시기만 한/달러문명을/비추기 시작했다."는 것과 밀접한 연관을 맺는다. 김시종의 시적 주체는 이 '달러문명'의 빛으로 차마 눈도 제대로 뜰 수 없고 잠도 온전히 잘 수 없을 뿐만 아니라 그에 상응하는 광폭한 어둠을 동반하고 있다는 모순을 잘 알고 있다. '달러문명'

11) 김시종, 『장편시집 니이가타』(곽형덕 역), 글누림, 2014, 24~25쪽. 이후 시의 부분을 인용할 때는 별도의 각주 없이 본문에서 시가 인용된 부분만을 밝히기로 한다.

의 빛이 광폭한 어둠을 동반하고 있다는 이 모순에 대한 시적 통찰이야말로 김시종의 시가 지닌 정치적 상상력을 주목해야 하는 이유다. 그것은 제주에서 일어난 4·3사건을 신구(新舊)제국주의의 교체 과정에서 '달러문명'으로 상징되는 신제국주의 미국의 지배 전략의 일환으로 인식하고 있는 김시종의 시적 응전을 주목해야 하는 이유이기도 하다.

일본 제국을 패전시킨 미국은 '달러문명'의 맹목을 향해 일본 제국과 또 다른 식민주의를 관철시키는 과정에서 도저히 일어나서는 안 될 반문명적·반인류적·반민중적 폭력을 극동아시아의 변방인 제주에서 자행하였다.[12] 말하자면, 김시종에게 바다는 제국의 권력이 자랑스러워하는 근대세계의 문명의 빛이 발산되는 곳이자 그 문명의 빛이 지닌 맹목성에 수반되는 어둠의 광기가 엄습하는 곳이다. 김시종은 이 양면성을 지닌 바다를 4·3사건의 끔찍한 참상으로 재현한다.

단 하나의
나라가
날고기인 채

12) 미군정 소속 경무부장 조병옥은 4·3봉기를 진압하기 위해 "대한민국을 위해서는 제주도 전토에 휘발유를 뿌리고 거기에 불을 놓아 30만 도민을 한꺼번에 태워 없애야 한다."(오성찬, 『한라의 통곡소리』, 소나무, 1988, 295쪽)는 반인류적 폭언을 내뱉었는가 하면, 당시 제주 지역 미군 총사령관으로 특명을 받은 최고지휘관인 미 20연대장 브라운 대령은 "원인에는 흥미가 없다. 나의 사명은 진압뿐이다."(조덕송, 「유혈의 제주도」, 『제주민중항쟁 3』, 소나무, 1989, 48쪽)라는 반인류적·반문명적·반민중적 폭력을 자행하였다.

등분되는 날.
사람들은
빠짐없이
죽음의 백표(白票)를
던졌다.
읍내에서
산골에서
죽은 자는
오월을
토마토처럼
빨갛게 돼
문드러졌다.
붙들린 사람이
빼앗은 생명을
훨씬 상회할 때
바다로의
반출이
시작됐다.
무덤마저
파헤쳐 얻은
젠킨스의 이권을
그 손자들은
바다를
메워서라도
지킨다고 한다.
아우슈비츠
소각로를

열었다고 하는
그 손에 의해
불타는 목숨이
맥없이
물에 잠겨
사라져 간다.

―〈제2부 해명(海鳴) 속을 3〉 부분

해방공간의 제주는 분명히 달랐다. 제주는 한반도의 일시적 분단이 아니라 영구적 분단으로 굳어질 수 있는 북위 38도선 이하 남면만의 단독선거를 통한 나라만들기에 동참하지 않았다. 제주는 도저히 인정할 수 없었다. 미군정에 의한 친일파의 재등용과 온전한 자주독립을 쟁취한 나라만들기의 숱한 노력들을 반공주의로 무참히 짓밟는, 과거 일본 제국주의와 또 다른 신제국주의 시대의 도래를[13] 부정하였다. 4·3항쟁은 이렇게 시작되었으며, 이 항쟁의 과정 속에서 수많은 제주인들은 생목숨을 잃었다.

13) 미국으로 대별되는 제국의 통치방식은 기존 유럽중심주의에 기반을 둔 구제국의 직접지배(프랑스)와 간접지배(영국)의 식민통치와 다른 신식민주의의 통치방식에 역점을 두는 것으로, 피식민지를 구제국의 식민통치로부터 독립을 시켜주지만 일정 기간 군정(軍政)을 수행한 이후 미국의 지배 헤게모니를 대행할 권력을 통해 새로운 식민통치를 시도한다. 여기서 미국이 전 지구적 자본주의 세계체제의 헤게모니를 장악하고 있음을 고려할 때, 기존 구제국으로부터의 "독립은 명백히 새로운 형태의 예속을, 그때까지만 해도 사회주의 이론에서만 분명히 해명되어 있었던 자본주의 권력의 경제체제에의 예속을 드러"(로버트 J.C.영, 『포스트식민주의 또는 트리컨티넨탈리즘』, 김택현 역, 박종철출판사, 2005, 92쪽)낸다. 그리하여 구제국의로부터 독립을 얻은 "민족 주권이란 실제로는 허구라는 것이며, 외관상 자율적인 민족 국가들의 체계란 사실상 국제 자본이 행사하는 제국주의적 통제 수단"(같은 책, 93쪽)으로 전락한다. 미국으로 대별되는 신제국주의 시대에 대해서는 Walter Lafeber, The New Empire, Cornell University Press, 1998 참조.

우리가 4·3사건과 관련하여 김시종의 『니이가타』에 주목하는 것은 이 같은 제주인의 역사적 희생과 4·3사건에 대한 문학적 진실이 그동안 지속적으로 제기된 대한민국 정부수립 과정에서 생긴 무고한 양민에 대한 국가권력의 폭력으로만 이해하는 것을 '지양'하기 위해서다. 김시종이 뚜렷이 적시하고 있듯, 4·3사건은 절해고도 제주에서 우발적으로 일어난 국가권력의 폭력 양상을 넘어선 미국과 일본의 신구제국의 권력이 교체되는 동아시아의 국제질서를 면밀히 고려해야 한다. 따라서 김시종에게 바다는 이 같은 국제질서의 대전환 속에서, 특히 미국의 아시아태평양에 대한 세계전략 아래 제주를 살욕(殺慾)의 광란으로 희생양 삼는 비극의 모든 현장을 묵묵히 응시해온 역사적 표상 공간으로 인식된다. 김시종은 일본 제국도 그렇듯이 미국도 스스로 제국의 이해관계를 관철시키기 위해서는 그 과정에서 조금이라도 방해가 되는 대상을 제거하는, 그리하여 목숨을 물화(物化)시켜버리는 것에 대한 자기합리화의 반문명적 모습을 바다를 통해 뚜렷이 인식한다. 때문에 김시종은 19세기 말 조선의 문호를 강제 개방하기 위해 흥선대원군의 부친 묘를 도굴하는 패륜적 만행을 저지른 미국의 손("젠킨스의 이권")과, 히틀러의 반인류적 살상을 멈추게 한 미국의 손("아우슈비츠/소각로를/열었다고 하는/그 손")이 얼마나 모순투성인지를 극명히 보여준다. 그 미국의 손에 의해 제주의 생목숨들은 바다로 끌려가 죽음을 맞이했다.

『니이가타』의 4·3에 대한 문학적 진실을 향한 탐구의 가치는 바로 여기에 있다. 한국에서 이른바 4·3문학에 대한 괄목할 만한 성취가 없는 것은 아니되,[14] 대부분은 대한민국 정부수립 과정에서 국가권력의 과잉에 따른 무고한 양민을 대상으로 한 폭력의 양상에 초점을 맞췄다. 그러다보니 정작 심도 있게 접근해야 할 4·3사건을 에워싸고 있는 또 다른 문제, 즉 미국의 아시아태평양을 대상으로 한 세계전략에 대한 문학적 진실의 탐구가 다각도로 이뤄지고 있지 못한 게 엄연한 현실이다.[15] 이것은 그만큼 아직도 한국 사회 내부에서는 4·3사건과 관련한 미국의 개입 여부와 그 구체적 양상에 따른 문제를 파헤치는 데 따른 정치적 어려움과 무관하지 않다는 것을 방증해준다. 사실, 기회가 있을 때마다 제기되는 문제이듯, 4·3문학이 답보 상태에 머문 데에는 4·3사건에 대한 다양하고도 심도 있는 새로운 접근과 해석이 요구되는데, 그 중 피해갈 수 없는 것 하나가 김시종의 『니이가타』에서 곤혹스레 대면하고 있는 제주 바닷가 해안에 밀어 올려진 물화된 4·3의 죽음[16]

14) 현기영의 단편 〈순이 삼촌〉(1978)이 발표된 이후 모든 문학 장르에서 4·3에 대한 역사적 진실 탐구는 지속적으로 진행되고 있다. 그 숱한 성과들 중 4·3의 직접 당사자인 제주문학인들이 일궈낸 4·3문학의 성과와 그 중요성을 아무리 강조해도 지나치지 않다. 특히 (사)제주작가회의가 꾸준히 펴낸 시선집 『바람처럼 까마귀처럼』(실천문학, 1998), 소설선집 『깊은 적막의 꿈』(각, 2001), 희곡선집 『당신의 눈물을 보여주세요』(각, 2002), 평론선집 『역사적 진실과 문학적 진실』(각, 2004), 산문선집 『어두운 하늘 아래 펼쳐진 꽃밭』(각, 2006) 등은 그 대표적 성과다.

15) 이와 관련하여 비록 그 접근 시각에서 단순화된 면이 없지 않으나 이른바 '국가보안법 시대'라고 불리운 전두환 정권 시절 무크지 『녹두서평』 창간호(1986. 3)에 수록된 이산하의 장편연작시 〈한라산〉 1부에는 4·3항쟁과 미국의 관련이 처음으로 제기되었다. 이것으로 인해 이산하는 국가보안법 위반으로 필화사건에 휘말린다. 이후 이산하는 〈한라산〉을 완결시키지 못한 채 『한라산』(시학사, 2003)을 간행하였다. 이산하 외에 특기할 만한 또 다른 시도로 김명식의 4·3민중항쟁서사시 『한락산』(신학문사, 1992)도 기억해둘 필요가 있다.

16) 김시종은 『니이가타』의 '제2부 해명 속을'의 곳곳에서 4·3의 죽음이 섬찟하게 물화(物化)된 채 제주 바닷가 해안 도처에 흩어져 있는 그로테스크한 모습을, 그 특유의 뚝뚝 끊어진 건조한 서정으로 형상화한다. 그 몇 대목을 소개해본다. "날이 저물고/

이 핏빛바다로 물들게 한 '달러문명'의 종주국 미국을 뚜렷이 인식할 뿐만 아니라 그에 대한 다각적 접근이 뒤따라야 한다는 점이다. 그렇다면, 김시종의 『니이가타』는 기존 4·3문학에게는 또 다른 반면교사의 몫을 충실히 수행하고 있는 셈이다.

3. 일본 열도의 바다, '재일(在日)하다'의 문학적 진실

김시종의 『니이가타』에는 우리가 주목해야 할 또 다른 바다가 있다. "병마에 허덕이는/고향이/배겨 낼 수 없어 게워낸/하나의 토사물로/일본 모래에/숨어 들었다."(〈제1부 간기의 노래 1〉)는 행간에 녹아 있는 김시종 개인의 역사적 현존성과, "개미의/군락을/잘라서 떠낸 것과 같은/우리들이/징용(徵用)이라는 방주[箱舟]에 실려 현해탄(玄海灘)으로 운반된 것은/일본 그 자체가/혈거 생활

날이/가고/추(錘)가 끊어진/익사자가/몸뚱이를/묶인 채로/무리를 이루고/모래사장에/밀어 올려진다./남단(南端)의/들여다보일 듯한/햇살/속에서/여름은/분별할 수 없는/죽은 자의/얼굴을/비지처럼/빚어댄다./(중략)/조수는/차고/물러나/모래가 아닌/바다/자갈이/밤을 가로질러/꽈르릉/울린다./밤의/장막에 에워싸여/세상은/이미/하나의 바다다./잠을 자지 않는/소년의/눈에/새까만/셔먼호가/무수히/죽은 자를/질질 끌며/덮쳐누른다."(〈제2부 해명 속을 2〉 부분) 이러한 시적 형상화는 김시종이 일본에서 강연한 다음과 같은 고백을 기반으로 한 것이다. "게릴라 편에 섰던 민중을 철사로 묶어 대여섯 명씩 바다에 던져 학살했는데, 그 사체가 며칠 지나면 바닷가에 밀려와요. 내가 자란 제주도 성내(城內)의 바닷가는 자갈밭인데, 바다가 거칠어지면 자갈이 저걱저걱 울리는 소리가 나지요. 거기에 철사로 손목이 묶인 익사체가 밀려오는 거죠. 오고 또 오고…. 바다에 잠겼으니까 몸은 두부 비지 같은 형상으로 파도가 칠 때마다 방향이 바뀌고, 피부가 줄줄 떨어져요. 새벽부터 유족들이 삼삼오오 모여 와서 사체를 확인해요."(김시종, 「기억하라, 화합하라」, 『圖書新聞』, 2000. 5. 27; 호소미 가즈유키, 『디아스포라를 사는 시인 김시종』, 131쪽 재인용)

을 어쩔 수 없이 해야 했던 초열지옥(焦熱地獄)"(〈제2부 해명 속을 1〉)을 경험한 식민지 조선인들의 역사적 현존성을 동시에 표상하는 바다가 그것이다. 이 바다의 표상을 포괄하는 것으로 우리는 재일조선인의 삶을 '재일(在日)하다'란 새로운 동사로 이해해야 한다. 왜냐하면 "재일이라는 것은 일본에서 태어나고 자란 것만이 재일이 아니라 과거 일본과의 관계에서 일본으로 어쩔 수 없이 되돌아온 사람도 그 바탕을 이루고 있는 '在日'의 因子"[17]라는 점을 소홀히 간주해서 안 되기 때문이다. 사실 김시종의 이 같은 '재일'에 대한 인식이야말로 재일조선인을 에워싼 중층적 역사적 조건[18]을 면밀히 고려한 문학적 상상력의 산물이다. 그리하여 김시종은 이 '재일하다'란 동사가 함의하는 문학적 진실을 일본 열도의 바다에 대한 정치적 상상력을 통해 치열히 탐구한다.

우선, 주목해야 할 것은 1945년 8월 22일 일본 근해에서 우키시마마루 운송선의 침몰에 대한 김시종의 역사적 통찰에 깃든 문학적 진실의 울림이다. 8·15 해방을 맞이한 후 자의반타의반 일본 제국의 권력에 포획된 조선인들은 "미칠 것 같이 느껴지는/고향을/나눠 갖고/자기 의지로/건넌 적이 없는/바다를/빼앗겼던 날들로/되돌아간다./그것이/가령/환영(幻影)의 순례[遍路]라 하여도/가로막을 수 없는/조류(潮流)가/오미나토(大湊)를/떠났다." 그런데 "막다

17) 김시종·김석범, 앞의 책, 163쪽.

18) 재일조선인은 "역사 서술의 주체 세력 입장에서 볼 때, 대부분 무학에 빈곤했던 이들은 **계급적 약자**였으며, 영토 밖에 거주하는 이들은 **공간적 약자**였고, 일본 문화에 어설픈 형태로 동화된 이들은 **문화적 약자**였다. 무엇보다도 민족적 범주의 변방에 위치한 그들은 **민족적 약자**였다."(이붕언, 『재일동포 1세, 기억의 저편』, 윤상인 역, 동아시아, 2009, 9쪽, 강조-인용자)

른 골목길인/마이즈루만(舞鶴灣)을/엎드려 기어/완전히/아지랑이로/뒤틀린/우키시마마루(浮島丸)가/어슴새벽./밤의/아지랑이가 돼/불타 버렸다./오십 물 길./해저에/끌어당겨진/내/고향이/폭파된/팔월과 함께/지금도/남색/바다에/웅크린 채로 있다."(〈제2부 해명 속을 1〉)

김시종에게 우키시마마루의 침몰 사건[19]은 대단히 중요하다. 우키시마마루는 일본 제국의 지배권력으로부터 해방감에 충일된 조선인들이 꿈에 그리던 고향으로 가는 귀국선이다. 따라서 이 귀국선에 승선한 조선인들이 돌아가는 바다는 새로운 희망에 벅찬 말 그대로 싱싱한 기운이 감도는 바다일 터이다. 하지만 그들의 바다는 이 삶의 희망을 쉽게 허락하지 않았다. 어찌된 영문인지 우키시마마루는 폭탄이 터지면서 승선자의 절반 이상이 미확인 희생자로서 아직도 인양되지 않은 채 일본 열도의 심해에 가라앉아 있다. 이렇게 제국의 지배권력은 완전히 소멸하지 않은 채 소름끼칠 정도로 그 두려움의 실체를 마지막까지 피식민지인들에게 고스란히 보인다. 분명, 일본 제국의 식민주의는 태평양전쟁의 종전으로 현상적으로 종언을 고했으되, 그 제국의 포악한 지배권력은 쉽게 소멸하지 않는다. 김시종은 이 귀국선 침몰로부터 이후 재일조선인이 일본 사회에서 비국민(非國民)의 차별적 삶을 살아가야 하는, '재일(在日)하다'의 정치사회적 징후를 예지한다.[20]

---

19) 우키시마마루는 태평양전쟁 중 일본 해군에서 쓰인 감시선이었다가 전쟁 직후 1945년 8월 23일 일본 동북지방에 징용됐던 조선인을 해방된 조선으로 귀국시키기 위한 목적으로 쓰였다. 우키시마마루는 아오모리현 오미나토항에서 부산으로 떠나다가 중간에 들른 마이즈루만에서 원인 모를 폭파로 침몰했다.

그런데 『니이가타』에서 우리에게 각별히 다가오는 '재일하다'와 관련한 또 다른 귀국선이 있다. 1959년부터 1984년까지(중간에 일시 중단된 적도 있음) 일본 혼슈(本州) 중부 지방 동북부의 동해에 위치한 니이가타현의 니이가타항에서 북한을 오갔던 귀국선이 그것이다. 특히 북위 38도선 근처에 위치한 니이가타항은 38도선이 단적으로 상징하듯, 한국전쟁의 휴전으로 인한 국제사회의 냉전 대결구도의 팽팽한 긴장이 흐르는 최전선을 넘나들 수 있는 곳이다. 그래서 생각하기에 따라서는 니이가타는 한반도의 분극 세계를 한순간 무화시킬 수 있는 냉전과 분단을 넘어 통일과 화합을 추구하는 정념의 바다를 만날 수 있는 어떤 초극적 경계다.

북위 38도의
능선(稜線)을 따라
뱀밥과 같은
동포 일단이
흥건히
바다를 향해 눈뜬
니이가타 출입구에

20) 김시종은 일본 정부가 인양하지 않는 우키시마마루 침몰선에서 경제적 이익을 도모하려는 잠수부의 눈에 비친 재일조선인 희생자의 모습과 심해의 침몰선에서 죽은 원혼이 바다 밖 권양기에서 떨어지는 해저의 물방울로 표상하는 것을 통해 일본의 비국민(非國民)으로서 펼쳐질 질곡의 삶을 응시한다. "흐릿한 망막에 어른거리는 것은/삶과 죽음이 엮어낸/하나의 시체다./도려내진/휑곽 깊은 곳을/더듬어 찾는 자신의 형상이/입을 벌린 채로/산란(散亂)하고 있다./역광에/높이높이/감겨 올라간 원념(怨念)이/으르렁대는/샐비지 윈치에/거무스름한/해저의 물방울을/떨어지게 할 때까지./되돌아오는/거룻배를 기다리는 것은/허공에 매달린/정체 없는/귀로다."(〈제2부 해명 속을 4〉 부분)

싹트고 있다.
배와 만나기 위해
산을 넘어서까지 온
사랑이다.

—〈제3부 위도가 보인다 1〉 부분

구름 끝에 쏟아진다는
흐름이 보고 싶다.
네이팜에 숯불이 된
마을을
고치고
완전히 타버린
코크스(해탄) 숲의
우거짐을 되살린
그 혈관 속에
다다르고 싶다.

—〈제3부 위도가 보인다 1〉 부분

4·3항쟁에 이어 도일(渡日)한 후 일본공산당에 가입하고 조총련의 조직 활동 속에서 반미투쟁을 벌인 경험이 있는 김시종이 조총련을 탈퇴하기 전까지 관념의 이념태로서 친북성향을 보인 것은 사실이다. 김시종뿐만 아니라 그와 같은 동시대를 살았던 진보적 재일조선인들 상당수는 대동소이하였다.[21] 그런데 우리가 김시종

21) 한국전쟁 시기 진보적 재일조선인운동에 대해 일본의 카지무라 히데키는 "일본에서 미군에 대해 과감한 저항투쟁이 재일조선인에 의해 전개되었고, 일본공산당도 일시

에게 각별히 주목해야 할 것은 그가 반미투쟁을 통해 염원하는 세계는 서로 다른 국가로 나뉜 분단 조국이 아니다. 양면이 각자 정치사회적 순혈주의를 내세우며 어느 한 면을 일방적으로 압살하는 그런 폭력과 어둠의 세계가 아니다. 이와 관련하여, 우리는 "출생은 북선(北鮮)이고/자란 곳은 남선(南鮮)이다./한국은 싫고/조선은 좋다." "그렇다고 해서/지금 북선으로 가고 싶지 않다." "나는 아직/순도 높은 공화국 공민으로 탈바꿈하지 못했다…."(〈제3부 위도가 보인다 2〉)는 시행들 사이에 참으로 많은 말들이 떨린 채 매듭을 짓지 못하고 어떤 여운과 침묵을 남길 수밖에 없는 김시종의 문학적 공명(共鳴)을 감지할 필요가 있다. 우리는 『니이가타』가 김시종의 조총련의 교조주의적 경직성에 대한 환멸을 경험한[22] 이후 쓰였고, 시집의 출간 역시 힘들게 이뤄진 섬을 고려힐 때,[23] 그가 니

적이지만 반미 무장투쟁 노선을 취하고 있었습니다. (중략) 재일조선인 운동을 수동적인 것으로만 파악하고, 지도받아 할 수 없이 전면에 동원되어 갔다는 식으로만 조선인의 생각을 파악해서는 안 될 것입니다."(가지무라 히데키, 『재일조선인운동』, 김인덕 역, 현음사, 1994, 58쪽)고 하여 재일조선인의 반미투쟁을 주목한 바 있다. 여기서 쉽게 간과할 수 없는 것은 한국전쟁 도중 진보적 재일조선인의 이러한 친북 성향의 반미투쟁은 그 당시 역사적 상황에서 일본 제국주의의 또 다른 판본인 미국에 의한 신제국주의 시대의 도래로 민족의 분단을 외국에서 방관할 수 없다는 반전운동의 일환으로서의 문제의식이 자리하고 있었다. 한국전쟁 도중 재일조선인 운동의 구체적 양상과 역사적 의미에 대해서는 도노무라 마사루, 『재일조선인 사회의 역사학적 연구』, 신유원·김인덕 역, 논형, 2010, 475~481쪽 참조.

22) 김시종은 김석범과의 좌담에서 그가 주축이 돼 1952년에 창간한 시 동인지 『진달래』에 발표된 시와 에세이로 인해 조총련의 비판을 받은 후 북한의 김일성 개인숭배에 대한 문제 제기를 경험하면서 북한과 조총련의 교조주의적 사회주의에 대한 깊은 환멸을 경험한다. 이에 대해서는 김시종·김석범, 앞의 책, 124~127쪽 참조.

23) 김시종은 조총련을 탈퇴한 이후 재일조선인으로서 한반도의 남과 북에 대한 등거리 비판적 시선을 지니면서 『장편시집 니이가타』를 집필하고 있었다. 『니이가타』 한국어판 간행에 붙이는 글에서 그는 귀국선 사업이 시작될 무렵 이 시집은 거의 다 쓰인

이가타에서 출발하는 귀국선, 곧 북송선의 귀국사업에 대해 비판적 거리를 두고 있음을 간과해서 곤란하다.

이와 같은 김시종의 비판적 거리두기는 1960년대 초반 조총련 계열의 재일조선인 시, 가령 강순의 장시 〈귀국선〉에서 "나더러 오라 하시니/나 무엇을 서슴하리오/나더러 오라 하시니/목메여 가슴 설레임이여/나더러 날아 오라 하시니/온 몸이 나래 되어 퍼덕임이여"와 같은 시구가 내장한 조선민주주의인민공화국을 향한 맹목적 정염[24)]과 비교해보면, 김시종이 얼마나 귀국사업에 대해 냉철한 이성을 벼리고 있는가를 알 수 있다. 그렇다면 김시종에게 이러한 북송 귀국선은 해방의 기쁨을 간직한 재일조선인들이 조국에 미처 돌아가지 못하고 심해에 침몰된 우키시마마루처럼 조국에 선뜻 귀환하지 못한 환멸과 비애의 정감으로 '얼룩'된 재일조선인의 또 다른 '재일하다'의 정치사회적 징후를 표상한다고 해도 과언이 아니다. 여기서 주목해야 할 것은 귀국사업이 인도주의란 미명 아래 일본 정부와 일본적십자사가 주도한 것으로, 전후 일본 사회에 팽배한 국가주의와 국민주의를 관철시키기 위한 일환으로 일본 사회의 골칫거리인 재일조선인에 대한 처리 문제를 해결하는 데 초

상태였는데, 조총련 탈퇴 이후 "모든 표현행위로부터 핍색(逼塞)을 강요당했던 터라, 오로지 일본에 남아 살아가고 있는 내 '재일'의 의미를 스스로 생각해 발견해야만 하는 입장"을 숙고하면서 일본에서 1970년에 출판될 때까지 거의 10년이라는 세월이 흘러갔다고 한다.

24) 물론, 강순의 시세계 전반이 이렇다는 것은 결코 아니다. 하지만 1955년 조총련이 결성된 직후부터 1960년대 초반 조총련 산하 '문예동'의 노선에 충실한 시기까지 그는 조총련 애국사업을 위한 선전선동과 북한에 대한 찬양 시를 써왔다. 이에 대해서는 하상일, 「재일 디아스포라의 민족정체성과 실존의식」, 『재일 디아스포라 시문학의 역사적 이해』, 소명출판, 2011, 166~172쪽.

점을 맞춘 것이었다.[25] 그런데 이와 더불어 북한이 남한과의 체제 경쟁에서 북한 역시 귀국사업을 통해 북한식 국가주의와 국민주의를 한층 공고히 했다는 것은 이 사업이 전후 일본과 한국전쟁 이후 북한이 서로 의도하지 않았음에도 불구하고 '조국지향형 내셔널리즘'을 공모하고 있는바, 그렇다면 일본 혹은 북한에서 재일조선인이 향후 심각히 맞닥뜨릴 비국민(非國民)과 관련한 차별적 문제를 잉태하고 있었던 것이다. 이러한 정치사회적 징후를 김시종은 "정지한 증오의/응시하고 있는/눈동자"(〈제3부 위도가 보인다 4〉)를 통해 통찰하고 있는 것이다.

4. 냉전과 분단의 위도를 가로지르는 바다

『니이가타』는 다음과 같이 대미를 장식한다.

해구(海溝)에서 기어 올라온
균열이

25) 일본 정부에 의한 귀국사업이 본격적으로 실시되기 전 출간된 일본적십자의 출간물의 다음과 같은 발언은 귀국사업이 일본의 철저한 국가주의와 국민주의의 일환이라는 것을 단적으로 말해준다. "일본 정부는 확실히 말하면 성가신 조선을 일본에서 일소함으로써 이익을 갖는다", "일본에 있는 조선인을 전부 조선으로 강제 송환할 수 있었다면 (중략) 일본의 인구과잉 문제에서 볼 때 이익인지 아닌지는 잠깐 제쳐 놓고라도 장기적으로 보았을 때 일본과 조선 사이에 일어날 수 있는 분쟁의 씨앗을 미리 제거하는 것이 되어 일본으로서는 이상적인 것이다."(일본적십자사, 『在日朝鮮人歸國問題の眞相』, 일본적십자사, 1956, 9~10쪽; 도노무라 마사루, 『재일조선인 사회의 역사학적 연구』, 486쪽 재인용)

궁벽한
니이가타
시에
나를 멈춰 세운다.
불길한 위도는
금강산 벼랑 끝에서 끊어져 있기에
이것은
아무도 모른다.
나를 빠져나간
모든 것이 떠났다.
망망히 번지는 바다를
한 사내가
걷고 있다.

—〈제3부 위도가 보인다 4〉 부분

김시종은 "망망히 번지는 바다를" "걷고 있다." 김시종은 제국의 식민지배 권력이 군림하는 바다의 운명과 함께 하고 있다. 구제국주의 일본에 이은 신제국주의 미국의 출현은 식민지 근대의 빛과 어둠을 지닌 채 재일조선인으로서 '재일하다'의 동사에 대한 문학적 진실의 탐구를 그로 하여금 정진하도록 한다. 그 구체적인 시작(詩作)을 그는 북위 38도에 위치한 일본의 니이가타에서 혼신의 힘을 쏟았다. 이 혼신의 힘은 『니이가타』의 서문격이라 할 수 있는, "깎아지른 듯한 위도(緯度)의 낭떠러지여/내 증명의 닻을 끌어당겨라." 하는, 엄중한 자기 결단의 주문에 표백돼 있다.

우리는 『니이가타』를 통해 김시종의 '증명'이 무엇인지 이해할 수 있다. 그의 '증명'은 "불길한 위도"에서 읽을 수 있듯, 20세기 냉전질서에 기반한 신제국의 권력에 의해 북위 38도에 그어진 식민지배의 구획선 자체가 비정상적인 것이며, 이렇게 획정된 위도 때문에 분단을 영구히 고착시킬 수 있는, 지극히 위험하고 불길한 위도로 지탱되어서는 안 된다는 시인의 염결성을 의미한다. 따라서 이 염결성의 내밀한 자리에는 김시종이 4·3항쟁의 복판에서 도일(渡日)하여 언어절(言語絕)의 지옥도를 벗어나 목숨을 연명한 것에 대한 자기연민을 벗어나 한때 반미투쟁의 혁명운동을 실천하면서 조국의 영구분단에 대한 저항은 물론, 재일조선인으로서 '재일하다'가 함의한 중층적 문제를 해결하기 위한 문학적 진실이 오롯이 남아 있다.

사실, "『니이가타』의 마지막 일절은 해석이 곤란한 부분이다."[26] 고 하는데, 그것은 『니이가타』에 나타난 '바다'에 대한 시인의 이와 같은 정치사회적 상상력을 간과했기 때문이다. 어떻게 보면 김시종 시인은 『니이가타』의 대미를 장식하는 이 마지막 시구를 위해 이 장편시를 썼는지 모른다. 여기에는 이 시집의 제목을 '니이가타'로 설정한 시인의 뚜렷한 이유가 있는 것이다. 잠시 '니이가타'가 놓여 있는 지질적 특성을 눈여겨볼 필요가 있다. "해구에서 기어 올라온/균열"에 위치한 '니이가타'란 지역은 동북 일본과 서남 일본을 둘로 나누는 화산대의 틈새다. 이곳은 북위 38도선과 포개진다. 말하자면 이 화산대의 틈새로 일본 열도는 둘로 나뉘며(동북 일본/서남 일본), 김시종의 조국은 북위 38도선에 의해 둘로 나뉘고 있다(대한민국/조선민주주의인민공화국). 묘한 동일시가 아닌

26) 오세종, 「『니이가타』를 읽기 위해」, 앞의 책, 66쪽.

가. 이 '니이가타–틈새'에서 김시종은 현존한다. 그리고 이것은 김시종의 '바다'로 표상되는 정치사회적 상상력, 즉 재일조선인으로서 이중의 틈새와 경계–일본 국민과 비(非)국민, 대한민국과 조선민주주의인민공화국 '사이'에 존재하는 것을 드러낸다.

그런데 여기서 간과할 수 없는 것은 김시종의 이 같은 시적 상상력은 이 틈새[27]와 경계, 바꿔 말해 냉전의 분극 세계뿐만 아니라 국가주의 및 국민주의에 구속되지 않고 이것을 해방시킴으로써 그 어떠한 틈새와 경계로부터 구획되지 않는, 그리하여 막힘없이 절로 흘러 혼융되는 세계를 표상하는 바다 위를 걷는 시적 행위를 보인다는 점이다. 다시 말해 "망망히 번지는 바다를/한 사내가/걷고 있다."는 것은 재일조선인으로서 냉전과 분단의 현실에 고통스러워하는 김시종의 시적 고뇌를 보여주되 그 현실적 고통을 아파하는 것에 머물지 않고 극복하고자 하는 시적 의지의 결단력을 보여준다. 이것은 한반도를 에워싸고 있는 분단체제에 균열을 내고 급

27) 사실, 김시종의 시세계 전반을 이해하는 데 '틈새'는 매우 중요한 핵심이다. '틈새'는 제주 4·3의 화마를 벗어나 일본 열도로 피신한 이후 조금도 경험해본 적 없는 '재일조선인'으로서 김시종의 현존을 성찰하도록 한 시적 메타포다. 가령, 다음과 같은 시의 부분에서 '틈새'에 놓인 김시종의 시작(詩作)에서 그만의 독특한 '복수(復讐)의 언어'로서 일본어의 기원을 생각해볼 수 있다. "애당초 눌러앉은 곳이 틈새였다/깎아지른 벼랑과 나락을 가르는 금/똑같은 지층이 똑같이 움푹 패어 마주 치켜 서서/단층을 드러내고도 땅금이 깊어진다/그걸 국경이라고도 장벽이라고도 하고/보이지 않는 탓에 평온한 벽이라고도 한다/거기엔 우선 잘 아는 말(언어)이 통하지 않아/촉각 그 심상찮은 낌새만이 눈과 귀가 된다"(김시종, 〈여기보다 멀리〉 부분, 『경계의 시』, 유숙자 역, 소화, 2008, 163쪽) 이러한 '틈새'의 시적 메타포가 『장편시집 니이가타』에서는 북위 38도에 위치한 '니이가타'란 구체적 지명과 맞물리면서 김시종의 정치사회적 상상력을 점화시킨 것이다. 김시종의 '틈새'에 대해서는 '마이니치(毎日) 출판문화상'을 수상한 에세이집 『「在日」のはざまで』(平凡社, 1986)에 피력돼 있다.

기야 분단에 종언을 고하고 평화체제를 구축하고자 하는 재일조선인으로서 정치사회적 욕망이 고스란히 투영된 시적 행동이다.

5. 남는 과제

이상으로 재일조선인 김시종의 『장편시집 니이가타』에 나타난 '바다'를 중심으로 냉전과 분단을 넘는 그의 시적 고투를 살펴보았다. 일제 강점기 원산에서 태어나 황국소년으로서 유소년시절을 보낸 김시종은 청년시절 제주에서 4·3사건을 직접 경험하고 그 복판에서 생존하기 위한 도일(渡日)의 험난한 과정을 겪으면서 재일조선인의 삶을 살아왔다. '재일(在日)하다'의 동사에서 단적으로 드러나듯, 일본에서 김시종의 삶은 한때 일본 제국주의의 피식민인으로서 억압적 차별 아래 일본의 비국민(非國民)이란 민족적 차별을 온몸으로 감내하였다. 더욱이 그는 4·3사건으로 표면화된 대한민국 정부수립 과정에서 구제국주의 일본에 이어 등장한 신제국주의 미국에 의해 새롭게 재편되는 아시아태평양의 정치경제적 헤게모니에 따른 한반도 분단의 고통을 겪고 있다. 여기서 간과할 수 없는 것은 김시종의 『니이가타』의 '바다'의 심상과 관련한 정치적 상상력에서 보이듯, 재일조선인으로서 그는 한반도의 분단으로 이뤄진 대한민국과 조선민주주의인민공화국에 대해 모두 비판적 거리를 두면서 분단과 냉전을 극복한 세계를 추구한다. 이 과정에서 그는 재일조선인을 짓누르는 일본의 국민주의와 국가주의에 기반을 둔 억압적 차별의 문제점을 예각적으로 묘파한다.

그리하여 김시종의 “재일조선인문학이 역사를 짊어지게 되면서 현재화(懸在化)하는 폭력과 멸시의 체계로서의 일본어의 한복판에 있다는 사실”[28]은 문제적이다. 비록 그는 그의 모어(母語)인 한국어로써 창작 활동을 하고 있지 않아 한국의 국민문학으로서 필요조건을 충족시켜주지는 못하지만, 그렇다고 세련되고 잘 다듬어진 일본어로써 창작 활동을 하여 일본의 국민문학을 풍요롭게 해주는 것도 아니지만, 바로 그렇기 때문에 김시종의 시문학은 한국문학과 일본문학의 ‘틈새’(혹은 ‘경계’)에서 이들 문학과 다른 김시종만의 시문학세계를 구축할 수 있는 것이다.

그동안 한국문학은 분단과 냉전에 대한 가열한 문학적 대응을 펼쳐오면서 지구화시대에 걸맞은 새로운 문제에 직면해 있다. 글을 맺으면서, 김시종의 『니이가타』로부터 이 문제와 연관된 한국문학의 전망을 향한 어떤 시사점을 남는 과제로 생각해본다. 김시종에게 한반도에 드리운 분단과 냉전의 질곡은 신구제국의 교차로부터 기원한다. 이것은 한반도의 분단을 지구적 시계에서 좀 더 래디컬하게 접근할 필요가 있다는 것이다. 그리고 이 분단의 맥락 속에서 재일조선인이 겪는 분단과 냉전의 정치사회적 상상력은 국민주의와 국가주의에 기반을 둔 억압적 차별에 따른 문제점을 새롭게 인식하도록 한다. 덧보태고 싶은 것은 그의 이러한 시적 상상력은 이 모든 것들이 기반을 두고 있는 구미중심주의 ‘근대의 국민문학’을 넘어 새로운 세계문학의 도래의 가능성을 지니고 있다는 점

28) 다카하시 도시오, 『아무도 들려주지 않았던 일본 현대문학』(곽형덕 역), 글누림, 2014, 350쪽.

이다.[29] 분단과 냉전에 맞서는 김시종의 시문학에 우리가 관심을 쏟는 것은 그의 시문학이 지닌 이러한 문제성과 결코 무관하지 않다. 한국문학이 기존 구미중심주의 세계문학의 제도화된 질서 안으로 애써 편입할 것인지, 그래서 구미중심주의에 기반한 탈근대의 각종 기획들에 자족할 것인지, 아니면 구미중심주의가 배태하고 있는 근대 자체를 근원적으로 심문하는 고투 속에서 탈근대를 구축하는 한국문학으로서 세계문학의 새로운 지형도 그리기에 참여할 것인지, 한국문학은 그 기로에 서 있다. 구미중심주의의 냉전과 분단에 갇히지 않고 그것을 창조적으로 해소하면서 활달히 넘어설 수 있는 한국문학이야말로 새로운 세계문학의 가능성을 펼칠 수 있는 것이다.

이 글은 『반교어문연구』 38집(2014)에 수록돼 있다.

29) 호소미 가즈유키는 최근 발표한 「세계문학으로서의 김시종」(『지구적 세계문학』, 2014년 가을호)에서 김시종의 시문학이야말로 기존 서구중심주의에 의해 제도화된 세계문학－세계문학은 각기 다른 근대의 국민문학이 다른 국민문학의 영토로 굴절되면서 형성돼 가는데, 서구중심의 근대에 기반한 국민문학이 이와 같은 과정 속에서 비서구의 국민문학에 영향을 미치면서 자연스레 서구에 편향된 국민문학을 '세계문학'의 실재인 것으로 제도화 한다.－의 문제점을 극복하고 있음을 주장한다. 호소미 가즈유키의 이러한 주장의 핵심은 김시종 특유의 '복수(復讐)의 언어'가 지닌 문제의식이 근대 자체를 근원적으로 심문하는, 그리하여 "국민문학의 테두리를 굳이 말하자면 탈구축(déconstruction)하는 형태로 쓰여진 것"(위의 글, 143~144쪽)과 연관된다. 이러한 세계문학의 새로운 지형도 변화와 관련하여, 김재용은 재일조선인문학을 구체적으로 명시하고 있지는 않으나, 김시종의 재일조선인문학처럼 구미중심의 근대가 고착된 문학 내부에서 이른바 변경인(적 사유) 문학의 출현은 "제국주의 시대 이후 팽창한 세계문학 장의 불균등에서 불가피하게 생긴 중요한 하나의 흐름으로 인정하고 이를 역사적으로 설명하는 노력이 절실하다."(「변경인이 만들어가는 세계문학의 장」, 『지구적 세계문학』, 2014년 가을호, 138쪽)는 견해를 피력한다.

09

돌 하나의 목마름에 천의 파도를 실어

김시종 『장편시집 니이가타』

김계자

1. 식민과 분단을 사는 '재일'의 의미

이 글은 재일코리안 김시종의 『장편시집 니이가타(長篇詩集 新潟)』(1970)에 표현된 시적 표현을 통해, 식민 이후와 분단의 시대를 살아가는 '재일(在日)'의 의미를 생각해보고자 한 것이다.

김시종 시인은 2015년에 내놓은 자전적 에세이 『조선과 일본에 살다-재일시인 김시종 자전(朝鮮と日本に生きる－濟州道から猪飼野へ)』(岩波新書)에서 지금까지 살아온 자신의 생애를 되돌아보며 그 동안 봉인해둔 기억을 조심스럽게 들춰내고 있다. 김시종은 소위 '황국소년'으로서 학교교육을 받고 자랐는데, 17세 광주사범학교 재학 중에 맞이한 해방은 그를 당혹시키기에 충분했다. 일제강점기 동안 자신의 의식의 밑바탕을 만들어낸 언어는 일본어였고, 일본의 노래를 부르며 7·5조의 일본적 운율에 길들여 자랐기 때문에, 어느 날 갑자기 조선어로 말하고 생각하라고 한들 서정의 규범으로 자리 잡은 일본식 리듬감이 쉽게 전환되기는 어렵기 때문이다. '나의 식민지', '나의 해방', 그리고 '나의 일본어'와 같이 김시종이 기억 속에서 토해내는 '일본'은 자신의 몸속으로 스며들어 배어나오는 응어리진 회한의 흔적이다. 그렇기 때문에 그의 모든 기억은 1945년 여름을 기점(起點)으로 환기된다.

> 자신의 이야기를 꺼내자면 역시 생애를 가른, 그렇다기보다 하늘이 뒤집힌 여름의 기억에서부터 시작됩니다. 그 기억 속에는 생각해본 적조차 없는 조국이 갑자기 소생했다는 8월 15일의, 저 산천을 뒤흔들던 함성이 있고, 쫓겨서 숨어지낸 4·3사건의, 후끈한

열기에 물크러진 시체의 참기 어려운 썩은내가 있고, 가까스로 도착한 오사카의, 공복에 허덕이던 땡볕이 있습니다.

동족상잔이라 불리는 조선전쟁도 후덥지근한 여름에 일어났습니다. 피로 얼룩진 고난으로 내몰리던 고향을 등지고 일본으로 도망친 자의 부채로서 민족단체의 상임활동가가 되어 삼반투쟁(반미, 반요시다, 반이승만)에 분주했던 것 역시 한창 젊은 시절 한여름의 기억입니다.[1)]

위의 인용에서 보듯이, 김시종이 식민 이후와 재일의 삶을 걸어온 생애에는 늘 여름의 기억이 있고 그 기억은 해방되던 해에서 시작하고 있음을 알 수 있다. 그리고 "'해방'에 엄습당한 나"였다는 시인의 말대로 해방을 맞이할 때까지 자신의 의식을 형성한 일본어는 "어둠 속에 갇힌 말"이 되어버리고, 식민지의 멍에를 푼 해방은 자신을 지배하던 "말과의 격투를 새롭게 부과한 날"이 되었다. 이후 해방기의 혼란과 제주 4·3사건을 겪으며 남조선노동당의 당원이었던 김시종은 탄압을 피해 1949년 5월에 일본으로 밀항해 오사카의 이카이노에 정착했다. 이후, 현재에 이르기까지 그는 '재일'의 삶을 살고 있다.

이와 같이 김시종의 시 창작의 기점에는 조선에서 맞이한 해방의 여름이 놓여 있는데, 그는 자신의 시 창작의 기점에 있는 또 다른 하나를 다음과 같이 이야기하고 있다.

1) 김시종 저, 윤여일 옮김, 『조선과 일본에 살다-재일시인 김시종 자전』, 돌베개, 2016, 17쪽.

> 나를 묶고 있는 운명의 끈은 당연히 내가 자라난 고유의 문화권인 조선으로부터 늘어져있습니다. 그런데 지식을 한창 늘려야 할 나이였던 내게 묶인 일본이라는 나라 역시 또 하나의 기점이 되어 나의 사념 안으로 운명의 끈을 늘어뜨리고 있습니다. 말하자면 나는 양쪽 끈에 얽혀, 자신의 존재 공간을 포개고 있는 자입니다. 일본에서 태어나고 자란 세대들만이 '재일'의 실존을 기르고 있는 것이 아니라 일본으로 돌려보내진 나도 못지않게 '재일'의 실존을 양성하고 있는 한 명인 것입니다. 확실히 그것이 나의 '재일'임을 깨닫습니다. 일본에서 정주한다는 것의 의미와 재일조선인으로서의 존재 가능성을 파고들도록 이끈 '재일을 산다'라는 명제는, 이리하여 나에게 들어앉았습니다.[2)]

김시종이 말하는 '조선'은 남과 북을 통틀어 일컫는 민족명으로서의 총칭으로, 분단 이전의 혹은 분단을 뛰어넘는 개념이다. 위의 인용에서 주목할 점은 김시종이 자신의 시 창작의 기점에 조선의 해방이라는 축 외에, '일본'을 또 하나의 기점으로 자리매김하고 있다는 사실이다. 김시종은 해방 이후에 일본으로 건너왔지만, 결국 일본으로 돌려보내진 존재라는 점에서 자신도 '재일'의 실존을 갖고 있다고 하면서, 자신을 조선과 일본 "양쪽 끈에 얽혀, 자신의 존재 공간을 포개고 있는 자"라고 말하고 있다. '재일'을 조선과 일본의 두 공간을 포개고 있는 존재로 정위(定位)하는 것은 종래 양자 사이의 틈바구니에 끼어 정체성의 혼란을 느끼는 존재로 '재일'을 파악한 것과는 분명 다른 관점을 제시하고 있다. 즉, 조선과 일본

---

2) 앞의 책, 234쪽. 밑줄 인용자.

의 사이에 끼인 존재가 아니라, 양쪽을 아울러 포괄하는 위치에 '재일'을 자리매김하고 있는 것이다.

이와 같이 '재일'의 의미를 긍정적으로 전환시키고 있는 인식은 '재일을 산다'는 표현을 통해서도 확인할 수 있다. '재일(在日)'이라는 말에는 '일본에 산다'는 뜻이 들어 있으므로 '재일을 산다'고 하면 '산다'가 중복되는 셈이다. 따라서 '재일을 산다'고 할 때의 '산다'는 '일본에 산다'고 하는 것이 어떤 의미인지 파고들어 존재의 의미를 적극적으로 규명해내고자 하는 의지의 표명으로 생각해볼 수 있다. 김시종의 이러한 생각은 자신이 발을 딛고 서 있는 지점에서 재일의 실존적 삶을 살아내려고 한 의지를 표현한 첫 시집 『지평선(地平線)』(1955)에서부터 표출된다.[3)]

그렇다면 김시종이 1945년 여름과 일본이라는 두 개의 축을 재일로서의 자신의 삶의 기점에 놓고 추구한 것은 무엇인가? 이 물음에 대한 해답을 분단의 현장에서 식민지 이후를 사유하고 있는 『장편시집 니이가타』(이하, 『니이가타』)를 통해 생각해보고자 한다.

2. 『니이가타』의 배경 및 구성

『니이가타』(構造社)는 1970년에 출판된 김시종의 세 번째 시집이다. 1955년에 첫 시집 『지평선』이 출간된 데 이어, 1957년에 두

3) 김계자, 「김시종 시의 공간성 표현과 '재일'의 근거」, 『동악어문학』 67집, 2016.5, 185쪽.

번째 시집 『일본풍토기(日本風土記)』(國文社)가 나온 뒤 13년이 지난 뒤에 출간된 것이다. 『일본풍토기』에서 『니이가타』가 나오기까지 상당한 시간이 걸린 데에는 사정이 있었다. 일본공산당이 지도하던 재일본조선통일민주주의통일전선(민전)이 1955년에 조선인총연합회(총련)로 바뀌면서 조선민주주의인민공화국의 직접적인 지도하에 들어가게 되었다. 이후, 김일성이 신격화되고 민족 주체성이 강조되는 등 사상적 규제가 심해졌다. 또 작품을 일본어가 아닌 조선어로 써야 한다는 지시 속에, 일본어로 창작하고 있던 김시종은 창작 언어를 둘러싸고 조직의 거센 비판을 받았다.

당시 김시종은 문학을 통해 오사카의 조선인을 결집시키려는 목적으로 1953년 2월에 서클 시지(詩誌) 『진달래(チンダレ)』를 창간해 활동하고 있었다. 서클운동은 1950년대 일본 전체에서 활발했던 문화운동으로, 전문적인 문인이 아닌 아마추어가 창작 활동을 통해 운동의 기반을 넓혀가도록 하는 소비에트의 문화정책 방법에서 나온 것이다. 『진달래』는 오사카의 재일조선인들이 시 창작을 통해 자신들의 주장을 일본 사회에 표출했던 매체가 되었다. 그런데 김시종과 총련 조직과의 갈등 속에서 결국 『진달래』는 1958년 10월에 제20호를 끝으로 해산되고 만다. 김시종은 「장님과 뱀의 억지문답(盲と蛇の押し問答)」(『진달래』 18호, 1957.7)이라는 논고를 통해 재일 세대의 독자성을 제거하려는 총련의 권위적이고 획일적인 의식의 동일화 요구에 맞섰으나, 나쁜 사상의 표본으로 지목되어 비판과 지탄에 시달려야 했다. 김시종은 당시의 일을 다음과 같이 회상하고 있다.

> 돌이켜보면 『진달래』는 내가 일본에서 살아가는 데 결정적인 계기를 가져다준 시지였습니다. 경위는 뒤에서 말하겠지만, 어느 날 갑자기 민전을 대신한 조선총련이 북조선 일변도로 방향을 잡자마자 사상악(思想惡)의 본보기로 『진달래』를 비판합니다. 이것은 곧 김시종에 대한 조직적 비판이기도 했는데, 만약 그 비판에 시달리지 않았더라면 나는 가장 먼저 북조선으로 돌아갔을 사람입니다. 그 『진달래』 덕분에 정인, 양석일, 고형천 같은 생애의 벗과도 만날 수 있었고, '재일을 산다'라는, 일본에서 살아간다는 명제에도 이를 수 있었습니다. 일본이라는 '한곳'을 같이 살고 있는 재일조선인의 실존이야말로 남북대립의 벽을 일상차원에서 넘어서는 민족융화를 향한 실질적인 통일의 장이라는 것이 '재일을 산다'는 내 명제의 요지입니다.[4)]

김시종이 현재 자신이 발을 딛고 서 있는 위치에서 재일의 실존적 의미를 찾고자 자신을 재일 2세대로 규정하고[5)], 재일 세대의 독자성을 강조한 것은 첫 시집 『지평선』에서부터 잘 드러나 있다. 그렇기 때문에 운동의 지도부가 북한 조직으로 바뀐 이후의 획일화된 동질화 요구에 순응할 수 없었고, 조직의 거센 비판을 받게 된 것이다. 위의 인용에서도 보듯이, 김시종은 남북대립을 넘어 민족융화의 장에 '재일'의 실존적 의미를 부여하고 있었기 때문에, 그의 창작은 재일의 독자성이 담보되는 공간이어야 했다. 그런데 사상적으로 규탄 받고 언어표현도 조선어가 강요되는 상황에서 그의

4) 김시종, 앞의 책, 262쪽.

5) 金時鐘, 「第二世文學論－若き朝鮮詩人の痛み－」, 『現代詩』, 1958.6.

자율적인 표현행위는 가로막힌 것이다. 이러한 상황에 더해 애초에 세 번째 시집으로 예정되어 있었던 『일본풍토기Ⅱ』의 원고가 분실되고 출판이 중단되는 등, 창작활동 자체가 어려운 상황이었다. 이러한 이유로 시집 『니이가타』는 1959년 북한으로의 귀국운동이 한창이던 시기에 시집의 대부분을 완성해 놓고도 출간까지 10년의 시간이 걸린 것이다. 김시종은 『니이가타』 출간을 총련 조직에 자문하지 않고 자체적으로 세상에 내놓게 된다.

1959년 12월에 북한으로 귀국하는 첫 배가 니이가타항에서 출항할 때, 조직의 비판을 받고 있던 김시종은 귀국선에 탈 수도 없었고 일본에 발이 묶인다. 당시 북한은 김일성 유일 지도 체제가 확립되었고, 재일 사회에서도 총련의 지도하에 북한이 사회주의 조국으로 추앙받아 북한으로 귀국을 희망하는 사람들이 많았다. 1959년 12월 14일 니이가타항에서 귀국선이 첫 출항한 이래 본격적인 북송귀국 사업이 시작되어, 1984년까지 9만 3,340명이 북한으로 귀국했다.[6] 북한으로의 귀국은 당시의 재일조선인에게 그야말로 '꿈'이었던 것이다. 김시종도 귀국선을 타고 북한으로 가고 싶은 마음도 있었지만, 북한 조직과의 갈등이 첨예화되던 때여서 북한으로의 귀국은 실행되지 않았다. 이에 혼자서라도 일본에서 38도선을 넘고 싶다는 발상이 시 창작으로 이어진 것이라고 술회하고 있다.

> 조선반도를 남북으로 가르는 분단선인 38도선은 동으로 늘리면 일본 니이가타시의 북쪽을 지납니다. 지리적으로는 니이가타를 북

6) 윤건차 지음, 박진우 외 옮김, 『자이니치의 정신사』, 한겨레출판, 2016, 404쪽.

> 으로 빠져나오면 '38도선'을 넘을 수 있는 것입니다. 그렇다면 어디로 갈 것인가? 라는 궁극적인 물음이 38도선을 넘은 나에게 남습니다. 모든 표현행위가 가로막힌 나로서는 그저 일본에 남아 살아갈 수밖에 없는 자신의 '재일'의 의미를 스스로 밝혀가야만 하는 입장에 처했습니다. 말하자면 『장편시집 니이가타』는 살아남았던 일본에서 다시금 일본어에 매달려 지내지 않을 수 없는 나의 '재일을 산다'는 의미를 스스로에게 계속 되물었던 시집이기도 합니다.[7]

남북 분단을 막는 데 뜻을 같이 한 조국에서의 4·3의 좌절과 밀항, 그리고 일본에서 다시 북한 조직과의 갈등 속에서 분단은 김시종이 넘을 수 없는 선이었다. 그러나 김시종은 발상의 전환을 한다. 38도선의 동쪽 연장선상에 위치한 니이가타에서 북한으로 출항하는 귀국선을 바라보며 혼자서라도 분단을 넘는 상상을 하고 있는 것이다. 그것이 바로 일본에 남아 일본어로 표현하며 '재일'을 살아가는 의미임을 시인은 자신에게 되묻고 있다.

이와 같이 『니이가타』에는 1950년대 말의 시대적 상황 속에서 분단시대를 살아가는 김시종의 단상(斷想)이 단속적(斷續的)으로 이어지고 있다. 한반도와 일본이 얽히는 일제강점기부터 남북 분단의 갈등이 고조되는 1950년대 말의 북한 귀국 현장에 이르기까지의 과정을 되돌아보며 중층적으로 얽혀 있는 여러 기억들을 시집에 담고 있다.

『니이가타』는 전체 3부 구성으로, 각 부는 다시 네 개의 장으로

---

7) 김시종, 앞의 책, 269쪽.

이루어져 있다. 전체의 내용을 개괄하면 다음과 같다. 제1부 「간기의 노래(雁木のうた)」는 4·3사건 이후에 일본에 건너간 때부터 한국전쟁, 그리고 니이가타의 귀국센터에 이르는 도정을 그리고 있다. 제2부 「해명 속을(海鳴りのなかを)」은 일제에 의한 강제징용으로 조선 민족이 일본으로 건너간 역사부터 해방 후에 우키시마마루(浮島丸) 사건이나 4·3사건 등 바다울음 속을 떠돌고 있는 시인 자신과 조선 민족의 운명을 노래하고 있다. 제3부 「위도가 보인다(緯度が見える)」는 니이가타에서 귀국선을 타고 북한으로 돌아가는 사람들을 바라보며 일본에 남을 것을 결심하는 시적 화자의 심경이 그려져 있다.

이상의 개략에서 알 수 있듯이, 『니이가타』는 식민과 분단의 시대를 지나 '재일'로서의 삶을 살아가는 조선 민족의 장대한 역사가 서사적으로 전개되는 장편 시집이다. 그리고 이 시의 주인공은 영웅이 아니다. 시적 화자 개인을 포함한 '재일'을 구성하는 민중이다. '재일'이라는 집단의 수난과 저항의 역사가 이야기로 표출되는 공간이며, 이미지로 상상되는 표현 공간이다. 그렇기 때문에 시인은 인간 대신 '지렁이'라는 메타포를 사용하여 표현한다. 그리고 조선 민족의 장대한 역사가 전개되는 공간에서 '지렁이'가 '한 사내'로 변형(metamorphose)되어 인간으로 부활하는 극(劇)이 일어난다. 따라서 시의 내용은 '재일'의 역사이면서 동시에 존재론적인 지평으로 전개된다. 시의 내용을 구체적으로 살펴보자.

3. 공간 확장의 상상력

『니이가타』의 시 세계는 실체화를 부정하고 상징과 비유의 표현을 통해 관념적으로 인식되는 세계이다. 이러한 인식에 도달하기 위해 시적 화자는 기존의 것을 버리고 새로운 '길'을 모색해야한다고 노래한다. 제1부 「간기의 노래」의 모두(冒頭) 부분을 살펴보자.

> 눈에 비치는/길을/길이라고/결정해서는 안 된다./아무도 모른 채/사람들이 내디진/일대를/길이라/불러서는 안 된다./바다에 놓인/다리를/상상하자./지저(地底)를 관통한/갱도를/생각하자./의사(意思)와 의사가/맞물려/천체마저도 잇는/로켓/마하 공간에/길을/올리자./인간의 존경과/지혜의 화(和)가/빈틈없이 짜 넣어진/역사(歷史)에만/우리들의 길을/열어두자./그곳을 통과하지 않으면 안 된다.(1-1, 21~22쪽)[8)]

'간기(雁木)'는 적설량이 많은 니이가타현 등에서 처마에 차양을 달아 길을 덮어 보행자가 통행할 수 있게 만든 장치인데, 위에서 보면 처마 모양이 기러기의 행렬처럼 보여 붙여진 말이다. 니이가타항에서 출항하는 귀국선 행렬에 기러기 떼가 연이어 날고 있는 듯한 간기의 길을 중첩시켜, 시적 화자가 놓인 처지와 상반되게 고향으로 돌아가는 기러기의 이미지가 조국에 대한 그리움을 잘 표현해주고 있다.

8) 김시종, 곽형덕 역, 『김시종 장편시집 니이가타』, 글누림, 2014, 21~22쪽. 이하, 『니이가타』 본문 인용은 장절 번호와 쪽수만 표기한다.

김시종은 4·3사건으로 정부 당국에 쫓겨 망명한 신분이기 때문에 한국으로 돌아갈 수 없었고, 또 북한 조직과 갈등을 일으키고 있는 상황이었기 때문에 북으로 가는 것도 용이하지 않았다. 그래서 "눈에 비치는 길", 즉 기존의 통상적인 길이 아닌 새로운 길을 찾아야 했다. 과거의 길은 "일제(日帝)에 의해/고역(苦役)을 강요당했던/그 길"이고, "내 과거에/길은 없었다"고 말하고 있다. 이에 반해, 새로운 길은 '역사'를 포함한 길이면서 "바다에 놓인/다리"이며 "지저를 관통한/갱도", "마하 공간에/길"을 올려 공간을 횡단하는 상상의 길이다. '다리'와 '갱도'라는 시어는 두 곳을 연결해 이어준다는 의미를 갖고 있는데, 바다나 어둠에 가로막힌 공간을 이어 건너편에 닿고자 하는 시적 화자의 간절함을 담고 있다.

오세종은 '길'이 한편에서는 '나'의 고유성을 빼앗아 다른 것으로 변신시키는 폭력의 상징으로 그려져 있고, 또 한편에서는 그와 같은 '길'에 대해 물음으로써 마땅히 있어야 할 '길'에 대해 생각하고 있는 이중적 의미로 쓰이고 있다고 하면서, 이렇게 '길'을 변질시키기 위해서 김시종이 사용하고 있는 방법이 바로 '변신'이라고 논했다.[9] 오세종이 말하는 폭력의 상징으로서의 '길'이 과거의 역사가 걸어온 통상적인 것이라고 한다면, 마땅히 있어야 할 '길'이 바로 상상을 통해 새롭게 의미가 부여되는 공간일 것이다. 이러한 인식의 변화를 가져오는 방법이 '변신'이라고 논하는 점은 흥미로운 지적이다. 그런데 이 글에서는 '변신'을 통해 새로운 공간으로

9) 吳世宗, 「リズムと抒情の詩學：金時鐘『長篇詩集 新潟』の詩的言語を中心に」, 一橋大學博士論文, 2009, 165쪽.

나아간다는 해석보다 ‘니이가타’라는 장소성에 주목하고자 한다. 가로막힌 공간을 잇고 그 지점에서 새로운 공간으로 확장되는 시적 화자의 ‘상상’이 집결되고 있는 곳이 바로 시적 화자가 서 있는 니이가타라는 공간이다. ‘니이가타’라는 공간은 공간 확장의 상상을 보여주는 장소성으로 기능하고 있다.

눈에 보이는 길이 막힌 ‘나’는 야행성 동물로 변신해 “백주의 활보보다/날뜀을 간직한/원야(原野)가/보여주는 밤의/배회”를 한다. 이와 같이 정해진 길을 부정하고 새로운 상상의 길을 찾는 화자의 의식은 인위적이지 않은 원시림 속에 묻혀있던 기억과 조우하는 것에서 시작한다. 김시종은 세상에 나아가려고 한 첫 시집 『지평선』의 「서(序)」에서 밤을 희구하는 노래를 불렀는데, ‘밤’은 김시종의 시 창작의 기섬부터 나온 키워드이다. 내면화된 일본어로부터 자신을 끊어내고 ‘태양(천황)’을 부정하며 새로운 인식의 지평에 도달하고자 ‘밤’이라는 장치를 불러들였다.[10] 『니이가타』에서도 ‘밤’은 ‘백주’를 능가하는 거친 생명력을 가진 원시림의 공간과 어우러져 약동감 있는 세계를 만들어 내고 있다. 이렇듯 『니이가타』의 시세계는 거칠고 광활한 공간으로 약동하는 새로운 길을 상상하는 것에서 시작하고 있다.

> 나는 결국/지렁이가 되었다./밝은 빛에 대한/두려움은/태양마저도/질식해/그늘에 사는 자로 바꿔놓았다./그 후/나는/길을 갖

10) 김계자, 「재일조선인 김시종의 밤을 기다리는 노래」, 『근대 일본문단과 식민지 조선』, 역락, 2015, 196~204쪽.

> 지 못했다./(중략)/나는 선복(船腹)에 삼켜져/일본으로 낚아 올려졌다./병마에 허덕이는/고향이/배겨 낼 수 없어 게워낸/하나의 토사물로/일본 모래에/숨어들었다./나는/이 땅을 모른다./하지만/나는/이 나라에서 길러진/지렁이다./지렁이의 습성을/길들여준/최초의/나라다./이 땅에서야말로/내/인간부활은/이뤄지지 않으면 안 된다./아니/달성하지 않으면 안 된다.(1-1, 30~33쪽)

어둠 속에서 서식하는 '지렁이'는 시적 화자인 '나'의 메타포로, 4·3사건 후에 제주도에서 일본으로 밀항한 이래 음지의 생활을 해야만 했던 시인의 처지를 상징적으로 보여주고 있다. '지렁이'로 변신한 '나'는 다시 인간으로 부활할 것을 바라고 있는데, 주의할 점은 '이 땅', 즉 현재 살고 있는 일본에서 이를 달성할 것을 바라고 있다는 사실이다. 김시종이 자신을 재일 2세로 규정하고 자신이 서 있는 지점에서 재일의 실존적인 삶을 추구하고 있는 모습을 확인할 수 있는 대목이다. 그렇다면 조국에서 쫓겨 흘러들어와 습지에서 서식하고 있는 자의 인간 부활은 어떻게 가능한가?

> 오로지/동북(東北)을 향해서/지표(地表)를 기어 다녔다./아크등을/무서워하며/지층의 두께에/울었던/숙명의 위도(緯度)를/나는/이 나라에서 넘는 거다./자기 주박(呪縛)의/밧줄 끝이 늘어진/원점을 바라며/빈모질(貧毛質) 동체에 피를 번지게 하고/몸뚱이채로/광감세포(光感細胞)의 말살을 건/환형(環形)운동을/개시했다.(1-1, 33쪽)

"숙명의 위도"는 38도선의 남북분단을 가리킨다. 전술했듯이, 김시종은 남북을 찢고 있는 분단선인 38도선을 동쪽으로 연장하면 일본 니이가타시의 북쪽을 통과한다고 하면서 본국에서는 넘을 없었던 남북분단을 일본에서 넘는다는 발상의 전환을 하고 있다. 조국이 남북으로 분단되는 것을 막기 위해 활동했지만 이루지 못하고 일본으로 건너온 시적 화자는 분단의 연장선상에 있는 니이가타에서 분단을 넘는 상상을 하고 있는 것이다. 이것이 바로 자신에게 걸려있는 주박을 푸는 길이며, 습지에 서식하는 미물에서 인간으로 부활할 수 있는 길이라고 이야기하고 있다. 시인이 현재 처한 상황을 감안하면 통상의 길로는 분단을 넘을 수 없다. 남북 분단의 위도 위에 서 있는 귀국센터야말로 분단의 상징이며, 이곳에서 북으로 귀국하는 모습은 분단을 넘는 의미로 해석될 수 있다. 즉, 본국에서는 넘을 수 없는 분단이 일본에 있기 때문에 오히려 가능한 역설이 일어나고 있는 것이다.

이 지점에서 일본으로 밀항한 자신의 부(負)의 측면이 오히려 기존에 없던 새로운 길을 열어가는 가능성으로서 부상한다. 호소미 가즈유키는 "'지렁이'는 촉각에만 의지하여 땅속 깊은 곳을 파고들며 나아가는 '습성'으로 인해, 표층(表層)에서는 결코 이룰 수 없는 월경을 홀로 실현시킬 수 있"다고 하면서, "식민지 지배하의 조선에서 일본이 강요한 '지렁이'라는 부(負)의 실존은 바로 그 일본에서 저 위도를 넘는 어려운 과제에 직면할 때, 오히려 압도적인 우위성으로 전환된다"고 하고 있다.[11)]

11) 호소미 가즈유키, 『디아스포라를 사는 시인 김시종』, 어문학사, 114쪽.

그런데 '지렁이'라는 메타포는 중간에 '거머리'로 표상되기도 하는데, 습지에 서식하는 네거티브한 존재로 표상되는 '나'가 비단 일제강점기에 식민지 조선인이 겪어야 했던 처지만을 이야기하고 있는 것은 아닐 터이다. 해방이 되었음에도 불구하고 과거에 굴종을 강요했던 일본에서 다시 망명자의 삶을 살아가야 하는 사실을 포함하고 있으며, '지렁이'의 습성이 우위성으로 전환된다기보다, '월경'을 인정한다 하더라도 그것은 '재일'의 삶이 갖고 있는 의미의 확장에서 비롯된 것으로 보는 것이 타당하다. 왜냐하면 식민과 분단은 이어져 있으며 이 과정에서 망명자의 삶을 살게 된 시적 화자가 인식의 발상을 전환시키고 있는 것은 호소미가 말하는 습성 같은 것이 아니라, 일본 니이가타에 서서 한반도를 바라보는 공간 상상력에 의한 것이기 때문이다. 제1부 첫머리에서 새로운 길의 상상을 노래하고 있는 것도 같은 맥락에서 생각해볼 수 있다. 이는 '월경'이라기보다 '확장'된 공간의 상상력이다. 한반도와 일본열도를 포괄하는 위치에서 '재일'의 삶을 살기 때문에 비로소 가능해지는 발상의 전환을 보여주고 있다.

그런데 제1부의 말미에 "바다를/도려내야만/길이다!"고 하고 있는 것처럼, 새로운 길의 상상은 심해에 묻어둔 기억을 떠올리는 것에서부터 착수하지 않으면 안 된다. 심층에 묻어둔 기억을 떠올리는 것은 그동안 침묵해온 과거의 자신과 만나는 과정이며, 여전히 술회가 쉽지 않은 자신을 발견하는 도정이기도 하다.

4. 기억을 말하는 것

김시종이 자신의 체험, 특히 4·3사건에 관련된 기억을 자전적으로 이야기하기 시작하는 것은 2000년대에 들어와서의 일로, 극히 최근의 일이다. 시집 『니이가타』에서도 이야기는 하고 있지만 상징화된 표현과 분절화된 형식을 취하고 있기 때문에 그 의미를 파악하는 것이 쉽지 않다. 당국에 쫓겨 밀항선을 타고 도일한 그로서는 해방기의 일을 드러내놓고 평이하게 이야기할 수 없었을 것이다. 더욱이 『니이가타』를 집필해 세상에 내놓은 1950년대 말부터 1970년까지의 시기는 한국전쟁을 비롯해 남북의 대립이 최고조에 달했고, 이는 다시 재일 사회에 고스란히 영향을 주고 있었다. 당시 조선적을 갖고 있던 김시종이 사상과 표현을 둘러싸고 북한 조직과 갈등을 일으키고 있던 때이기 때문에, 정치적 망명자의 술회가 용이하지 않았음은 짐작하고도 남는다.

전술한 김시종의 자전은 일제강점기의 유년시절부터 1998년 10월에 임시여권을 발급받아 49년 만에 제주도를 찾아오기까지의 기억을 술회하고 있는데, 유년시절의 이야기에 비하면 해방 이후 일본에 건너오기까지의 과정은 분량이나 서술의 심급에 있어 제한되고 주저하는 심리를 읽을 수 있다. 필생의 작업으로 4·3사건을 써 온 김석범과 달리, 김시종은 언어를 압도하는 현실 앞에서의 무력감과 망명자로서의 삶 속에서 과거의 기억을 쉽게 쓸 수 없는 자신을 발견한다. 김시종은 광주 5·18 민주항쟁이 일어났을 때의 단상을 엮은 『광주시편(光州詩片)』(1983)에 대해 "4·3사건과의 균형이 없었다면 쓸 수 없었"다고 하면서, "권력의 횡포를 규탄하는 것이

주안이 아니라 그 '사건'과 맞서는 자신의, 생각 밑바닥의 아픔을 바라보"고 싶었다고 이야기하고 있다.[12)]

김시종에게 4·3사건의 기억은 의식의 심연에 묻어둔 자신의 아픈 과거와 만나는 것이고, 그 과거는 일제강점기에 황국소년으로서의 삶을 살다 맞이한 해방의 당혹감에서 시작되어 망명과 재일의 삶으로 이어지고 있다. 그래서 그의 기억은 해방 직후와 4·3사건, 그리고 이후의 일들이 중층적으로 얽혀 상기된다.[13)]

기억을 환기시키려는 시적 화자의 의지가 강하게 배어나면서도 기억의 내용은 상징적이고 표현이 분절되어 있는 데다, 시간의 흐름을 따르지 않고 기억이 복잡하게 얽혀 있어 그 의미를 명료하게 풀어내는 일이 쉽지 않다. 그러나 중요한 점은 상징과 비유, 그리고 분절화된 표현을 통하지 않고서는 표출하기 어려운 시적 화자의 굴절된 내면과 상상에 오히려 특징이 있기 때문에, 이 글에서는 관련 사실과의 대조 고찰보다 표현에 중점을 두고 의미를 분석하고자 한다.[14)]

김시종의 기억은 늘 1945년 8월의 시점에서 소환된다.

---

12) 김석범·김시종 저, 문경수 편, 이경원·오정은 역, 『왜 계속 써왔는가 왜 침묵해왔는가』, 제주대학교출판부, 2007, 157쪽.

13) 박광현은 집합적인 복수의 기억들과 김시종 개인의 기억을 '니이가타'라는 기호가 매개해 두 가지의 서사가 병행하며 복잡성을 띠고 있다고 설명하고 있다(박광현, 「귀국사업과 '니이가타'-재일조선인의 문학지리」, 『동악어문학』 67집, 2016.5, 220쪽).

14) 『니이가타』에 표현된 상징적 의미에 대해 김시종의 생애와 증언을 토대로 주석을 붙인 아사미 요코(淺見洋子)의 논문 「金時鐘の言葉と思想：注釋的讀解の試み」(大阪府立大學博士論文, 2013)은 시의 내용을 이해하는 데 매우 유용한 사실 관련 자료를 제공하고 있으나, 상징적 표현을 이해하기에는 제한된 자료인 경우가 많고 그 해석이 필자의 의견과 다른 경우가 많아 이 글에서는 참고는 하되 의견을 수용하는 것은 신중을 기했다.

> 내가/가라앉은/환영의/팔월을/밝혀내자./때로/인간은/죄업 때문에/원시(原始)를/강요할 때가 있다./혈거를/기어 나오는데/오천년을 들인/인간이/더욱 깊숙이/혈거를 파야만 하는/시대를/산다./개미의/군락을/잘라서 떠낸 것과 같은/우리들이/징용(徵用)이라는 방주[箱船]에 실려 현해탄(玄海灘)으로 운반된 것은/일본 그 자체가/혈거 생활을 어쩔 수 없이 해야 했던 초열지옥(焦熱地獄) 전 해였다.(2-1, 87~88쪽)

"환영의 팔월"은 해방의 기쁨도 순간이고 바로 이어진 4·3사건 속에서 너무도 짧게 덧없이 끝나버린 안타까움을 표현하고 있다. 곰과 범이 사람으로 태어나기 위해서 환웅이 이르는 대로 동굴에 들어가 혈거 속에서 원시의 생명이 잉태되고 탄생했듯이, 강제징용으로 현해탄을 건너 일본으로 끌려와 전화(戰禍) 속에서 혈거 생활을 했던 기억을 상기시키며, 시적 화자는 침잠해있는 8월의 의미를 깨우고 있다. 분단의 시대를 살아가는 현재, 더욱 어둡고 습한 동굴 속으로 들어가 새로운 생명을 탄생시켜야 함을 강조하고 있는 것이다. 그것이 바로 "가라앉은 환영의 팔월을 밝혀내"는 것이고, '나'에게 주어진 사명인 것이다.

> 8월은/갑자기/빛났던 것이다./아무런/전조도 없이/해방은/조급히 서두르는/수맥처럼/동굴을 씻었다./사람이/물결이 돼/설레는 마음이/먼 가향(家鄕)을 향해/물가를/채웠다./미칠 것 같이 느껴지는/고향을/나눠 갖고/자기 의지로/건넌 적이 없는/바다를/빼앗겼던 날들로/되돌아간다.(2-1, 90~91쪽)

김시종은 해방을 조선에서 맞이했기 때문에 해방 후에 바다를 건너 일본에서 고향으로 돌아가는 체험을 한 것은 아니다. 즉, 위의 내용은 개인의 체험으로서가 아니라 징용에 의해 현해탄을 건너 일본으로 건너간 조선민족의 빼앗긴 시간을 환기시키고 있는 것이다. 혹은 자신의 의지에 반(反)해 바다를 건너온 의식 속에 철저한 황국소년이고자 했던 지나간 날들에 대한 탈취를 기도하는 의미로 생각해볼 수도 있다. 해방을 한반도에서 맞이한 김시종 자신의 개인적인 기억과 일본에서 맞이한 재일코리안 집단의 공적인 기억이 '팔월'의 시점에서 모아진다. '팔월'은 개인의 기억이 집단의 기억으로 전이되고 새롭게 구성되는 기제(機制)인 것이다.

1945년 8월은 재일코리안의 원점이다. 일제강점기의 기억은 이 시점에서 거슬러 오르고, 해방 후의 일은 이 시점에서 상기된다. 기억 환기의 기점(起點)인 것이다. 김시종이 시집 『잃어버린 계절(失くした季節)』(2010)에서 계절을 여름에서 시작해 가을, 겨울, 봄의 순서로 사계를 노래하고 있는 것도 기점은 역시 '팔월'이 될 수 밖에 없음을 보여준다. 『니이가타』에서도 '팔월'을 기점으로 시인 자신의 유년시절의 기억을 떠올리고, 4·3사건, 한국전쟁에 이르기까지 모든 기억의 원점에 1945년 여름이 있다. 그리고 '해명(海鳴) 속을'이라는 2부 제목에서도 알 수 있듯이, 이러한 8월의 기억 한가운데에는 바다 깊은 곳에서 울려나오는 우키시마마루 사건의 성난 민중의 기억이 있다.

> 그것이/가령/환영(幻影)의 순례[遍路]라 하여도/가로막을 수 없는/조류(潮流)가/오미나토(大湊)를/떠났다./염열(炎熱)에/흔

들리는/열풍 속을/낙지 항아리를 흡입해 다가오는/낙지처럼/시각을/갖지 못한/흡반(吸盤)이/오로지/어머니의 땅을/만지작거렸다./막다른 골목길인/마이즈루만(舞鶴灣)을/엎드려 기어/완전히/아지랑이로/뒤틀린/우키시마마루(浮島丸)가/어슴새벽./밤의/아지랑이가 돼/불타 버렸다./오십 물 길/해저에/끌어당겨진/내/고향이/폭파된/팔월과 함께/지금도/남색/바다에/웅크린 채로 있다.(2-1, 92~93쪽)

우키시마마루 사건은 강제징용 등에 의한 조선인 노무자와 그 가족들 3,735명을 태우고 1945년 8월 22일에 아오모리(靑森) 현 오미나토를 출발해 부산으로 향하던 귀국선이 보급을 위해 마이즈루만에 배를 세웠다가 8월 24일 오후 5시경에 폭침당한 사건을 가리킨다. 이 사건으로 신원이 확인된 사망자만 500명이 넘고, 나머지는 확인되지 않은 채 무연고자로 처리되거나 인양되지 못하고 심해로 유실되었다. 시인은 '오미나토'나 '마이즈루만', '우키시마마루'와 같이 고유명을 써서 당시의 사건을 구체적으로 보여주고 있다.[15] 그런데 폭침사건이 일어난 것은 오후인데, 왜 "어슴새벽" "밤의 아지랑이가 돼 불타 버렸다"고 표현하고 있는가?

우키시마마루가 바다에 묻힌 집단의 기억은 4·3사건 때 바다에 묻힌 사람들과, 이후 일본으로 밀항할 때 바다의 어둠에 묻은 김시

15) 조은애는 우키시마마루가 지닌 상징성을 이해하고 있지 않으면 시 전체를 온전히 독해하기 힘들 정도로 『니이가타』의 시어들이 사건 및 그 발단지였던 노동현장을 연상시키는 것들, 예를 들어 폭발, 구멍, 어둠, 바닷속, 시체, 유골, 배의 이미지로 가득하다고 논하고 있다(조은애, 「죽음을 기억하는 언어-우키시마마루[浮島丸] 사건과 재일조선인, 혹은 전후 일본의 어떤 삶들」, 『상허학보』 47, 2016.6, 58쪽).

종 자신의 기억이 겹쳐있다. 집단의 기억이 개인의 기억으로, 그리고 개인의 기억이 집단의 기억으로 전이되는 곳에 바다의 어둠이 내려앉아 있는 것이다. 시적 화자는 고향을 떠나 일본으로 올 때 자신을 살리기 위해 몰래 밀항 준비를 해준 아버지의 기억을 떠올린다.

> 가늠할 수 없는/바닥에/웅크린/아버지의/소재(所在)에/바다와/융합된/밤이/조용히/사다리를/내린다./소년의 기억에/출항은/언제나/불길한 것이었다./모든 것은/돌아오지/않는/유목(流木)이다.(2-2, 95~96쪽)

노령의 부모를 뒤로 하고 해방 후 일본으로 되돌아가는 귀환자들과 밀항선에 올라탄 화자의 기억 속에 바다는 고난과 공포의 어둠의 공간으로 인식되고 있다. 우키시마마루의 희생자와 4·3사건으로 학살된 시체가 가라앉아 있는 곳이며, 돌아올 수 없는 길을 가는 불길한 공간의 이미지가 바다의 어둠으로 그려지고 있는 것이다. 따라서 우키시마마루 폭침 사건을 새벽과 밤의 어둠으로 표현한 것은 시간상의 의미보다 바다의 심연에 묻혀 있는 진실의 실체를 이미지화한 것이라고 할 수 있다.

"밤의/장막에/에워싸여/세상은/이미/하나의/바다다(*夜の/とばりに包まれた/世界は/もう/ひとつの/海だ*)"(2-2, 100~101쪽)라고 표현하고 있듯이, 밤의 바다에 떠오르는 시체는 우키시마마루 사건과 4·3사건이 중첩되는 이미지를 만들고, 자신을 희생하면서 아들을 살릴 길을 찾은 아버지의 환영이 덮고 있다. 김석범은 김시종

의 『니이가타』에 그려진 4·3사건 묘사에 대해 "뒤틀린 지맥과 같이 우울한 음영을 띠고" 있다고 말했다.[16] 김석범이 직접 눈앞에서 사건의 현장을 목격하지 않고 나중에 전해들은 이야기에 기초해서 4·3사건에 대해 이야기하고 있기 때문에 오히려 계속 써낼 수 있었던 반면에, 김시종은 직접 사건에 관련되어 민중 학살의 진상을 목도했기 때문에 언어를 압도하는 현실의 무게가 뒤틀린 형태로밖에 표출되지 않고 있는 것인지도 모른다.

이제 심해의 어둠에 묻혀 있는 억압된 기억의 봉인을 풀 때라고 시인은 말한다.

> 이만 번의 밤과/날에 걸쳐/모든 것은/지금/이야기돼야 한다./하늘과 땅의/앙다문 입술에 뒤얽힌 바람이/이슥한 밤에 누설한/중얼댐을.(3-1, 131~132쪽)

역사의 기억 속으로 사라져간 사람들의 침묵을 강요당한 이야기에 귀를 기울여야 함을 이보다 더 애절하고 강하게 호소하고 있는 문장은 없을 것이다. 심해의 어둠 속에서 들려오는 바다울음의 진실을 복원하고 세상을 향해 이야기해야 한다는 호소는 시적 화자가 자신에게 되묻고 있는 물음이기도 하다. 그러나 기억을 환기시키려고 하는 시적 화자의 결연한 의지와는 대조적으로, 아직 쉽게 이야기하지 못한 채 다시 밤의 어둠을 불러들이고 마는 망설임과 주저가 한편에 남아 있다. 이러한 시인의 망설임과 주저가 시적 화

16) 김석범·김시종 저, 문경수 편, 앞의 책, 121쪽.

자의 중층적인 내면을 대신해서 말해주고 있다.

5. '재일을 산다'는 것의 의미

전술했듯이, 『니이가타』의 제3부 '위도가 보인다'는 니이가타에서 귀국선을 타고 북한으로 떠나는 사람들을 바라보며 자신은 일본에 머무르는, 즉 '재일'할 것을 결심하는 시적 화자의 심경을 그리고 있다. '재일'이 사실로서 일본에 머무르는 의미라면, '재일을 산다'는 것은 재일의 의지를 표명하고 있는 말이다. 일본 경찰에게 외국인등록증을 보이라는 심문을 받고 '나'는 다음과 같이 대답한다.

> 출생은 북선(北鮮)이고/자란 곳은 남선(南鮮)이다./한국은 싫고/조선은 좋다./일본에 온 것은/그저 우연한 일이었다./요컨대 한국에서 온 밀항선은/일본으로 갈 수밖에 없었기 때문이다./그렇다고 해서/지금 북선으로 가고 싶지 않다./한국에서/홀어머니가/미라 상태로 기다리고 있기 때문이다./심지어/심지어/나는 아직/순도 높은 공화국 공민으로 탈바꿈하지 못했다.(3-2, 148~149쪽)

'북선'이나 '남선'이라는 말은 일제강점기에 사용된 차별어로, 지금은 사용하지 않는 표현인데[17], 남과 북을 합쳐 '조선'이라는 통

---

17) 일제강점기에 식민지 조선은 여러 명칭으로 구획되었다. 남북으로 크게 나누어 '남조선'과 '북조선'으로 부르는 경우가 보통인데, 1920년대가 되면 좀 더 세분화된다.

칭으로 부르기 위해 차용된 말로 생각된다. 이는 '조선'과 '북조선'을 구분해 사용하고 있는 사실을 통해서도 알 수 있다. 남북으로 분단된 어느 한쪽인 "한국은 싫고", 또 그렇다고 해서 "북(조)선으로 가고 싶"다고도 하지 않는다. '북(조)선'에 가는 것을 '돌아간다(歸る)'가 아니라 '간다(行く)'는 동사를 사용해서 표현하고 있는 것으로 봐도 '북(조)선'은 회귀해 돌아갈 조국이 아님을 말해주고 있다. 요컨대, '나'는 남북을 아우르는 총칭으로서의 '조선'이 좋다고 하면서 남북을 동시에 시야에 넣고 있는 구도이다. 시적 화자가 현재 서 있는 니이가타라는 위치가 바로 남북을 동시에 부감하는 지점인 것이다.

> 지평에 깃든/하나의/바람을 위해/많은 노래가 울리고 있다./서로를 탐하는/금속의/화합처럼/개펄을/그득 채우는/밀물이 있다./돌 하나의/목마름 위에/천 개의/파도가/허물어진다.(3-4, 169~170쪽)

니이가타는 김시종 자신이 강조하고 있듯이 남북 분단의 38도선의 연장선상에 있는 곳으로, 귀국선이 떠나고 있는 동시대적인 상황에서 봐도 남북 분단의 현장인 셈이다. 동시에, 귀국선을 타려

즉, 경상도와 전라도는 '남선', 황해도와 평안도는 '서선(西鮮)', 강원도 북쪽이나 함경도는 '북선'으로 불렀고, 경성을 중심으로 한반도 중간 지점을 일컫는 '중선(中鮮)'이라는 명칭도 있었다. 1920년대 후반이 되면 함경선 부설과 더불어 확장된 제국의 이미지를 표상하기 위해 '북선' 관련 담론이 빈출한다. 김시종은 함경도 원산에서 태어나 제주도와 전라도에서 어린 시절을 보냈기 때문에, 출생은 '북선'이고 자란 곳은 '남선'이라고 말하고 있는 것이다.

는 사람과 배웅하는 사람, 이를 지켜보는 사람들이 모여 분단을 넘고자 하는 간절한 소망이 천 개의 파도가 되어 공명(共鳴)하는 공간이기도 하다. 남북 분단의 현장이면서, 동시에 분단을 넘고자 하는 이중의 의미가 '니이가타'에 담겨 있는 것이다.

> 번데기를 꿈꿨던/지렁이의 입정(入定)이/한밤중./매미 허물에 틀어박히기 시작한다./쌀쌀한 응시에/둘러싸여/스며드는 체액이 다 마를 때까지/멀리서 반짝이는/눈부심에/몸을 비튼다./너무나도/동떨어진 소생이/골목길 뒤편의/새둥우리 상자에 넘쳐난다.(3-4, 176~177쪽)

'지렁이'에서 탈피해 인간 부활을 바라는 시적 화자의 '꿈'이 비로소 소생의 조짐을 보이는 장면이다. 그런데 사실 지렁이는 빈모류에 속하는 동물군으로, 곤충류에서 발견되는 변태를 겪지 않는다. 즉, '지렁이'에서 인간으로의 부활은 인식론상의 전환인 것이다.

> 니이가타에 쏟아지는/햇볕이 있다./바람[風]이 있다./산더미 같은/눈에 폐쇄된 계절의/두절되기 쉬운 길이 있다./(중략)/해구(海溝)에서 기어 올라온/균열이/궁벽한/니이가타/시에/나를 멈춰 세운다./불길한 위도는/금강산 벼랑 끝에서 끊어져 있기에/이것은/아무도 모른다./나를 빠져나간/모든 것이 떠났다./망망히 번지는 바다를/한 사내가/걷고 있다.(3-4, 178쪽)

위의 인용은 이 장편시의 마지막 장면으로, '지렁이'에서 탈피한 '한 사내'가 니이가타에 홀로 남아 걷고 있는 모습을 그리고 있다.

존재의 변형과 '재일'의 결심이 같이 이루어지고 있는 장면이다. 선택적으로 의도한 것이 아니지만 해방 후에 일본으로 건너가 재일 2세대임을 자처하며 의식적으로 존재론적 변형을 꾀한 김시종 시인의 실존적인 재일의 삶이 압축적으로 잘 나타난 장면이다.

햇볕과 바람이 있고, 한편으로는 해구나 균열도 있는 "불길한 위도"의 니이가타에 '나'는 서서 '재일'의 삶을 생각한다. 여기서 말하는 "불길한 위도"는 반드시 부정적인 측면을 나타내는 것은 아니다. 불길함은 긴장과 갈등을 수반하지만 욕망의 꿈틀거림을 나타내며, 따라서 생에 대한 비상을 암시한다. 남북이 갈라지는 지점에서 모든 사람들이 빠져나간 뒤에 일본에 남을 것을 결심한 한 남자가 홀로 걷고 있는 모습은 남과 북, 그리고 일본과의 관계성 속에서 살아가는 '재일'의 자화상이다. 그리고 이를 다시 시적 화자가 내려다보고 있는 구도를 보여주고 있다. 이는 남북의 한반도와 일본을 포괄적으로 부감하는 시좌(視座)에 '재일'을 자리매김하고, '재일을 산다'는 것의 의미를 이들 관계 속에서 되물어온 시인 김시종의 자화상이기도 하다.

이상에서 김시종의 『장편시집 니이가타』를 살펴보았다. 제주 4·3사건 이후 정부 당국에 쫓겨 1949년에 일본으로 건너와 현재에 이르기까지 재일의 삶을 살고 있는 김시종이 재일의 삶을 사는 것에 부여하고 있는 적극적인 의미 표명을 상징적인 표현을 통해 잘 보여주고 있는 시집이다.

김시종은 스스로를 재일 2세로 정위하고 일본 사회 속에서 현실적이고 주체적으로 살아가는 길을 모색해왔다고 할 수 있다. 따라서 북한으로의 귀국운동이 시작된 1959년 니이가타에서 귀국선을 바라보며 노래하고 있는 것은 조국으로 회귀하고자 하는 망향의 노래가 아니다. 남북 분단의 연장선상에 있는 니이가타에서 조국에서는 넘을 수 없었던 분단을 넘는 상상을 하고 있다. 이는 재일의 삶을 살고 있기에 가능한 공간 확장의 상상이라고 할 수 있다.

『니이가타』는 '재일'이 한국과 일본 사이에 끼어 정체성의 불안을 느끼는 네거티브한 존재가 더 이상 아니라, 한국과 북한, 그리고 일본을 모두 포괄하며 이들을 새로운 의미로 관련지을 수 있는 존재임을 보여주고 있다. 식민과 분단의 어두운 기억 속에서 살던 자아를 깨워 새로운 공간의 상상력을 펼치고 있는 것은 전술한 김시종의 자전 제명대로 총칭으로서의 '조선'과 일본을 동시에 살아가는 재일을 사는 의미를 잘 보여주고 있다.

10

『장편시집 니이가타』를 니이가타에서 읽다

후지이시 다카요

* 본고에서는 김시종 시인의 의향을 존중하여 「新潟」를 「니이가타」로 표기했다. 시집 제목도 판권에는 「新潟」, 책등에 「長篇詩集 新潟」, 속표지에 「長篇詩 新潟」, 오노 도자부로의 해설 제목은 「장편시 「니이가타」에 부쳐(長篇詩 「新潟」に寄せて)」로 되어 있지만, 본고에서는 『장편시집 니이가타』로 표기했다.

1. 『현대시』와 「장편 서사시 연구회」

김시종 『장편시집 니이가타』에 대해서는 근래에 들어 오세종, 아사미 요코 씨에 의해 박사 논문이 간행되었는바[1], 그 연구 업적에 대해 꼼꼼하고 세심한, 그리고 섬세한 검토 작업 없이는 선불리 『장편시집 니이가타』를 논할 수 없을 것이다. 그런데 필자는 그 작업을 해내지 못했다. 다만 그 과정에서 알게 된 몇 가지 사실을 제시함으로써 『장편시집 니이가타』를 일본 현대시사의 맥락에서 검토해 보고자 한다.

일본에서 대표적인 시 전문지로 알려져 있는 『현대시수첩』(1959년 6월 창간)은 2005년 9월에 특집판 『전후 60년 〈시와 비평〉 총전망 보존판』을 내놓은 바 있다. 권말에 「현대시 전후 60년 연표」가 붙어 있는데 1970년도에 올라 있는 시집 21권 중 김시종 『장편시집 니이가타』는 없다. 뿐만 아니라 1945년 8월부터 2004년까지 게재된 총 1,044권 시집 중에 한국/조선 사람의 이름을 가진 것도 단 7권뿐이다. 즉 1949년 9월에 허남기(許南麒)의 『조선 겨울 이야기(朝鮮冬物語)』(朝日書房), 1953년 3월에 김소운(金素雲)의 『朝鮮詩集』(創元社), 1954년 7월에 김태중(金太中)의 『사로잡힌 거리(囚われの街)』(書肆ユリイカ), 1970년 8월 즉, 『장편시집 니이가타』 간행과 같은 달에 강순(姜舜)의 『날나리(なるなり)』(思潮社), 그리고

1) 吳世宗, 『리듬과 抒情의 詩學－金時鐘과 「短歌的 抒情의 否定」』, 生活書院, 2010, 및 아사미 요코(淺見洋子), 「金時鐘의 言語와 思想－注釋的 讀解의 試圖」, 大阪府立大學大學院 人間社會學硏究科, 博士學位論文, 2012.

1983년 11월에 김시종의 『광주시편(光州詩篇)』(물론 光州詩'片'이 옳다), 1984년 9월에 최화국(崔華國)의 『고양이 이야기(猫談義)』(花神社), 1997년 11월에 송민호(宋敏鎬)의 『브루클린(ブルックリン)』(青土社)이 그것이다. 여기에는 1971년에 재일교포 여성시인으로서 처음으로 일본어 시집을 출간한 종추월(宗秋月)[2]의 이름도 없다. 그만큼 이 연표는 고학력 시인[3] 및 유명 시 전문 출판사 출간 시집에 치우쳐 있다고 볼 수 있을지 모른다.

이 연표가 빠뜨린 또 하나의 시집이 있다. 1948년 11월에 草原書房에서 발간된 기타가와 후유히코(北川冬彦, 1900~1990)의 『장편서사시 범람(長篇敍事詩 氾濫)』이다. 저자 「후기」를 옮겨 보자.

> 일본 현대시에는 장편 서사시라는 것이 없다. 있는 것은 짤막한 서정시뿐이다. (중략－인용자) 일본에서는 장편 서사시가 없을 뿐더러 짤막한 서정시조차 지금은 문단 구석에 쫓겨 그 사회적 의의는 참으로 희미하고 덧없다. 세상 모두 산문만능 시대이다. (중략－인용자) 패전 후 일본 현대시 분야에서는 시인들이 그것을 자각하고 서서히 시가 바로 서야 될 자리를 향해 시의 회복을 기도하는 기운이 보이지 않는 것도 아니지만 서사시의 분야를 개척하려는 자는 도무지 없는 것 같다. 혹은 몰래 시도되어 있는지 모르나 아

2) 佐藤亞紀「解說 在日의 詩에 대하여」(磯貝治良·黑古一夫編『〈在日〉文學全集』第18卷, 勉誠出版, 2006, 454쪽, 및 宋惠媛「解說」『在日朝鮮女性作品集 一九四五～一九八四』, 綠蔭書房, 2014, xxiii

3) 김태중(金太中, 1929~)은 동경대 출신이자 동문(이이지마 고이치/飯島耕一, 오오카 마코토/大岡信 등)들이 주간하는 동인지에 시를 발표했다. 金太中, 「年譜(自筆)」, 앞의 책 『〈在日〉文學全集』第18卷, 416~417쪽 참조.

직 표면에 나오고 있지 않다.

日本の現代詩には長篇叙事詩と云うものがない。在るのは短い抒情詩ばかりである。(中略－引用者)日本では長篇叙事詩がないばかりか、短い抒情詩さえも、今は文壇の片隅に追いやられ、その社會的存在はまことに影が薄くはかない。世をあげて散文萬能の時代である。(中略－引用者)敗戦後、日本の抒情詩の分野にあっては、詩人はそれを自覺し、除除(ママ)に、詩がまさに在るべき位置へ向つて詩の恢復を企圖する氣運が見えないではないが、叙事詩の分野を開拓しようとする者は一向にないようである。或いはひそかに試みられつゝ在るのかも知れないがまだ表面には出ていない。)[4]

기타가와는 일본 시인들이 명치시대에는 문어(文語)와 아어(雅語)의 음수율 리듬인 '정형'을 이용하여 장편서사시를 쓸 수 있었다고 지적한다. 그러나 그 후로 구어 자유시(口語自由詩) 운동이 일어나 음수율의 '정형'을 포기하게 된 결과 "시인들은 장편서사시를 쓸 방법을 잃었다"[5]고 한다.

그런데 기타가와가 장편서사시를 쓰게 된 것은 우연한 계기였다. 후기에 따르면 『범람』에 수록된 다섯 편은 모두 원래 '소설'로 발표되었는데 "읽기가 불편하다"는 평가를 받았다. 그래서 '개행'을 시도해 봤더니 읽어 본 친구들이 "읽기가 훨씬 편하고 게다가 이미지도 더 명확하게 떠오른다"고 말했다는 것이다. 아울러 기타가와는 "문학이 포기한 서사시라는 장르를 회복시킨 것은 바로 영

4) 北川冬彦, 「후기(あとがき)」, 『長篇敍事詩 氾濫』 草原書房, 1948, 185~186쪽.
5) 상동, 188쪽.

화"이며 "이러한 성질을 가진 영화에 뼛속까지 영향 받은 내가 쓴 소설이라는 것이 '定型 없는 定型詩'로 서사시를 스스로 형성한 것은 우연이 아니"라고 하면서 다음과 같이 덧붙였다.

> 일본 문단에 소설 외에 이야기성과 구성을 가진 장편서사시라는 장르를 회복시키고 소설 만능인 일본 문단을 풍요롭게 하려는 시인의 야심은, 아마 나만이 포회하는 바가 아닐 것이다.
>
> 日本の文壇に、小説の外に、物語性と構成を持つ長篇叙事詩と云うジャンルを回復し、小説萬能の日本の文壇を豊饒にする詩人の野心は、恐らく私ばかりの抱懐するところではあるまいと思うのである。[6)]

그 당시 기타가와는 니이가타 출신 프롤레타리아/전향시인인 아사이 주자부로(淺井十三郎, 本名 關矢與三郎, 1908~1956)와 함께 시동인지 『현대시(現代詩)』(1946년 2월 창간) 편집을 맡고 있었다. 지금 일본 시단에서 현대시인상 및(시단의 아쿠타가와상이라고 불리는) H씨 상을 수여하는 일본현대시인회(日本現代詩人會) 홈페이지를 보면 다음과 같은 연혁이 나온다.

> 1946(쇼와 21)년 2월에 니이가타에 있는 '시와 시인사'에서 『현대시』가 창간되었다. '시와 시인사'는 아사이 주자부로가 전쟁 전부터 『시와 시인』을 냈던 발행처 이름이다. (중략 – 인용자) 집필자는 전국의 유명 시인들을 망라했었다. 이것을 창간호로 보면 (중

6) 상동, 204~206쪽.

략－인용자) 기타가와 후유히코는 권두시를 썼다.[7]

기타가와는 안자이 후유에(安西冬衛, 1898~1965)와 함께 일본의 조계지였던 대련(大連)에서 1924년에 창간된 시잡지 『아(亞)』의 동인이었고, 1928년에는 일본 모더니즘 시운동의 모체가 된 『시와 시론』 그룹에 참가했던 시인으로서, 일관하여 「일본 현대시」의 선두 주자였다. 그런 기타가와가 『현대시』를 편집하면서 '장편서사시 연구회'를 발족시키고 1949년 3월 13일에 제1회 연구회를 가졌다.[8]

「니이가타현 기타우오누마군 히로세무라 오아자 나미야나기 오쓰 119번지(新潟縣北魚沼郡廣瀨村大字竝柳乙一一九番地)」－『현대시』 발행처인 이 주소 번지를 보면 대부분의 일본 문화권에 속하는 사람들은, '모던'하고 난해한 '현대시'와 아무 상관이 없는 농민들이 사는 곳을 떠올릴 것이다. 그런데 예나 지금이나 눈이 많은 산골에서 발행된 『현대시』가 전후 일본 장편 서사시의 요람지가 되었다.

그러나 전후 일본 문학사에서 장편 서사시의 실험은 행방불명이 되고 말았다. 그 이유를 『장편서사시 범람』에 실린 작품들의 주제에서 추측해 볼 수 있다. 거기에는 조계지의 중국인 소년 사환이

7) 일본현대시인회 H.P(http://www.japan-poets-association.com/about/naritachi/post_16.html) 참조. 『詩와 詩人』에 대해서는 「(전략-인용자)단, 시단적으로는 니이가타라는 지방에서 발행하는 핸디캡을 면할 수 없어, 아사이 주자부로의 개인적 자산을 탕진해 버리는 격으로 망해 버렸다.(ただ、詩壇的には新潟という地方から発行のハンディからもまぬがれることができず、淺井十三郎の個人的資産を喰いつぶすかたちで、つぶれてしまった)」고 하는 구라하시 겐이치의 증언이 있다. 倉橋健一, 「初期金時鐘과 大阪의 風土」, 『論潮』 第6號, 2014.1, 300쪽.

8) 「『長篇敍事詩硏究會』 發足에 대하여」 『現代詩』 제4권 제5호, 1949.5, 66~67쪽 참조.

일본인 주인집 노파의 누렇게 썩어 빠진 이빨을 보는 순간 몸 팔다 병들어 죽어가는 여동생을 학대하는 양모 생각이 나 노파를 참살하는 풍경(「오래된 거울」)이나, 신의주와 안동(현재의 단둥)을 연결하는 철교 부근에 얼어붙은 압록강을 건너다 익사하는 가난한 조선 여성의 이야기(「早春」), 만철 파견 조앙선(洮昂線) 건설현장에서 혹사당하는 중국인 노동자들의 모습(「曠野에서」) 등이 냉소적으로 그려져 있다. 또한 1935년에 오구마 히데오(小熊秀雄, 1901~1940)가 「날아가는 썰매－아이누 민족을 위하여(飛ぶ橇－アイヌ民族の爲めに)」를 발표한 것처럼[9], 전쟁과 식민지에서의 지배, 폭력과 살육의 기억은 장편 서사시 장르만이 자세히 담아낼 수 있었던 것 같다. 그만큼 전후 일본에서 자신들의 잔혹했던 기억을 의도적으로 망각하려는 추세와 시인들의 장편 서사시 장르의 해소, 소멸은 궤를 같이했다고 볼 수 있을 것 같다.

김시종은 "나에게는 우선, 음절을 75조(七五調)로 갖추려는 습성이 언어의 법칙처럼 버티고 있다.(私にはまず、音節を七五調にとりそろえようとする習い性が、言葉の法則のように居座っている)」[10]고

9) 편자인 구로카와 소우(黑川創)는 해설에서 「이러한 선주 소수민족의 묘사는 시·소설을 통틀어 그 당시 일본인 작가들에게 희유한 것이다. 오구마는 이것을 끈질기고도 끈질기게 장편서사시로 만들었다. 여기에 그의 내부에 깊이 뿌리박힌 단가적 전통에서의 단절을 알아차릴 수도 있을 것이다.(こうした先住少数民族の描かれかたは、詩·小說を通して、當時の日本人作家たちに稀有のものだ。小熊は、これを、粘りに粘って、長篇の叙事詩に仕上げた。ここに、彼の內部に深く根ざした、日本の短歌的傳統からの断絶を、見てとることもできるだろう)」라고 지적하고 있다. 黑川創 편 『〈外地〉의 日本語文學選 滿洲·內蒙古/樺太』, 新宿書房, 1996, 319쪽.

10) 金時鐘, 「日本語의 돌피리(石笛)」, 『내 삶과 시(わが生と詩)』, 岩波書店, 2004, 38쪽.

토로했던바, 「대단히 과중한 규제로 몸에 밴 일본어(非常に過重な規制によって身についた日本語)」[11]의 음수율을 무기로 삼아 김시종이 장편시[12]를 쓸 수 있었던 것은 바로 일본어/(현대)시에 대한 복수라 하지 않을 수 없다.

2. 『장편시집 니이가타』의 리듬

김시종 시의 독특한 리듬에 대해 고라 루미코(高良留美子, 1932~) 시인이 『장편시집 니이가타』를 논하는 글에서 다음과 같이 지적한 바 있다.

> 짧은 시행들은 찢어 던진 호흡 같고, 훌륭하다. 그것은 센티먼트를 전하기보다는 오히려 저자의, 또한 저자 이외 많은 사람들의 숨결을 전해 온다. 원한보다는 분노를, 억제된 분노를 전해 온다. 또한 단언할 수는 없지만, 이들 시행 뒤에는 어떤 형태로의 구전시(口傳詩)의 전통이 있지 않을까 한다. 예컨대 다음과 같은 부분에, 나는 그것을 느꼈다.
>
> 短い詩行はちぎって投げた呼吸のようであり、見事だ。それはセンチメントを伝えるよりはむしろ作者の、また作者以外の多くの人々の、息づかいを伝えてくる。怨念よりは憤りを、抑えられた

11) 金達壽·安岡章太郎·金時鐘(座談會), 「文學과 民族」, 『文藝』, 1971.5, 208쪽.

12) 『長編詩 新潟』가 長篇 「敍事詩」냐 아니냐는 문제는 따로 검토가 필요하지만 본고에서는 다루지 못했다.

憤りを伝えてくる。また断言することはできないが、これらの行の背後には、何らかの形での口承詩の伝統があるのではないかと思う。たとえばつぎのようなところに、わたしはそれを感じた[13)]

고라 씨가 시인다운 직감으로 포착한 리듬을 필자가 가시화(可視化)해 보면 다음과 같다.(읽어 나갈 때 호흡을 따라 개행은 원문과[14)] 다르게 표기했다. 구점(。)은 1박 휴지가 됨으로 1음으로 처리하고 숫자는 일본어 음수를 가리킨다. 한국어는 필자 졸역임.)

야나기노	やなぎの	버드나무의	4
소요기니모	そよぎにも	살랑거림에도	5
야도루	やどる	깃든	3
우타워	うたを	노래를	3
가고오토	かごうと	家鄉[15)]이라	4
이오우.	いおう。	말하겠다	4
아메가	あめが	비가	3
가와워	かわを	강을	3
구즈스	くずす	부수는	3
모노데나쿠	ものでなく	것이 아니라	5
와라야네워	わらやねを	초가지붕을	5

13) 고라 루미코(高良留美子), 「書評 金時鐘詩集『新潟』」, 『新日本文學』, 1971.4, 95쪽.

14) 金時鐘, 「新潟」, 『原野의詩(原野の詩)』, 立風書房, 1991, 431~432쪽.

15) 김시종은 '가향(家鄉)', '재소(在所)', '고향(故鄉)'을 각각 다르게 썼기에, 한국어 번역('고향' 혹은 '고장')을 피하고 그대로 표기했다.

나가스노가	ながすのが	허무는 것이	5
가와데나이	かわでない	강이 아니라	5
이에가	いえが	집이	3
이에데아리	いえであり	집이고	5
소소구	そそぐ	흘러드는	3
아메가	あめが	비가	3
아메데아리	あめであり	비이고	5
메구미니	めぐみに	은혜에	4
스가루	すがる	매달리는	3
구라시데나이	くらしでない	살림이 아닌	5
구니워	くにを	나라를	3
소코쿠토	そこくと	조국이라	4
요보우	よぼう。	부르겠다.	4

확실히 3·4·5음의 리듬을 느낄 수 있는 것 같다. 필자에게는 그것이 고려가요의 리듬[16](「가요」처럼 경쾌하지 않고 침울한 느낌을 주지만)을 방불케 한다.

참고로 『광주시편』 표지에는 김시종 자신의 필적으로[17] 한국어로 옮긴 「그리하여, 지금(そうして、今)」이 인쇄되어 있다. 필자가 일본어 음을 붙여 옮겨 본다. 김시종 자신이 옮긴 한자어와 한국어 맞춤법은 원문대로 적는다.

16) 초고에서는 "시조나 고려가요의 리듬"이라고 썼으나 김수열 선생님께서 지적해 주셨다.

17) 細見和之·淺見洋子(인터뷰), 「金時鐘씨·姜順喜씨 詩가 生成할 때」, 『論潮』, 44쪽.

이마와 잇푸쿠노도키. / 지금은 한숨 쉴 적

푸라카-도와 데제마나로오소노 / 프라카-트는 비좁은 勞伪組合

가이단와키데 솟쿠리가에리 / 계단 곁에서 젖히여있고

렌타이이인카이와 / 連帯委員會는

오소이쥬쇼쿠노 아토노 / 늦은 점심 마친후의

고오히이노토키. / 커피의 때다

今はいっぷくのとき。

プラカードは手ぜまな労組の

階段わきでそっくり返り

連帯委員會は

おそい昼食のあとの

コーヒーのとき。

다닷피로이 이와쿠니노 하랏파데와 / 터무니 없이 넓은 岩國벌판에서는

기에이가 하야쿠모 가게로우니 히즈미하지메 / 機影이 일찌기도 陽炎에 이지러지기 시작 했고

아케가타 / 새벽녘

오산워 도비탓타 베이헤이가 / 烏山을 뛰어 날은 米국 兵士는

다라다라토 / 진력 나게도

뇨오이니 유사부라레타 가민워 / 尿意에 흔들린 假眠을

오이테키타 유비노솟칸니 다라시쓰즈케루. / 놔두고 온 손가락 觸感에 늘어뜨린다

だだっ広い岩国の原っぱでは

機影が早くも陽炎にひずみはじめ

明け方
烏山(オサン)を飛び立った米兵が
だらだらと
尿意に揺さぶられた仮眠を
置いてきた指の触感にたらしつづける。

샤게키쿤렌워 이마오에타바카리노 기부쓰데 / 사격 훈련을 방금 마친 集團農場에서
간지토우나지노 아세워누긋타 오토메와 / 생긋이 목덜미 땀을 딱[18]는 처녀는
하미다스바카리노 지부사니 / 삐[19]어져 나올만한 젖통이에
야오라 가제워 아테 / 울추림없이 바람을 쐬며
射撃訓練を いま終えたばかりの集団農場(キブツブ ツ)で
莞爾とうなじの汗をぬぐった乙女は
はみだすばかりの乳房に
やおら風を当て

사레키노 구보미노 히카게데와 / 砂礫(인용자주-모래와 자갈)이 우묵해진 웅달에서는
아도케나이 가이호우센센노 헤이시가 히토리 / 호듯한 解放戰線의 兵士한 사람
미노타케호도노 쇼우쥬우니 다카레테 / 제 키 만 한 小銃에 안겨
모토모토노 고도모니 가엣테이루 / 본래 그대로의 어린이로 되

18) 원문대로 표기함.
19) 상동.

돌아가고있다

　砂礫のくぼみの日陰では
　あどけない解放戦線の兵士がひとり
　身の丈ほどの小銃に抱かれて
　もともとの子どもに返っている。

　소우시테 세카이와 / 그리하여 세계는
　이마가 히루데아루. / 지금이 대낮이다
　다이노 오우치노 이리쓰쿠 히자시노 시타워 / 타일랜드 벽지 볶아대는 햇살 밑을
　모미마지리노 기비가라가 / 왕겨 섞인 기장 싸라기가
　사칸니 세키유칸노 소코데하제 / 石油깡통 속에서 자꾸만 터져 튀고
　히루마에노 시킨단니 / 낮전의 至近彈에
　나게다사레타마마노 한고우니와 하에가 우나리워다테테 다캇테이루 / 팽개친 채 내버려있는 반합에는 파리가 으르렁거리며 뒤끓린다
　이란노 사이하테니모 / 이란 맨 끝 邊地에도
　요오야쿠이마가 고오란노 도키나노다. / 겨우 지금이 코-란의 때인가 싶다
　そうして世界は
　今が昼である。
　タイの奥地の炒りつく日差しの下を
　籾まじりの黍がらが
　さかんに石油かんの底ではぜ
　昼まえの至近弾に

投げだされたままの飯盒には蠅がうなりをたてて[たかっている。]

イランのさいはてにも

ようやく今がコーランの時(ママ)なのだ。

—『광주시편』[20] 표지, 밑줄은 인용자

밑줄 친 부분은 일어 원문(소리와 뜻)을 잘 살려낸 부분(_)과 약간 어색하게 느껴지는 부분(﹏)이다. 특히 "커피의 때", "코란의 때"와 같은 통어법은 일본어 특유의 압축 표현인 것 같다. 일본어 원문에 있는 구점이 한국어 시에는 없는 것도 읽어 나가는 호흡(리듬)과 관련이 있을 것이다.

3. 「고은(高銀) 문제의 무게」라는 과제

얼마 전에 작고한 원로시인 쓰지이 다카시(辻井喬, 본명 쓰쓰미 세이지/堤清二, 1927~2013)는 1991년부터 99년까지 8년에 걸쳐 "쇼와사(昭和史)를 장편시로 쓰"[21]는 의도 아래 『바다(わたつみ)』 3부작을 썼다. "패전 후 50년 이상이 지나도 전쟁의 명칭조차 명확히 결정을 짓지 못하고 있는 일본이란 나라에서" 패전은 "전사자들의 죽음과 원통함을 대상으로 하여 얻은 서사시"였고 거기에는 영웅이 없었다.[22]

20) 金時鐘, 『光州詩片』, 福武書店, 1983.

21) 辻井喬, 『바다(わたつみ)三部作』, 思潮社, 2001, 274쪽.

22) 상동, 288~289쪽.

쓰지이는 자신이 속하는 세대가 '조국'이나 '사랑(愛)' 같은 말을 "의심스러운, 애매한, 선전으로 찍어 놓은 단어들"[23]이라는 생각에 시어로 쓸 수가 없었고, 그래서 한국의 시인 고은의 시집 제목에 있는 '조국'이란 말에 이질감을 느껴[24] 좀처럼 읽지 못했다고 한다. 그런데 쓰지이는 고은과의 두 번의 대담을 통하여 "시인으로서의 고은, 작품으로서의 고은 시집이 우리 현대시에 던지는 '고은 문제'"[25]를 거론하게 된다. 즉 일본 현대시는 조국을 노래할 수 없다는 점, 고은의 시에 나오는 많은 지명과 날짜에 해당되는 것들이 일본 전후사(戰後史)에 없다는 점, 일본문학 속의 서정과 한국문학 속의 그것이 다르다는 점, 등이다.[26]

> 여기까지 써서 토지 이름을 쓰고 있다는 것을 깨달았다
> 언제나 나에게 지명은 금지되어 있었는데
> 일본이라는 나라 이름도 이미 존재하지 않는 곳의 이름이라는 생각이 들어
> 그러면 너는 어디 있느냐고 누가 물어보면
> 지금 여기로 충분하다고 우기곤 했다.
> 한국의 고은을 만나 지명을 부르는 시인을 알았다
> 그는 대구 광주 경주라는 이름들을 시에 넣는다

---

23) 辻井喬, 「詩에 있어서 思想이란 무엇인가-언어(ことば)·音樂·感性」, 『生光』, 藤原書店, 2011, 74쪽에서 再引用. (初出은 『現代詩手帖』, 思潮社, 2003.1.)

24) 辻井喬 「『高銀問題』의 무게」, 『生光』, 95쪽에서 再引用. (初出은 金應教·青柳優子·佐藤亞紀譯 『高銀詩選集』, 藤原書店, 2007)

25) 상동, 101쪽.

26) 상동, 97쪽 및 高銀·辻井喬(司會·黑井千次), 「〈對談〉敍情의 자리(ありか)」, 앞의 책 『生光』, 111~120쪽 참조. (初出은 『野間宏의會 會報』 13호, 2006.4)

그러한 도시나 거리의 명칭에는
땀과 피의 기억이 각인되어 있다고 한다
ここまで書いて土地の名を使っているのに気付いた
いつも僕にとって地名は禁じられていたのに
日本という国名ももう存在しない場所の名に思え
それではお前はどこにいるのだと聞かれれば
いま ここに で充分だと居直ったりしていた
韓国の高銀に會って地名を歌う詩人を知った
彼は太(ママ)丘 光州 慶州という名を詩に入れる
そうした町や通りの名前には
汗と血の記憶が印されているのだという

– 쓰지이 다카시, 「지붕 붙은 회랑(屋根つき回廊)」 2연, 인용자 졸역[27]

고은이 “토지라는 것은 많은 삶과 죽음을 낳는 현장(土地というのは、多くの生と死を生み出す現場)”[28], “그러니까 시란 무엇인가를 물어볼 때 우리는 그 시의 근원이 무엇인가, 라는 그러한 아픔을 물어보게 됩니다.(ですから詩とは何かと問うときには、私たちはその詩の根源とは何かという、そういう痛みを問うことにもなります)”라고 대답한데 이어 쓰지이는 다음과 같이 말했는데 이 말은 쓰지이가 『바다』 3부작을 왜 쓸 수밖에 없었던가를 짐작케 한다.

27) 앞의 책 『生光』, 90~91쪽에서 再引用. (初出은 『독수리가 있어(鷲がいて)』, 思潮社, 2006)

28) 高銀·辻井喬 「〈對談〉詩人의 近代」, 앞의 책 『生光』, 114쪽. (初出은 『環』 30호, 藤原書店, 2007.7)

돌아갈 자리는 그 사람이 시인이라면 본인이 만들어 나가야 한다. 그런데 나를 포함해서 일본 시인들은 돌아가야 할 일본을 아직 못 만들고 있다.

帰る場所は、その人が詩人であれば、自分でつくっていかなければならない。ところが、私も含めて日本の詩人は、帰るべき日本をまだつくることができないでいる。[29)]

쓰지이의 『바다』 3부작 끝에 결어(結語)처럼 놓인 시 「바다(わたつみ)－敗戰五十年에」 마지막 연을 들어 보자.

귀를 기울이면
멀리 땅 끝에서 기억이 방울져 떨어지는 소리가 들린다
바다가 조금씩 떨어져 가는 것일까
아니면 불빛이 흘러내리는 것일까
도망가는 기억을 향해
이미 오십 년이 지났으니
지나가는 것들은 漏刻의 울림에 맡기는 게 낫다
억지로 만류하려고 들지 않고
머지않아 그 속으로 나도 들어가는
그날을 위해
기억은 어디까지나 그 사람만의 것
이름 없는 새가 그나마 높이 울고 날아가는 날
와다쓰미의 하늘은 개어 있을까
耳を傾ければ

29) 상동, 130쪽.

ずっと涯の土地で記憶が滴っている音が聞える
海がすこしずつ落ちてゆくのだろうか
それとも光がこぼれているのか
逃げてゆく記憶に向って
もう五十年が経ったのだから
過ぎ去るものは漏刻の響にまかせる方がいい
無理に引きとめようとはせずに
いずれそのなかに私も入っていく
その日のために
記憶はどこまでいってもそのひとだけのもの
名前のない鳥が せめて高く啼いて飛び立つ日
わたつみの空は晴れているだろうか

(인용자 졸역)[30)]

이 시적 화자의 심상풍경과 공통되는 체념을『장편시집 니이가타』마지막 장면에서 발견하는 것은 우연이 아닐 것이다.

뒤섞여 들어오는 전파에조차	いりまじる電波にさえ
비어져만 나오는	はみだすだけの
나의 귀국을	ぼくの帰国を
최소한	せめて
일어설 만한	埠頭に立てるだけの
다리로 만들어 다오.	脚にしてくれ。
눈꺼풀에 부딪치고	瞼に打ちつけて

30) 앞의 책『바다 三部作』, 268~269쪽.

무너지는 파도에	くずれる波に
뒤섞여 날아가는 지평의	とびかう地平の
새들을 보자.	鳥を見よう。
해구를 기어오른	海溝を這い上がった
균열이	亀裂が
시골다운	鄙びた
니이가타라는	新潟の
시에	市に
나를 머물게 한다.	ぼくを止どめる。
흉측한 위도는	忌まわしい緯度は
금강산 벼랑 끝에서 끊어졌기에	金剛山の崖っぷちで切れているので
이것은	このことは
아무도 모른다.	誰も知らない。
나를 벗어난	ぼくを抜け出た
모든 것들이 떠났다.	すべてが去った。
망양하게 펼쳐지는 바다를	茫洋とひろがる海を
한 남자가	一人の男が
걸어가고 있다.	歩いている。

(인용자 졸역)[31]

『장편시집 니이가타』 마지막 장면에는 '한 남자'의 '니이가타에 머무는 결의(新潟にとどまる決意)'[32]가 표출되어 있는바, 이 시집이

31) 金時鐘『長篇詩 新潟』, 構造社, 1970, 193~195쪽.
32) 淺見洋子, 「金時鐘의 言語와 思想 - 注釈的 讀解의 試圖」, 284쪽.

표상한 본질을 단적으로 설명해 주는 아사미 요코 씨의 결론을 인용해 본다.

> 일본·공화국·한국·미국 등 '나'를 둘러싼 여러 권력에 의한 압력은 '나'에게 '이미테이션'(「Ⅰ-간기-의 노래④)이라는 괴로움을 강요했다. 이에 대해 『니이가타』는 변신과 분열을 거듭함으로써 '나'라는 개인을 철저히 폭로하고 '나'의'인간부활'(「Ⅰ-간기-의 노래①」), 나아가 "숙명의 위도"를 넘는 것을 시도한 시집이다. 『니이가타』는 '나'의 변신·분열의 투쟁 끝에 "한 남자"라는 하나의 주체를 세웠다. 옛 종주국이고 지금까지도 규제력을 작동해 오는 일본, 그리고 재일교포들의 생활을 압박하는 두 조국 사이에서 흔들리면서도 최종적으로 그 어느 한 쪽에도 종속되지 않는 주체로서 "한 남자"를 내보내게 되었다. (중략-인용자) 시집 마지막에 '니이가타'에 머무는 것을 선택한 '나'의 분신인 '한 남자'가 일본과 한반도 사이에 "망양하게 펼쳐지는/바다"로 떠돌게 된다. '나'는 억압이 가득 찬 일본이라는 장소에 실체(實體)를 두면서, 일본과 한반도를 바라볼 수 있는 바다로 분신을 내보내며 사람들의 "하나의/소원"인 조국을 계속 희구하는 것이다.[33]

"한 남자"가 주어진 '조국'보다 '니이가타'에 머무는 것을 택하는 계기를 김시종 자신의 말에서 찾는다면 오노 도자부로(小野十三郎,

33) 상동, 290~291쪽. 그러나 호소미 교수도 지적한 것처럼 「한 남자」는 「時鐘」이라는 固有名마저 박탈되어 있다. 즉 「아직 참된 「인간부활」에는 멀지도 모르는 (いまだ眞の「人間復活」には遠いかもしれない)」 상태인 것이다. 細見和之 「長篇詩集 『新潟』에 안긴 記憶」, 『디아스포라를 사는(ディアスポラを生きる)詩人 金時鐘』, 岩波書店, 2011, 142~143쪽.

1903~1996)의 『시론(詩論)』(眞善美社, 1947)을 들어 발언한 다음과 같은 대목에서 추측이 가능할 것 같다.

> 풍경이나 토지 이름 같은, 자신의 생애를 좌우하는 것들을 만난다는 것은 행복하고 부러운 일이라고 말했던 것입니다. 자신의 고향은 지금은 제각기 댐 밑에 호수 바닥에 가라앉은 고향을 가져야 한다, 고향은 그런 것이다, 라는, 이로써 제가 니이가타에 급격하게 자리 잡게 된 것입니다.
>
> 風景とか土地の名とかいうのは自分の生涯を左右するようなものにであうとは幸福なことであり、うらやましいことだといったことです。自分の故郷は、現今ではめいめいダムの湖底に沈んだ故郷をもつべきだという、故郷はそういうものであるという、これが、ぼくが、新潟に急激に腰をすえさえたものです[34)]

'제주도', '이카이노(猪飼野)', '광주', '니이가타'는 김시종에게 있어 "많은 삶과 죽음을 낳는 현장"의 이름으로 절실한 곳들이다. 그러면 지금 니이가타는 어떤 곳일까? 2007년 12월 2일, 일본 정부의 북한에 대한 경제제재를 비판하는 강연회가 니이가타 시내에서 열렸다. 강사는 한국에서 19년 동안 정치범으로 수감된 서승(리쓰메이칸대학 코리아연구센터) 교수였다. 질의응답 시간에 한 남자가 일어나 "당신이 진정 간첩이 아니었는가" 힐책한 순간 강연장은 아수라장이 되었다. 남자를 향해 "네가 우리 형을 죽였어" 하고 누가

34) 金時鐘·倉橋健一 외「九. 短歌的敍情의 否定－小野十三郎의世界－」, 福中都生子 외編『座談 關西戰後詩史大阪篇』, 文藝大阪出版協會, 1975, 231~232쪽.

고함을 쳤다. 남자는 밖으로 쫓겨났다. 남자는 귀국운동에 열성적으로 매진한 그 당시 조총련 활동가였다. 지금 일본인 납치자 구출운동에 나서고 있는 고지마 하루노리(小島晴則, 1931~)[35] 씨도 '니이가타 재일조선인 귀국 협력회(新潟縣在日朝鮮人歸國協力會)'에서 그의 동료였다.

니이가타에는 지금도 아물지 않는 역사, 치유될 수 없는 역사, 뒤틀린 역사, 기억이 억압받는 역사, 모순 그 자체인 역사, 요컨대 도저히 바로 잡을 수 없는 역사가 암매장되어 있다. 혹은 아직도 진행 중이다. '귀국선'에는 많은 제주도 사람들도 타고 북한으로 떠났다.[36] 니이가타는 한반도 및 중국대륙에 대한 침략의 전초 기지이기도 했다.[37] 다시 고은의 말을 들어 보자.

> 서정이라는 것은 강하기도 하고 그리고 약한 것이기도 합니다. 서정을 가지고서는 세계는 성립할 수 없습니다. 이것은 동시에 세계는 서정 없이는 성립할 수 없다는 것과도 같은 뜻입니다. 그래서 서정 옆에는 서사가 있습니다. 서사 옆에는 반드시 정서가 있습니다. / 저는 예컨대 서정과 정서, 서정과 현실, 서정과 문학, 서정과 무엇인가가 만난 자리에서 비로소 서정이라는 것이 성립이 된다고 생각합니다.

---

35) 고지마 하루노리(小島晴則), 『환상의 조국으로 떠난 사람들 북한 귀국사업의 기록(幻の祖國に旅立った人々 北朝鮮歸國事業の記錄)』, 高木書房, 2014.

36) 金昌厚(李美於 역), 『漢拏山에 해바라기를(ひまわりを)濟州島四·三事件을 體驗한 金東日의 歲月』, 新幹社, 2010, 197쪽.

37) 古厩忠夫, 『裏日本—近代日本을 다시 묻다(近代日本を問いなおす)』, 岩波新書, 1997 참조.

> 叙情というのは強くもあり、そして弱いものです。叙情をもってしては、世界は成立しません。これは同時に、世界は叙情なしには成立しないということとも同じ意味です。だから叙情の横には、叙事があります。叙事の横には必ず情緒があります。/私は例えば叙情と情緒、叙情と現實、叙情と文学、叙情と何かが出會ったところで、初めて叙情というものが成立するのだと思います。[38]

그리고 쓰지이가 고은을 평한 다음과 같은 말은 김시종에게도 그대로 해당되는 말이다.

> 그가 살아온 과정이 언어를 자신의 것으로 발견하는 고투의 과정이며 권력에 대항하여 인간이려고 하는 나날의 연속이며 그것은 조선반도에 생을 받은 사람의 분열국가를 넘어서려고 하는 역사 그 자체였음이 드러난다.
>
> 彼の生きて来た過程が言葉を自分のものとして発見する苦闘の過程であり、権力に対抗して人間であろうとする日々の連なりであり、それは朝鮮半島に生を受けた人の、分裂国家を乗り越えようとする歴史そのものであったことが見えてくる。[39]

여기까지 보면 "사랑은 끝내 살아낸 기록 속에서야말로 빛나다.(愛は生き抜いた記録のなかでこそ光る)"(김시종 시인 자신이 한국어로 번역한 것)고 선언하는 김시종의 신념도 개인의 기억이 공적인

38) 「〈對談〉敍情의 자리」, 앞의 책 『生光』, 115~116쪽.
39) 「『高銀問題』의 무게」, 앞의 책 『生光』, 96쪽.

기록으로 승화(昇華)되어야 한다는 염원으로 간주할 수 있을 것이다. "한 남자"는 시인이기에 자신이 돌아갈 자리를 자신이 만들어 나가야 한다. 거기서는 "한 남자"일 뿐만 아니라 이 땅에 사는 모든 사람들의 "인간부활"이 이뤄져야 할 것이다.

그래서 『장편시집 니이가타』를 전후 장편 서사시의 요람지인 니이가타에서 다시 읽는다는 것은 서정과 역사의 대면이 정감(情感)[40]만이 아닌 서정을 낳는다는 것, 다시 말해 "그 사람만의 것"에 머물렀던 기억이 어떻게 서사시로 탄생하는가를 목격하는 일이라 하겠다. 그것은 일본 현대 서사시의 부활이기도 하다.

이 글은 2014년 5월 31일, 제주시 열린정보센터 세미나실에서 열린 〈제주 4·3의 새 지평을 위한 문학적 모색－재일시인 김시종의 『니이가타 시집』 연구를 중심으로〉에서 발표한 내용을 수정한 것이다.

40) 서정과 정감의 차이에 대해서는 김시종의 다음과 같은 발언이 있다. "한국의 현대시라는 오늘날 시를 짓는 시인들에게는 우수한 분들이 있습니다. 그러나 서정이라는 것에 대해 의식 목적적으로 고구한다는 것은 한국에서는 아직까지 없는 것 같아요. 그리고 서정과 정감의 분별이 없습니다.(韓国の現代詩という今日的詩を作る詩人たちには優れた人たちがいます。ただ抒情ということについて意識目的的に考究するということは韓国ではいまだもってないのですよね。それに抒情と情感の見境がないのです。) 金時鐘·오다와라 노리오(小田原紀雄) 「〈對談〉재일을 살며－정감과 서정(在日を生きて－情感と抒情)」, 『Ripresa』 No.05, 社會評論社, 2008.2, 29~30쪽.

대담

63년 만에 한국에 도착한 『지평선』
"바다를 바라보면 언제나 눈물이었다"
일본 현지 김시종 시인을 만나다

김동현

1. 스물여섯 청년이 어느덧 구순

김시종의 첫 시집 『지평선』(곽형덕 역, 소명출판)이 2018년 6월 출간됐다. 일본에서 처음 펴낸 『지평선』이 63년 만에 한국의 독자와 만나게 됐으니 그 의미가 적지 않다. 시집 출간 즈음 번역자인 곽형덕, 시집 해설을 쓴 류큐대 오세종 교수, 문학평론가 김동윤·고명철·김동현, 그리고 이 시집을 출판한 소명출판의 박성모 사장 등 우리 일행은 2018년 6월 27일 일본 나라현 이코마에서 김시종 시인을 만났다.

1955년 800부 한정판인 첫 시집은 출간 일주일 만에 매진됐다. 한국전쟁 직후였다. 죽음을 피해 일본 밀항을 선택했던 김시종은 이 무렵 건강이 악화돼 병원 신세를 지게 된다. 『진달래』는 전쟁과 생명의 위기라는 상황에서 세상에 나오게 되었다. 오세종은 해설에서 『지평선』을 이해하기 위해서는 세 가지의 위기를 이해해야 한다고 설명한다.[1] 첫 번째는 심근장애를 앓았던 생명의 위기, 두 번째는 한국전쟁이라는 조국의 위기, 마지막으로 '재일'이라는 위기이다. 『지평선』은 스물여섯의 청년 김시종이 "병상에서 몸부림치며" 발간한 첫 시집이다.

시인을 만나러 가는 길. 오사카의 6월은 이미 뜨거웠다. 복잡하기로 유명한 일본의 지하철을 두세 차례 갈아타고 우리 일행은 약속 장소인 이코마역으로 향했다. 개찰구를 통해 나가자 맞은편에

1) 오세종, 「위기와 지평–『지평선』의 배경과 특징」, 김시종, 곽형덕 역, 『지평선』, 소명출판, 2018, 213쪽.

김시종 시인이 자신의 시집 『지평선』에 대해 설명하고 있다.(김시종 시인의 왼쪽은 김동윤 평론가, 오른쪽은 번역자인 곽형덕)

김시종 시인이 먼저 나와 있었다. 시인의 곁을 항상 지키는 아내와 일본에서 김시종 시인에 대한 깊은 애정을 품고 있는 정해옥 시인도 함께했다. 2017년 10월 제주를 찾았을 때와 달리 시인은 오른손에 지팡이를 쥐고 있었다. 그동안 건강이 악화된 것은 아닌지 걱정스러웠다. 그의 깊은 주름에서 칼날처럼 깊게 새겨진 재일의 삶을 느낄 수 있었다.[2)]

시인은 일행을 미리 예약해 놓은 음식점으로 안내했다. 간단한 음식과 생맥주 한 잔을 앞에 놓고 이야기는 시작됐다. 자리에 앉자

2) 이날 대담은 격식 없이 자유롭게 이어졌다. 이날 대화에는 고명철, 김동윤, 곽형덕, 오세종, 김동현 등이 함께 참여했다. 글의 맥락을 위해 질문자를 특별히 밝히지 않는다.

마자 김시종 시인은 『지평선』이 한국의 독자들에게 어떻게 읽혀질 지 염려된다고 털어놓았다.

"『지평선』은 60여 년 전 책입니다. 그 당시에는 이승만 정권이라는 아주 어두운 정권 아니었습니까. 인권을 무시하는 걸 넘어서 인간을 무시하는 정권이었죠. 6·25사변 당시에는 북조선에 대한 평가가 높았죠. 민생 경제도 남한보다 좋았고요. 그 시기 김시종의 인식 표명이 『지평선』입니다. 시집을 읽고 한국 독자들이 보기에 '빨갱이'라고 하지 않을까 걱정입니다만…."

'빨갱이'라는 표현에는 약간의 농담조가 섞여 있었다. 하지만 이러한 시인의 염려를 이해하기 위해서는 당시 상황을 자세히 설명할 필요가 있다. 김시종은 1949년 6월 관탈섬에서 악몽 같았던 나흘 밤을 지낸 뒤 작은 밀항선에 몸을 실었다. "설령 죽더라도 내 눈이 닿는 곳에서는 죽지 말라."(ㄱ, 223)는 부모의 강권 때문이었지만 산으로 간 동지를 버리고 도피했다는 자책감은 피할 수 없었다.[3)]

일본에서의 삶도 순탄하지는 않았다. 시인은 종종 그때를 회상하면서 "지독히도 배가 고팠던"이라는 말을 반복했다. 패전 직후의 일본에서 피식민지 출신이자, 도망자의 신분으로 산다는 일은 녹록지 않았다. 하지만 "생명의 위기에 쫓길 일이 없다는"(ㄱ, 236)"

3) 김시종의 연보와 이력에 대해서는 『지평선』과 김시종, 윤여일 역, 『조선과 일본에 살다』, 돌베개, 2016; 『재일의 틈새에서』, 돌베개, 2017를 참조했다. 직접 인용된 부분은 모두 이 책에서 따왔다. 인용은 『조선과 일본에 살다』는 ㄱ, 『재일의 틈새에서』는 ㄴ으로 약칭하고 쪽수만 병기한다.

한국에서 번역 출간된 지평선을 전해 받고 활짝 웃고 있는 김시종 시인.(왼편은 번역자인 곽형덕)

감각이 커질수록 "홀로 도망쳐 나왔다는 죄스러움"(ㄱ, 236)은 더해갔다. 시인은 조금이라도 부채감을 덜기 위해 일본공산당에 가입하고 재일본조선인연맹에서 활동하게 된다. 한국전쟁이 발발한 것도 바로 그즈음이었다.

한국전쟁이 벌어지고 있을 때 유명한 '스이타(吹田) 사건'이 일어난다.[4] 시인은 도톤보리의 헌 책방에서 오노 도자부로의 『시론(時論)』을 운명처럼 접하면서 "일본에서의 생활"이 "'일본어'에 대한 보복"으로서 "'일본'과 대치"(ㄴ, 47)하게 되는 것임을 직감했었

4) '스이타(吹田) 사건'은 1952년 6월 재일조선인을 중심으로 한국전쟁에 반대하며 국철 스이타 정차장에 난입해 군수열차의 운행을 방해한 일을 일컫는다. 전후 3대 소요 사건 중 하나이며 1천여 명 정도 되는 노동자, 학생, 재일조선인들이 참여했다.

다. 한국전쟁은 이러한 '일본과의 대결'을 행동으로 옮기게 된 계기였다. 패전국 일본이 미군의 출격기지이자 군수병기의 수송기지가 되고 있었던 현실에 저항하기 위해 시인은 스이타 사건에 참여한다. 이날의 기억을 시인은 "군수열차를 한 시간 늦추면 동포를 천 명 살릴 수 있다."는 구호로 기억하고 있었다. 김시종 시인에게 "당시 시대로 돌아간다면 북쪽 공화국이 한국전쟁에서 승리했으면 하는 마음이 있지 않았느냐?"고 질문했다. 시인은 조심스럽지만 단호한 어조로 답변했다.

"그때는 1950년대였습니다. 내 감정이나 신체적으로나…. 당시는 이승만과 미군정에 대한 증오랄까요, 내 몸 전체가 증오의 화신이나 마찬가지였습니다. 회상기[5]에서도 쓴 적이 있지만 내가 유치하게도 외곬이라 북이 사회주의 나라가 되었으니 내 원한까지 풀어 주리라, 이렇게 생각했었죠. 그때만 해도 남쪽은 나라가 아니었잖습니까. 이승만 정부라는 게 일방적으로 세워진 정권 아닙니까. 그 당시 반공이 대의였고요. 빨갱이라면 다 죽여도 괜찮았던 시절 아닙니까. 그래서 6·25사변[6]이 터지니 흥분을 했죠. 야, 올바른 세상이 오는구나 하고요."[7]

5) 이와 관련한 내용은 『조선과 일본에 살다』와 『재일의 틈새에서』에서도 밝히고 있다.
6) 김시종 시인은 한국전쟁을 회상할 때 6·25사변이라는 용어를 사용했다.
7) 이와 관련해서 『조선과 일본에 살다』에서도 비슷한 소회를 밝힌 바 있다. 내용은 아래와 같다. "나는 이 전쟁의 시작을 센보쿠(泉北)로 향하는 역의 중앙광장에서 호외로 알았습니다. 솔직히 말해 흥분했습니다. 이것으로 남조선의 반공 살육자들이 일소됐으면 하고, 부끄럽기 짝이 없지만 내리 누를 수 없는 감동으로 내몰린 나였습니다. 몸에 새겨진 광포한 '빨갱이 사냥'의 기억이 일거에 격분으로 복받쳐 올랐

앞서 김시종 시인이 한국의 독자들이 '빨갱이'라고 하지 않을까 농담조로 염려하던 부분도 바로 이 때문이었다. 하지만 북에 대한 김시종 시인의 생각은 휴전 직후 바뀌게 된다. 시인은 그것을 "북에 대한 의심의 그림자"라고 표현했다. 그 결정적 계기는 한국전쟁 직후 북한에서 벌어진 대규모 숙청 사건 때문이었다. 특히 남로당 당수였던 박헌영과 이승엽[8]의 숙청 사실을 전해 듣고 김일성과 북한 정치체제에 대해 회의하기 시작했다고 한다.[9] 『지평선』을 펴내던 1955년 무렵은 재일조선인운동 조직인 민전이 조선총련으로 전

습니다."(ㄱ, 245)

8) 이승엽은 조선공산당·조선노동당 중앙위원을 지낸 인물이다. 식민지 말기에는 경성콤그룹 일원이었으며 이른바 '화요그룹'의 대표였다. 해방 후에는 조선공산당 제2비서를 거쳐 중앙위원에 선임된다. 해방 후인 1948년 7월 월북, 8월 해주에서 열린 남조선인민대표자대회에서 제1기 최고인민위원회 대의원으로 선출된다. 이후 조선노동당 중앙위원회 비서, 서울시임시인민위원회 위원장, 조선민주주의인민공화국 인민검열위원장을 역임했다. 1953년 3월 '정권 전복 음모와 간첩죄'로 체포, 사형선고를 받고 8월 처형됐다. 강만길·성대경 편, 『한국사회주의운동 인명사전』, 창작과비평사, 1996, 347~348쪽 참조.

9) 이와 관련해서는 다음과 같이 회고하고 있다. "나는 그 당시 피비린내 나는 제주도를 기적처럼 빠져나와 일본의 오사카에 가까스로 도착하여 도망친 자의 부채감으로 재일민족 단체인 '민전'(재일조선민주주의통일전선) 오사카부 본부의 문화 관계 상임활동가가 되어 분주했습니다만, 초거대국가인 미군정 쪽과 싸워 실질적인 승리를 거둔 '휴전협정' 체결로 재일민전은 전 조직이 축하회를 벌였습니다. 박헌영의 처형은 그 흥분이 아직 가시지 않은 가운데서 닥쳐온 충격이었습니다. 고양되던 전승기분도, 절대적인 정의의 나라라고 믿었던 북공화국을 향한 조국애도, 그 나라를 통솔하는 김일성 수령을 향한 존경도 회의의 어둠에 갇혀갔습니다."(ㄱ, 125); "나로서는 절대적으로 신뢰하는 존재인 전 남로당 서기장 박헌영 선생이, 실로 북조선노동당의 부위원장으로 김일성 수령을 뒤잇는 지위에 있던 분이었음에도 불구하고 당치도 않게 반당적·반조국적 행위를 했다는 이유로 처형당하고 맙니다. 홀린 것처럼 나를 붙잡고 있던 김일성 수령을 향한 경모의 염에도, 사회주의 조국 북조선을 향한 동경에도 살며시 다가오는 땅거미처럼 의념의 그림자가 한결같은 나의 마음에 드리웠습니다."(ㄱ, 264)

환하던 때였다. 그 당시 총련 조직은 김시종과 『진달래』 그룹을 표적으로 '무국적주의자'들이라며 강하게 비판을 했었다.[10] 잠시 말을 멈추던 시인은 최근 남북 정세를 화제에 담았다. 그러면서 북한의 변화 움직임에 놀라움을 표시했다.

"한국에 있었던 제라한 분들은 북으로 가지 않았습니까. 그리고 모조리 행방불명됐고요. 지금 트럼프 대통령과 김정은 씨가 수뇌회담을 하면서 동양이 좋게 움직이고 있다는 데에는 공감합니다. 하지만 북이 저질러 놓은 죄악도 깊습니다. 말을 해도 좋을지 모르겠습니다만, 얼마 전 『마이니치신문』의 석간 편집장을 만났었는데 방금 북에서 나온 화보라면서 사진 하나를 봤다고 하더군요. 4·3 무렵 북에서 각계각층 정당 연합회의를 연 바 있지 않습니까.[11] 김구는 그 이후에 남으로 돌아와서 암살됩니다만. 아마 그 무렵 사진인데, 북에서 처형됐던 박헌영 선생이 사진 속에 나와 있지 않겠습니까. 이때까지 흔적도 없었던 인물이었습니다.

1953년 7월 27일 휴전협정이 된 이후에 북에서는 공화국의 대

10) 김시종은 당시의 상황을 『조선과 일본에 살다』에서 밝힌 바 있다. "나는 침대에서 앙상해지고 있었지만, 노선 전환이라고 불리는 조직운동 추이에 관해서는 꽤 자세히 전해 듣고 있었습니다. 북공화국은 정말로 지킬 가치가 있는 나라였던가. 이국에서 홀로 누워있는 자신의 처지를 돌아보면서 허탈한 미소를 짓기도 했지만 '극좌 모험주의'의 오류라는 비방에 관해서는 나 개인으로서 솔직하게 받아들이기로 했습니다. 내가 극좌적으로 과격했기 때문이 아니라 도망자의 몸이면서 일본이라는, 목숨을 잃을 불안이 없는 안전지대에서의 용자였다는 골계 때문이었습니다."(ㄱ, 266)

11) 1948년 4월 19일부터 30일까지 평양에서 열린 남북조선 제정당사회단체대표 연석회의를 말한다.

승이라고, 미국과 맞서서 이겼다면서 일본에서도 축하연을 한 적이 있습니다. 나도 준비를 해서 대회를 열었는데 그 축하연 자리에서 연합통신인가 기별이 왔습니다. 박헌영, 이승엽 선생이 처단이 되었다고. 그게 바로 북한에 대한 내 의심의 그림자가 박힌 첫 장면입니다. 그런데 그 당시 회의의 사진이 화보로 나왔다는 겁니다. 이건 놀라운 일입니다. 그 사진을 보고 입을 뗄 수가 없었습니다.

김정은이 그 사진을 발표하도록 한 건 자기들이 그동안 저지른 모든 죄악에 대해서 응당 반격받을 것을 각오한 거나 다름없습니다. 트럼프와 회담한 게 생각이 깊습니다. 우리가 생각하지도 못한 일이 벌어졌습니다. 한편으로는 김정은 씨가 스위스에서 교육을 받지 않았습니까. 감성이 민감하던 때에 배웠으니 국제감각이라는 게 있지 않을까 기대했습니다. 사진이 발표된 것도 그런 게 아닐까 싶습니다. 트럼프와 회담이 돼서 이제 조선 반도에서 원폭이 터질 위험은 멀어졌다고 생각합니다."

김시종 시인은 북한의 변화가 일시적이지 않을 거라고 진단하면서 앞으로 남과 북의 과제에 대해서도 충고를 잊지 않았다.

"문재인 대통령의 사려 깊고 인내심 깊은 역책입니다만 그럼에도 불구하고 미국과의 관계가 언제 또 날카롭게 될지 모릅니다. 내 생각입니다만 동족 융화를 끌어내면 미국은 미사일을 쏠 수 없을 겁니다. 남과 융화가 되려면 북에서 지금까지 하지 못한 숨겨져 있는 사실들을 밝히지 않으면 안 됩니다. 그렇지 않으면 남한이 허용치 않을 겁니다. 이와 함께 한국 정부도 6·25사변 직후 암흑의 시절을 인정하는 게 중요합니다. 약 43만 명의 사상범이 죽지 않았습니까. 이 숫자는 나가사키에 투하된 원폭으로 인한 희생자보다 많습니다. 쏘아 죽이는 거는 탄알이 아깝다고 굴을 파고 손목을 철사로 묶어서 그렇게…. 나머지는 수몰시키고. 저는 수장이라는 표현에 동의하지 않습니다. 수장(水葬)은 말 그대로 장례를 지낸다는 거 아닙니까. 수장이 아니라 수몰(水沒)입니다. 4·3 학살 때도 수몰시킨 적 있지 않습니까. 그 숫자가 얼마나 많았으면 쓰시마 섬까지 표류를 해왔겠습니까.

북의 죄악도 크거니와 남에서의 반공법도 비인간적으로 상상도 못할 큰 악을 행한 죄악도 큽니다. 이러한 점에서 북에서 처형된 박헌영의 사진이 공식적으로 화보로 나왔다는 건 사소한 일이 아닙니다. 대단한 마음을 먹고 펼쳐놓는 겁니다. '우리를 신임해 달라', '남에서도 보답해 달라'. '남의 보답이 없으면 미국과 맞설 수 없다.'는 메시지라고 생각합니다. 남의 동포들하고 합작이 되어서 조선반도에 핵무기가 필요 없다, 전쟁이 필요 없다, 우리는 절대로 한겨레다, 이런 표지만이 미국과 맞서는 보장이라고 김정은이 그렇게 믿었다고 생각합니다. 사진은 그런 의미에서 결정적인 겁니다."

민족 화합이 결국 한반도 평화의 근본 조건이 될 것이라는 진단이었다. 그러면서도 김시종 시인은 남과 북이 저질렀던 죄에 대한 반성이 우선 필요하다고 조언했다. 김시종은 남과 북에서 모두 기피되다시피 했었다. 남에서는 남로당 전력 때문에, 북에서는 총련 당시 『진달래』 발간의 핵심 멤버였던 김시종 시인을 '사상 악'으로 몰아세웠기 때문이다. 1955년 5월 이후부터 몰아친 총련의 비판에 대해서 시인은 “의식의 정형화”(ㄱ, 267)라고 맞서기도 했었다. 시인은 줄곧 권위주의, 정치적 획일주의에 대해 강도 높은 비판을 해왔다. 그런 시인이었기에 남북문제에 대한 조언의 무게가 남다르게 다가왔다. 얼마 전 심부전을 앓아 힘든 고비를 넘겼다는 시인은 후배들과의 만남에 모처럼 생맥주 한 잔을 받아들고 기뻐했다. 남북 회담을 주제로 나누던 한담(閑談)은 자연스럽게 시집 『진달래』로 옮겨 갔다.

시집 출간 당시의 상황을 설명하고 있는 김시종 시인

“『지평선』은 1955년도에 나온 시집입니다. 그때는 나도 젊었는데.(웃음) 일본 와서 얼마나 굶주렸는지 빵 한 조각 제대로 먹지 못했던 시절이었습니다. ‘지평선’이라는 의미는 이렇습니다. 하다못해 일본까지 4·3 때 쫓겨 와서, 아니죠 쫓겨 온 게 아니라 도망친 거죠. 뭐랄까 그 뉘우침과 아버지, 어머니가 살고 계신 제주가 그리워져서 언제나 바다를 보면 기도였고 눈물이었습니다. 그런 의미에서 지평선이라고 했죠. 생각해보면 지평이라는 게 멀리 있는 게 아니라 자기 있는 그 자리가 바로 지평선이죠. 그래서 지평선이라고 했습니다. 제주에서 도피한 죄책감이 있어서 재일본조선인 단체 상임 활동을 했었던 때죠. 그때 기억이 생생합니다."

2. 제주 4·3에 대해 침묵한 이유 두 가지

『지평선』에서는 재일의 자리에서 고향 제주를 그리워하는 청년 김시종의 고뇌를 만날 수 있다. 그뿐만이 아니다. 반핵과 관련된 시도 적지 않다. '남쪽 섬', '지식' 같은 시가 대표적이다. 한국 시단에서 반핵 관련 시는 드물다. 반핵운동이 본격적으로 거론되기 시작한 때도 1980년대 들어서다.

얼마간의 시간이 지나자 김시종 시인이 다소 껄끄러워할 만한 질문을 던졌다. 남로당원이었던 시인이었기에 왜 4·3에 대해서 이야기하지 않았는지 궁금했기 때문이다. 한국에 이미 번역된 두 권의 에세이에서도 어느 정도 밝히고 있지만 시인의 육성으로 직접 듣고 싶었다.

"그 당시는 내가 아주 비겁했습니다. 내가 일본에서 4·3에 대해서 입 다물고 있었던 이유는 두 가지입니다.

하나는 당시 4·3을 제주인민봉기라고 하지 않았습니까. 단독선거에 반대해서 일어난 건데, 제주 무장투쟁을 인민봉기라고 했죠. 나는 기적처럼 일본에 도착해서 살게 됐습니다만, 내가 4·3 관련자라고 하면 무엇보다도 인민봉기의 정당성이 손상될까 봐 말하지 못했습니다. 당시는 이승만 정권 시절 아니었습니까. 박정희도 마찬가지요. 제주 4·3을 공비들의 폭동이라고 했습니다. 반공이라는 이름으로 폭도를 없앤 거 아닙니까, 그 사람들이. 내가 나의 정체를 깨쳐 놓으면 '그것 봐라, 남로당이 한 게 아니냐' 할 거 아닙니까. 인민 봉기의 정당성에 손상이 갈까 봐 입을 다문 게 하나의 이유입니다.

또 하나의 이유는 아주 비겁한 이유입니다. 아버지, 어머니가 외아들을 위해서 팔 수 있는 건 모두 팔아서 일본으로 도피시키지 않았습니까. 당시만 해도 제주에서 도피한다는 게 경관 한 사람을 매수한다고 해서 되는 일이 아니었습니다. 어선 하나를 매수해서도 안 되고 어쩌면 마을 전체를 매수해야 했습니다. 그렇게 일본에 도착해 목숨을 이었는데, 내가 제주에서 왔다고 고백하면 불법입국이 되고 맙니다. 일본 민법에 출입국관리령이 있는데 거기에는 시효라는 게 없습니다. 50년이 됐든 70년이 됐든 법무대신이 일본 국익에 어긋난다고 판단하면 강제 추방이 되고 맙니다. 이승만, 박정희 정권 시절 아니었습니까. 나는 한국으로 돌아가면 그냥 (감옥으로) 직행입니다. (목숨이) 없어지고 맙니다. 말하자면 그게 무서워서, 두려워서 입을 다물었습니다. 석범이 형이 만날 때마다 '이제랑 털어놓고 숨 좀 쉬라'고 말했지만…. 그러나 이제는 일본의 국익에 어긋난다고 해서 '나가라고 하면 나간다', 이렇게 마음을 먹었습니다. 집사람에게는 미안하지만.(웃음) 나가라고 하면 나는 제주에 가서 산다, 그런 심보를 먹었습니다. 지금 (한국으로) 가면 설사 감옥에 간다고 해도 내 나이로 봐서도 얼마 안 되고. 사실 지금까지 산 것만으로 본전은 찾은 거 아닙니까.(웃음)"[12]

12) 이와 관련해서 김시종은 『조선과 일본에 살다』의 한국어판 간행 후기에 다음과 같

웃으면서 말을 마쳤지만 자신의 '비겁한 이유'를 털어놓는 시인의 얼굴에는 60여 년 만에 무거운 짐을 내려놓는다는 얼마간의 안도와 재일의 시간만큼 깊었던 회한이 교차하는 듯했다.

3. "볼레 땅 오켜"한 게 마지막

김시종의 회고에는 제주에서 남로당으로 활동했을 당시 인연을 맺었던 인물들이 등장한다. 대표적인 사람이 '백준혁'과 '문 소년'이다. 문 소년은 남로당 활동을 하던 김시종이 제주도를 탈출하기까지 잠복 도주할 수 있도록 도와준 인물이다. 문 소년은 당시 중학교 2학년으로 홀어머니와 함께 살고 있었다. 갑작스런 연락이나 집에서 부쳐주는 용돈을 전달하기도 했다. 김시종은 1998년 3월 제주를 찾았을 때 문 소년의 소식을 수소문했지만 행방을 알 수 없었다고 고백하고 있다.(ㄱ, 153) 백준혁은 김시종과 함께 남로당 활동을 했던 인물이다. 4·3항쟁의 도화선이 되었던 3·1절 발포사

이 고백하고 있다. "나는 불과 칠 년 전까지도 4·3사건과의 관련을 아내에게조차 숨김없이 털어놓지 못했습니다. 그때까지 입을 굳게 다문 데는 두 가지 정도 큰 이유가 있었습니다. 우선은 자신이 남로당 당원이었음을 밝히면 '인민봉기'였던 4·3사건의 정당성을 훼손당할까 봐 걱정되었습니다. 당시는 '인민'이라는 말에 공감이 큰 시대였습니다. 그런데 이승만 정권도, 그 정권을 떠받친 미군정도, 이후의 군사강권정권도 4·3사건을 '공산폭동사건'이라고 강변했습니다. 내가 나서면 그 억지 주장을 뒷받침하게 될까 봐 꺼려졌던 것입니다. 그리고 이유는 한 가지 더 있습니다. 일본에서 살아가는 데 집착한 자기보신의 비겁함이 작용했습니다. 내 고백인 불법입국했다는 자백인 셈입니다. 만약 한국으로 강제송환당한다면 내 생애는 그로써 끝날 군사 독재정권이 삼십 년 가까이나 이어진 한국이었습니다."(ㄱ, 5~6)

건의 목격자였던 김시종 시인에게 두 사람은 잊을 수 없는 인연이었다.

김시종의 회고에는 1948년 4월 봉기 당시 주고받았던 암호의 한 대목이 등장한다. "오름에 봉화가 피어오르는 것은 산이 진달래로 물드는 어느 날이다." 김시종 시인은 당시를 회상하면서 일본에서 발간했던 잡지의 제호를 '진달래'로 한 것도 우연은 아니었다고 회상했다.

"백준혁 군이라고 있었어요. 당시 나는 조직의 명령으로 교원양성소 촉탁을 하고 있었던 때입니다. 백준혁 군이 이렇게 말해요. '나 볼레 땅 오켜, 잘 이시라.' 그게 산으로 올라간다는 말이었습니다. '볼레 땅 오켜'. 옛날에는 길가에서 구덕 가득 볼레를 놓고 사발로 떠서 팔지 않았습니까. 그만큼 흔한 건데. '볼레 땅 오켜.' 하는 말이 산으로 간다는 말이었습니다. 그 일이 터지고 나서는 볼레 보는 것도 어려워서…. 빨간 열매가 핏덩어리처럼 보여서…."

제주의 가을에 지천으로 열매 맺는 볼레. 그 볼레를 따고 오겠다는 소년의 행방은 알 길이 없다. 함께했던 청년 김시종은 일본으로 떠났고 오랫동안 4·3에 대해서 침묵했다. 하지만 그 침묵은 단순한 침묵이 아니었다. 재일의 자리가 남북 분단의 모순을 일상적으로 경험해야 하는 실존적 자리였기 때문이었다. 『지평선』은 그 실존의 시작을 알리는 신호탄 같은 것이었는지 모른다. 김시종은 '재일'의 모순을 이렇게 이야기한 바 있다.

"일본이라는 '한 곳'을 같이 살고 있는 재일조선인의 실존이야말로 남북대립의 벽을 일상 차원에서 넘어서는 민족융화를 향한 실질적인 통일의 장이라는 것이 '재일을 산다'는 내 명제의 요지입니다."(ㄱ, 262)

스물의 청년이었던 시인은 이제 구순이 되었다. 제주에서 산 세월보다 일본에서 산 세월이 더 많게 되었다. 하지만 그 긴 세월도 제주의 오름에 진달래처럼 붉게 피어났던 그날의 함성을 잊게 하지는 못했다. 긴 대화를 마치고 김시종 시인은 굳이 한국에서 온 후배들을 배웅하겠다고 먼저 나섰다. 몇 차례 실랑이 끝에 시인 내외를 먼저 보내드렸다. 시인의 등 뒤로 6월의 바람이 불었다.

김시종 시인과 헤어지기 전에 기념촬영을 했다. 사진 중앙에 김시종 시인. 그 왼편으로 고명철, 오세종, 곽형덕, 김동윤, 오른편으로는 김동현, 김시종 시인의 아내 강순희 여사, 정해옥 시인.

김시종 시인 연보

1929년 12월 8일 부산에서 아버지 김찬국(金讚國), 어머니 김연춘(金蓮春) 사이의 외아들로 출생했다. 황군(皇軍) 소년이 되는 것을 갈망하는 소년 시절을 보냈다. ►자전 『조선과 일본에 살다』를 보면 출생지가 원산에서 부산으로 수정돼 있다.

1936년 원산에 있는 할아버지 집에 한방 치료를 겸해 일시적으로 맡겨졌다.

1938년 아버지의 책장에서 세계문학 관련 서적을 열중해서 읽기 시작했다.

1942년 광주의 중학교에 입학했다.

1944년 굶주림과 혹독한 군사 교련으로 늑막염을 앓았다.

1945년 제주도에서 해방을 맞이했다. 제주도 인민위원회에서 활동을 개시하는 등 민족사를 다시 응시하고 운동에 투신했다.

1947년 남조선노동당 예비위원으로 입당해 빨치산 활동을 벌였다.

1948년 '제주 4·3'에 참가했다. 산부대를 돕는 역할을 하다가 군경에 쫓기는 몸이 됐다. 병원 등에서 숨어 지내며 목숨을 건졌다.

1949년 6월 일본으로 밀항해 제주 출신이 많은 오사카의 이카이노로 들어갔다. 이후 하야시 다이조(林大造)라는 이름으로 생활했다. 오사카 난바에 있는 헌책방에서 오노 도자부로의 『시론』을 사서 읽고 깊은 감명을 받았다.

1950년 일본공산당에 입당했다. ►『집성시집 들판의 시』에 있는 연보에 따르면 공산당 입당 시기는 1949년 8월로 나온다.

1951년 『조선평론(朝鮮評論)』 2호부터 편집에 참여했다. '민족학교' 탄압에 대항해 재일조선인연맹(조련) 계 학교인 나카니시조선소학교 재건 운동에 참여했다.

1952년 4월 나카니시조선소학교가 경찰기동대에 둘러싸여 개교됐다. 5학년 담임으로 부임했다. 6월 스이타 사건 데모에 참여했다.

1953년 2월 오사카 조선시인집단 기관지 『진달래(チンダレ)』를 창간했다. 4월 재일조선통일민주전선(민전)의 상임위원에 취임했다.

1954년 2월 심근장애로 이쿠노 후생진료소(生野厚生診療所)에 입원했다

1955년 12월 첫 시집 『지평선(地平線)』을 800부 한정(정가 250엔)으로 발행했다. 서문은 오노 도자부로가 썼다. 초판이 일주일 만에 매진됐다. 재일조선인 사회만이 아니라 일본 시단에서도 큰 반향이 일어났다.

1956년 2월 오사카조선인회관에서 『지평선』 출판기념회(회비 50엔)가 열렸다. 입원 중인 병원을 빠져나와서 출판기념회에 참석했다가 병이 악화됐다. 5월 『진달래』(15호)에 '김시종 특집'이 꾸려졌다. 여름 이쿠노 후생진료소에서 퇴원했다. 11월 『진달래』 회원 강순희와 결혼했다.

1957년 8월 『진달래』에 발표한 시와 평론이 조선총련으로부터 정치적 비판을 받았다. 11월 시집 『일본풍토기(日本風土記)』를 냈다.

1958년 10월 조선총련과의 갈등으로 인해 『진달래』가 제20호를 끝으로 폐간됐다.

1959년 2월 진달래가 해산됐다. 양석일, 정인 등과 '가리온의 모임(カリオンの會)'을 결성했다. 6월 『가리온』이 창간됐다. 『장편시집 니이가타』 원고를 완성하지만 조선총련과의 갈등으로 1970년까지 원고를 금고에 보관했다.

1961년 일본어로 창작을 하는 김시종에 대한 조선총련의 조직적 비판이 최고조에 달하고 있었다.

1963년 재일조선문학예술가동맹 오사카지부 사무국장에 취임했다. 하지만 창작활동은 허락을 맡아야 해서 사실상 절필 상태에 빠졌다.

1964년 7월 조선총련에 의한 '통일시범(統一試範, 소련의 '수정주의'을 규탄하고, 김일성의 자주적 유일사상을 추장)'을 거부해 탄압을 받았다.

1965년 6월 '통일시범' 거부 문제로 오사카 지부 사무국장 자리에서 물러났

다. 조선총련과 절연 상태로 접어든다.

1966년 7월 오노 도자부로의 추천으로 '오사카문학학교' 강사 생활을 시작했다.

1970년 8월 조선총련의 오랜 탄압을 뚫고 『장편시집 니이가타』를 출판했다.

1971년 2월 시즈오카 지방재판소에서 열린 김희로 공판에 증인으로 출석했다.

1973년 9월 효고현립 미나토가와고등학교(兵庫縣立湊川高等學校) 교원이 됐다. 일본 교육 역사상 최초로 조선어가 공립고교에서 정규 과목에 편성됐다.

1974년 8월 김지하와 '민청학련' 사건 관계자의 즉시 석방을 요구하고, 한국의 군사재판을 규탄 하는 집회에 출석해서 '김지하의 시에 대해서'를 보고했다.

1978년 10월 『이카이노시집(猪飼野詩集)』이 출판됐다.

1983년 11월 광주민주화 운동에서 촉발된 『광주시편(光州詩片)』이 출판됐다.

1986년 5월 『'재일'의 틈에서(「在日」のはざまで)』가 발간됐다. 이 작품으로 제40회 마이니치 출판문화상을 받았다.

1992년 『원야의 시(原野の詩)』로 제25회 오구마히데오상(小熊秀雄賞) 특별상을 수상했다.

1998년 3월 15년 동안 근무했던 효고현립 미나토가와고등학교를 퇴직했다. 김대중 정부의 특별조치로 1949년 5월 이후 처음으로 한국에 입국했다. 밀항한 이후 처음으로 부모님 묘소를 찾았다.

1998년 10월 『화석의 여름(化石の夏)』이 발간됐다.

2001년 11월 김석범과 함께 『왜 계속 써 왔는가, 왜 침묵해 왔는가: 제주도 4·3사건의 기억과 문학(なぜ書きつづけてきたか·なぜ沈黙してきたか: 済州島四·三事件の記憶と文學)』가 나왔다.

2003년 제주도를 본적으로 해서 한국 국적을 취득했다.

2004년 1월 윤동주 시를 번역한 『하늘과 바람과 별과 시(空と風と星と詩)』

를 냈다. 10월 『내 삶과 시(わが生と詩)』를 냈다.

2005년 8월 『경계의 시(境界の詩)』가 발간됐다.

2007년 11월 『재역 조선시집(再譯 朝鮮詩集)』이 발간됐다.

2008년 5월 『경계의 시』가 한국어로 번역(유숙자 역) 출간됐다. 한국어로 번역된 첫 번째 시집이다.

2010년 2월 『잃어버린 계절(失くした季節)』이 발간됐다.

2011년 『잃어버린 계절』로 제41회 다카미준상(高見順賞)을 수상했다.

2014년 6월 『장편시집 니이가타』 한국어판 출판(곽형덕 역)에 맞춰 제주를 방문해 '제주 4·3' 당시 남로당 당원으로 활동했음을 처음으로 공표했다. 12월 『광주시편』이 한국어로 번역(김정례 역)돼 나왔다.

2015년 『조선과 일본에 살다－제주도에서 이카이노로(朝鮮と日本に生きる－濟州島から猪飼野へ)』를 발간했다. 이 자전으로 오사라기지로상을 수상했다.

2018년 1월 후지와라서점에서 『김시종컬렉션』(총12권)이 발간되기 시작했다. 3월 시인 정해옥의 편집으로 『기원 김시종 시선집(祈り 金時鐘詩選集)』이 발간됐다. 4월 『등의 지도(背中の地圖)』가 발간됐다. 6월 한국에서 『지평선』이 발간됐고 같은 해에 세종도서 교양부문에 선정됐다.

(연보 작성 = 곽형덕)

저자 소개(게재순)

고명철(高明徹) 문학평론가, 광운대학교 국어국문학과 교수
이한정(李漢正) 일본어문학연구자, 상명대학교 글로벌지역학부 일본어권지역학전공 교수
하상일(河相一) 문학평론가, 동의대학교 한국어문학과 교수
곽형덕(郭炯德) 일본문학연구자, 명지대학교 일어일문과 교수
김동현(金東炫) 문학평론가 제주대학교 국어국문학과 강사
오세종(吳世宗) 류큐대학(琉球大學) 인문사회학부 류큐아시아문화학과 교수
김계자(金季杍) 일본문화연구자, 한신대학교 대학혁신단 교수
후지이시 다카요(藤石貴代) 니이가타대학(新潟大學) 인문사회과학계열, 인문학부 교수

트리콘 세계문학 총서 3

김시종, 재일의 중력과 지평의 사상

2020년 4월 3일 초판 1쇄 펴냄

지은이 고명철·이한정·하상일·곽형덕·김동현·오세종·김계자·후지이시 다카요
펴낸이 김흥국
펴낸곳 도서출판 보고사

책임편집 황효은
표지디자인 손정자

등록 1990년 12월 13일 제6-0429호
주소 경기도 파주시 회동길 337-15 보고사 2층
전화 031-955-9797(대표), 02-922-5120~1(편집), 02-922-2246(영업)
팩스 02-922-6990
메일 kanapub3@naver.com / bogosabooks@naver.com
http://www.bogosabooks.co.kr

ISBN 979-11-5516-975-9 94800
979-11-5516-700-7 세트
ⓒ 고명철·이한정·하상일·곽형덕·김동현·오세종·김계자·후지이시 다카요, 2020

정가 18,000원
사전 동의 없는 무단 전재 및 복제를 금합니다.
잘못 만들어진 책은 바꾸어 드립니다.